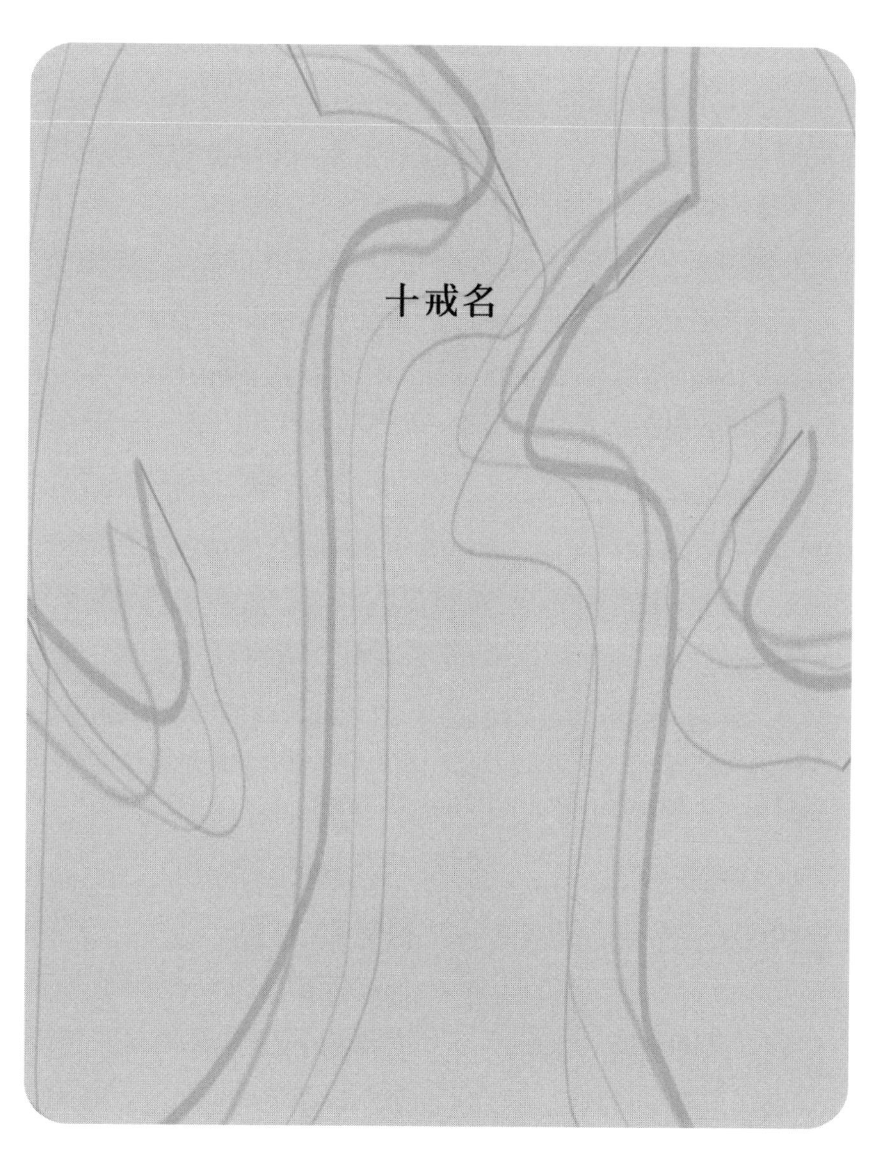

十戒名

칼럼리스트 한동우 수상록

十戒名

이미지북

| 차   례 |

제3장. 제사장 왕국의 좌절과 희망

평생의 사표

따뜻이 잡아주신 손 손

들머리에 서서

몇 권의 책을 세상에 내보내는 동안 세월은 20년 가까이 흘렀다. 무엇인가 변혁을 서둘러야 한다는 생각으로 쫓기 듯 글을 써왔지만, 어린 날에 두려워하던 뱀이 간간히 혀를 날름거리며 발꿈치를 핥고 있어 걸음을 재촉하기도 했으며, 때로는 시리도록 추운 바람이 오금으로 몰려와 섬짓 멈추기도 했다. 더욱이 내 뒤를 찍으며 따라오는 까뀌질은 너무나 괴로웠다. 그냥 놔둬야 말세가 빨리 온다는 오막장 군, 현실은 운명만큼 질기다는 목질긴 군, 너만은 안 된다는 주제알 군이었다.

막장 군은 고향 마을에서 동문수학한 사이였다. 오 군의 할아버지는 학자님으로 통했다. 서당 선생님이신 우리 할아버지보다 더 높다는 말인가 하고 의아해 했다. 학자님은 동내에서 유일하게 상투를 트셨다. 글을 너무 많이 하셔서 실성했다고 했다. 흠칫흠칫 주문을 외고 다니는 동학군이셨다. 『정감록』 때문에 자주 계룡산을 찾으신다고 했다. 오 군은 다 커서도 말세가 온다며 진인(眞人)을 기다리고 있었다. 가끔 고향에서 만나는 그는 나의 개혁 얘기를 부질없다 했다.

목 군은 대학에서 만나 친하게 지냈다. 고교 때부터 농촌 계몽에 관심이 많았던 우리는 노동자로 변한 농민을 위해 노동운동에 관심을 가졌다. 노동자들의 비참한 생활을 조사하려 다녔고, 노동자가 노동자를 착취하는 현장을 목격하고 이를 폭로하며 그 비호 세력을 고발하기도 했다. 졸업을 앞두고 모두 취직을 준비하는 사이 목 군은 학교 뒷산에 땅굴을 파고 지하당을 조직한다고 했다. 말렸으나 듣지 않았다. 그리고는 서로 연락이 없었다.

내가 대학원을 거쳐 공직에 자리 잡았을 때 어느 날 길을 가다가 깜짝 놀랐다. 목 군의 사진이 지명수배 벽보에 걸려 있었다. 기어이 일을 저질렀구나. 그러나 보안법 사건이라 달리 알아볼 방도도 없었고 해서 한동안 고생하려니 했다. 취직이 안 된 친구들 가운데는 나 같은 인재를 버리다니 차라리 월북이라도 하겠다고 대든 녀석들이 있던 시절이었다. 그런데 얼마 후 목 군한테서 전화가 왔다. 반가워하는 나에게 그는 정보 기관에서 일한다고 했다.

만나자고 했더니 당분간 곤란하다고 했다. 몇 달에 한 번씩 전화가 왔고 무척 바쁘다고 했다. 더 묻지 않았고 한 해가 가는 때도 있었다. 그럭저럭 공직을 마감하고 글을 쓰고 있을 때 연락이 왔다. 20여 년의 세월이 흘렀으니 피차 어색할 수밖에 없었다. 그의 묻는 말엔 대답했지만, 나는 그에게 한 마디도 묻지 않았다. 그는 하나의 시스템이 잉태되고 산고를 겪은 이상 다 존재 이유가 있으며, 살기 위해 몸부림치기 때문에 인력으로는 안 된다고 했다.

내가 그렇게 관심을 갖는 부패특권척결에 관해서도 특권이란 힘이 있다는 것이고, 힘의 묘미는 바로 그 특권이며 거기에는 자연히 비리가 따른다고 했다. 인류 역사는 힘 있는 자가 힘없는 자를 움직이며 흘러왔고 또 흘러갈 것이라고 단언했다. 그것을 착취라 해도 좋고 이용이라 해도 좋으나 약자가 손해만 보는 게 아니라 덕 보는 것도 많다고 했다. 흔히 충신을 들먹이지만 권력을 위한 개혁은 살고 눕히려 하면 죽는다며 자연 도태를 기다릴 뿐이라고 했다.

주 군은 가장 아프다. 관문에 함께 들어가 비슷하게 요직을 거쳤기에 그의 충고는 내 심장을 쿡쿡 찔렀다. 네가 술 먹고 기고만장하기를 즐기는 '장주회'를 만든 장본인 아닌가. 술이란 그냥 술만을 의미하는 것은 아니다. 급이 있고 분위기가 있다. 분내와 풍악이 받쳐주고 따리가 있어야 한다. 할 짓 다 해놓고 이제 와서 뭘 어쩌자는 거냐. 중국 상나라의 충신 비간(比干)은 폭정을 비판하다 죽임을 당했고, 명나라 청백리였던 해서(海瑞)는 실정을 직간하다 파직 당했는데 너는 기름지게 살아나가지 않았느냐. 나는 바울의 회심을 말하면서 잠재 정의의 발로라 우겼다.

얼마 전 곽찬 군한테서 한 통의 편지가 날아왔다. 그런데 그 편지는 수신인이 '한필강 C로 되어 있어 처음부터 무엇인가 운을 떼고 있었다. 나는 그가 왜 'C' 자를 붙였는가를 곰곰이 생각해 보았다. 미상불 세계화 추세 속에서 이 나라의 말과 글이 빛을 잃어 갈 것이라는 암시였다. 그는 그런 은유를 퍽 즐기는 사람이었다. 그의 편지를 받기로는 따져보니 꼭 40년 만이었다. 군대 첫날 밤 눈을 감았을 때 내 얼굴이 제일 먼저 떠올랐다는 소식이었었다.

그렇게 찰떡같던 우리 사이였지만 내가 공무원으로 자리 잡고, 그가 국영기업에 들어가게 되면서부터 우리는 한 번도 단 둘이만 만난 적이 없었다. 그도 그럴 것이 대학 때 우리는 같은 서클활동을 하면서 약자를 위하여 몸 바치기로 굳게 다짐했는데 졸업이 가까워지면서 결국 현실에 꺾였고, 거기다가 노동자의 처지보다는 기업의 입장을 두둔해야 했으니 우리는 겸연쩍어 훨씬 더 떨어져 나갔다. 동창모임에서도 우리는 남남이나 진배없었다.

『오부운동(五府運動)』과『비석 밟고 한양 천 리』를 보내주었을 때만 해도 나는 혹시 전화라도 한 통 걸려오기를 은근히 기다렸다. 이제 환갑을 훌쩍 넘겨 일흔에 다가서고 있는 나이 아닌가. 그러나 역시나였다. 그가 침묵인지, 무시인지, 무관심인지 아니면 가당치도 않은 글을 책으로 냈다는 핀잔일까 해서 자꾸 초조해졌다. 나는 아스라이 옛날이 되어버린 그와의 우정을 떠올리며 당황하기까지 했다. 숫제 왜 책을 읽고 한 마디도 없느냐 추궁하고 싶은 심경이었다.

젊은 시절 사회주의를 늘어놓다가 훌쩍 떠나 고관대작의 길을 걸은 놈, 이제 은퇴하여 전원주택에서 노후를 넉넉히 보내고 있는 팔자 좋은 녀석이라고 많은 사람이 나를 그렇게 치부하고 있을 것이라는 자괴감 때문에 나는 가끔은 불편했었는데 그마저 나를 팽개치고 있는 걸까. 그러나 그런 말이라도 듣고 싶었다. 학교 공부밖에 몰랐던 우리들을 숙맥으로 몰며 대단한 일이라도 저지를 것 같던 네가 자숙하지 않고 뭘 끄적거리느냐고.

그런 그가 오랜 침묵을 깨고 입을 연 것이다. "노동이니 헌신이니 하는 꿈을 쉽게 접고 부귀영화의 길을 달려가는 선배들을 보면서 우리도 별 수 없으리라 생각했었다. 네가 승진을 거듭하면서 경제 부처의 요직을 두루 거치는 동안 나도 민영화된 회사에서 중역으로 성장하여 나름대로 부럽지 않은 부와 지위를 누리게 됐으니 무슨 할 말이 있겠는가. 다만 젊은 날의 꿈은 꿈일 뿐 다 까먹고 한 수 더 뜨는 게 사람 사는 세상인데 전혀 쑥스러운 일도 아니다.

그러나 나는 너와 달리 우리의 이상을 쉽게 강자의 논리로 바꿔치기 하지는 않았다고 자부해 왔었다. 그럴수록 나는 더욱 더 진리를 탐구하고 진실에 접근하려고 애를 썼다. 교회에 다시 나가 하나님의 말씀을 듣고 자유와 평등의 문제를 달리 생각하기 시작했다. 자유란 거침없이 하나님의 말씀을 따르는 것이요, 하나님의 영광을 위하여 열악한 환경을 극복하고 최선을 다할 때 각자가 평등으로 들어서게 되는 진리도 또한 내 것이 되었다.

나는 말씀의 궁행을 다짐하면서 하나님이 주신 능력으로 주님의 복음을 세상 끝까지 전하기 위하여, 그리하여 조금이라도 하나님의 은혜에 보답하기 위하여 남은 인생을 살기로 했다. 그것이 진정 사랑받는 길이 된다고 생각하니 이기가 곧 이타였다. 내가 너와 대화를 시작하기로 마음먹은 것은 네가 얼마 전 하나님을 영접했다는 소식을 듣고부터다. 네가 교회보 《천진(天眞)》에서, 동시에 공직자로서의 양심선언을 한 것은 매우 용감한 결단이라 생각했다.

그런데 민주화를 위한 하나님의 역사하심 까닭에 처음으로 하나님을 앙망하기 시작했다는 대목에서, 나는 네가 나와 같이 젊은 날의 꿈을 버리지 않고 단지 내연시키고 있었음을 알게 됐다. 40년이 지난 이제 와서 다시 음신의 줄을 잇는 것이 매우 어색하지만, 나는 너의 범상치 않은 탐구력을 믿어왔기에 네가 '어' 하면 '아' 할 정도로 너의 글이 내 마음에 와 닿았다. 너의 골통과 염통을 해부하지 않더라고 나는 점점 네게 빠져들었다.

한때 우리를 묶어주고 있던 민족문화에 대한 열정도 이제 과감한 기준을 가지고 버려야 할 전통이나 관습을 가려낼 만큼 승화되어야 하고,

그러기 위해서는 무엇인가 문화혁명이 필요하다고 생각하는 너의 시각은 꽤 공감 가는 대목이었다. 특히 교육의 지침이 되고 있는 효도가 꼭 벼슬을 해서 이름을 날리는 것으로 정형화 되어서는 안 되며, 또 한 시대를 장식하는 권력문화를 문화의 대대적 본질인 양 포장하고 육성하는 낭비도 없어야 한다고 생각한다.

민족통일의 첫 단계는 남북화해여야 하며, 고향 마을을 자기 식대로 꾸며보려다 망치고 만 '청학동의 터줏대감'으로 북한을 끌어안아야 한다. 양쪽에서 타오르고 있는 증오의 불길은 이제 당국자들 사이에서나 사태를 만든 강대국 사이에서조차 속수무책일 지경에 이르고 있다. 로미오와 줄리엣의 비극은 양가 화해의 돌파구가 되었지만, 작금의 남북통일 노력은 모두 증오의 골을 깊게 파 들어갈 뿐이니 더 갈피를 잡기 힘들다.

네가 그토록 절규한 것처럼 부정부패가 만연한 사회에서는 좋은 두뇌들이 그 길로 빠지기 때문에 총체적 생산성이 높아질 수 없으며, 그 놈들의 부패놀음이 도리어 열심히 일하는 사람들의 창의력마저 시들게 하고 있는 건 사실이다. 합격과 당선으로 부패 집단에 들어서려는 긴 행렬을 차단하는 일이 개혁의 첫걸음임을 부정하기 어렵다. 정부와 기업에 거짓이 충만할 때 정직과 신뢰를 바탕으로 해서만 번창할 수 있는 산업은 설 땅을 잃는다.

특히 그 중심에 서야 할 금융이 오히려 다른 산업의 부실을 조장하는 결과를 낳고, 나아가 이런 악순환이 부정부패의 실상을 호도함으로서 문제를 난해하게 만들고 있다. 국민의 특권 선호를 막고 시민운동으로 그 비리를 폭로하며, 최고 권력자의 결단으로 근본적인 제도화를 이루어내야 한다. 부모들이 민비의 서러움을 관존으로 해결할 것이 아니라 그들이 관존을 철폐하기 위해 대들어야 모질게 이어오는 부패특권의 임종을 앞당길 수 있다.

인터넷 혁명으로 권력이 마음만 먹으면 투명한 회계가 가능한 세상이 되었다. 누구나 필요에 따라 일하고 능력에 따라 배분 받는 세상도 그렇게 요원한 것은 아니다. 다만 부자로 태어나는 것이 허용되더라도 힘 안들이고 잘 사는 사람의 숫자는 적을수록 좋다. 국민소득의 대부분이 근로소득으로 이루어져도 미국과 같이 초고임 투기업종이 번창하면 빈부의 차가 더 벌어지고, 성실한 사람의 상실감이 고조되어 사회의 활력이 쇠퇴할 것이다.

세계화는 경쟁력 중심으로 경제가 재편되는 과정이다. 그러나 경쟁이란 대등한 관계에서 한 치의 우열을 다투는 것이지 헤비급과 라이트급 간에 뻔한 싸움을 벌이는 것은 진정한 경쟁이 아니다. 그것은 수탈이다. 게임은 창의력을 부추기지만 약육강식전쟁은 그것을 압살한다. 대체로 자본이란 근면한 축적이기에 다른 축적을 방해하는 논리는 그 자본에 들어 있지 않다. 패자를 양산하는 세계화가 아니라 나라마다 다른 특수성을 살리는 유무상통이 중요하다.

나는 또 평화주의를 제창한다. 평화란 바로 하나님의 사랑이다. 이웃을 사랑하면 어찌 싸움을 벌일 수 있는가. 과거 하나님의 이름으로 일으킨 전쟁도 많았다. 하나님의 격분을 살 일이었다. 그러나 하나님은 사람들이 많은 잘못을 저지르고 헤매더라도 부여받은 지혜로 그 착오와 시련을 딛고 점점 사랑의 나라로 한 발씩 다가가도록 하셨기에 모든 것을 용서하시고 다만 속히 잘못을 깨닫기만 기다리고 계신 것이다."

그의 편지를 놓으며 나는 완전히 흥분되고 있었다. 그가 씨를 'C'로 쓸 때 언뜻 스치고 지나간 그에 대한 나의 기대가 조금도 빗나가지 않은 것이다. 나는 그에 비해 어림 반 푼어치도 안 되는 신앙이지만, 할렐루야와 아멘을 연창하며 그의 편지를 성서처럼 다시 읽는다. 그리고 연신 "하나님 감사합니다"를 중얼거린다. 하나님이 꼭 우리의 우정을 회복해 주시는 듯하다. 아니 재발견하게 하신다. 소망컨대 앞으로 그와 함께 하나의 소리로 하나님을 외치고 싶다.

제1장. 배달에서 기독까지

1 으뜸 소

그런데 형은 무엇인가 깊은 생각에 잠기는 듯했다. 두 손으로 머리를 감싸 안았다. 제는 형을 어떤 궁지에 몰아넣은 듯해서 걱정이 됐다. 그리고 팽팽한 이 긴장감을 어떻게 수습해야 할지 당황스러웠다. 침묵이 흘렀다. 형은 갑자기 손을 풀며 자기가 왜 이름을 으뜸 소로 바꾸었는지 아느냐고 반문했다. 형이 사서삼경을 마친 것을 아는 제는 떨떠름한 채 얼핏 『근사록』에 무엇이 나왔는가 하는 생각이 들었다. 할아버지는 책을 보는 데 한도가 있는 건 아니지만 공자님을 잘 알려면 거기까지는 가야 한다고 하셔서 언젠가 형과 함께 몰래 벽장에 올라가 궁금증을 풀려고 한 일도 있었다. 보꾹까지 꽉 들어찬 책들을 마주하며 우리는 기가 질려 엄두를 못 냈다. 벽장을 만권루라 하시며 함부로 오르지 못하게 하시는 할아버지한테 들킬까봐 얼른 내려와야 했다. 학교에 가지 않고 줄곧 한문을 배웠던 형은 나중에 그 만권의 책을 깡그리 살펴보게 되었는데, 어느 날 형은 한문도 아닌 요상한

글체로 쓴 책을 만나게 되었다.

열 살이 다 되어 해방을 맞은 우리는 바로 언문을 배웠다. 안방에서 할머니와 어머니가 보시는 『삼국지』나 『옥루몽』이 있었지만, 한문을 진서라 했으니 진서 이외는 다 시시한 글자로 여겨 쳐다본 일도 없었다. 조선말을 하다가는 퇴학을 당하던 시절이었으니 더 그랬을 것이었다. 처음에는 '가 갸 거 겨' 하다가 조금 있으니 'ㄱ ㄴ…; ㅏ ㅑ ㅓ ㅕ'로 가르쳤다. 형이 본 것은 바로 그런 ㄱ, ㄴ 같은 글씬데 전혀 딴 판이었다. 형의 호기심은 탐구심으로 바뀌었고, 나중에는 학교에 안 간 오기까지 겹쳐 송곳으로 이마를 찍으며 파고들었다. 형의 각고한(刻苦恨)이 고서 더미가 되어 금방이라도 벽장문을 헐고 우르르 무너져 내리는 환영과 함께 제를 덮쳤다. 그도 그럴 것이 형은 5대 종손이었다. 종가를 지켜야 하고, 종가의 가업을 이어야 한다는 할아버지 말씀은 어려서부터 귀를 뜨게 했다. 왜놈 학교는 안 보내겠다는 할아버지의 고집 때문에, 학교에 나오라고 잡으러 다녔지만 형은 도망만 다녔다.

그래도 지차들은 다 학교를 다녔고 힘이 닿는 대로 상급학교에 진학했지만, 형은 해방이 되어도 스스로 학교에 다니려고 하지 않았다. 형은 어른들 말씀을 한 번도 거스른 적이 없었으니 아마도 할아버지나 아버지 뜻이 그러려니 해서였을 것이었다. 구두는 신었지만 양복을 입지는 않았고, 사시사철 중이적삼이요 바지저고리였다. 몇몇 남지도 않은 동네 청년들과 어울려 농사를 짓고, 늙어서는 젊은이들이 빠져나간 농촌을 지켰다. 형은 제사 때나 절사 때 제를 만나면 늘 얼굴 가득 웃음을 실어 반가움을 들어내곤 했다. 도시생활에 대한 동경은 고사하고 오히려 땅 파먹고 사는 사람들의 진(眞)생명을 끌어안으려 애썼다. 라디오가 들어오고 텔레비전까지 흔한 지금 형은 파삭한 주름을 깊게 접어내리며 스러져가는 농촌의 뒷모습을 씁쓸히 바라볼 뿐이었다.

그런 형이 내색 한 번 안하고 그 많은 책을 다 더듬은 것도 이해하기 어렵지만, 거기에서 기서(奇書) 한 권을 마주하고 고심고심 끝에 이를 완전 독파했다니, 그 내용이 어떻든지 간에 실로 경이롭고 아연하고 자랑스러웠다. 부러웠고 부끄러웠으며 시새웠다. 명문고와 명문대 그리고 두 번씩이나 해외유학을 다녀와 여러 군데 기관장을 지내고, 지금까지 유복하게 잘 나가고 있다는 제에게 갑자기 초라함이 옥죄어 왔다. 형이 해독한 책은 가림토로 쓴 우리나라 역사였다. 연전에 최태영 박사의 『단군을 찾아서』를 읽다가 고(古) 한글 가림토가 있다는 사실을 알았지만, 그 글로 쓴 책이 있다니 놀라운 일이었다. 누군가가 불교에서 경전 보급을 위해 발전시킨 이두문자를 참고했을 것이라고 쓴 글을 보았기에 한글 창제『세종실록』이 다소 과장되었을 것이라는 생각은 했었다. 최 박사가 가림토를 한글 원본이라 단언하셨어도 성삼문이 방문한 요동의 황찬은 음운학자였지 고서가가 아니었기에 다소 의아해 했었다.

그러다가 다시 생육신 김시습의 『징심록추기』를 접하게 되었는데, 거기에서도 훈민정음 28자는『징심록』에서 취했으며, 세종 생전에 이를 보존하고 있던 박씨 종가를 크게 우대했다는 사실까지 언급되고 있으니, 단군 성전이 있던 구월산 어귀에서 자란 최 박사의 남다른 고대사 관심이 퍽 존경스러웠다. 제는 형이 어떻게 가림토를 해독하게 되었는지를 자세히 묻지 않았다. 다만 형은 다양한 글씨로 쓴 책이 여럿 있었다고 했다. 형의 설명으로 가림토의 가림은 그림이며 또 글씨라는 뜻도 된다. '토'는 전하기 위하여 흙에다 썼기에 이름 한 것이고, 땅이기에 '가림다(加臨多)'라고도 하였으니 엄밀히 말하면 그림으로 엮은 책이다. 만권루는 한자(漢字) 책이 거의 다이지만 가림다가 섞여 있는 내력은 한씨 문중과 무관하지 않다. 우리는 어려서부터 한가(韓家)는 모두 기자(箕子)의 자손으로 알았다. 기자는 중국에서 건너 온 왕족이니 우린 왕손이었다. 일제 때도 창씨를 '기원(箕原)'이라고 해서 기자의 뿌리를 잃지 않도록 했다.

『천자문』 다음으로 배우는『동몽선습』에서도 주나라 무왕 때 기자가 조선에 와서 예와 의로 다스리니 법으로 금하는 것이 여덟 가지(八條禁法) 밖에 없었으며, 사람들이 모두 어질고 슬기로워졌다고 했다. 우리는 족보상 기자의 123세손으로 그 핏줄을 타고 3000여 년 간 내려온 전적이 적지 않았을 것이며, 형이 이 잡듯이 보았다는 만권루도 그 중의 하나였다. 전적은 경서를 빼놓고는 거의가 천문과 지리와 농서에 관한 책이었고 몇 권의 사서(史書)였다. 형의 가림토 해설이 이어졌다. 예부터 한(韓)족은 스스로를 한겨리(겨레)라 했다. 함께 밭을 가는 사이란 뜻이다. 약 만 년 전 사람들은 높은 지붕마루(西域)에 있었다. 홍수 때문에 거기까지 올라온 것이다. 더러는 씨를 넣었고, 더러는 생구를 쳤고, 더러는 사냥을 했고, 더러는 고기를 건졌다. 그때는 한겨레를 넝이라 했다. 씨를 넣어 먹고 사니까. 칭하고 냥하고 겅하는 사람들과 구별되었다. 넝은 농사이기에 농사를 주관하는 하늘을 섬겼다.

물이 확실히 빠지자 각각 흙물을 따라 또는 풀밭을 보고 또는 숲 속이나 늪으로 퍼져 내려갔다. 농사·유목·수렵·채취였다. 5000년 전이었다. 한겨레는 1000년 동안 하늘 제사를 지내며 흙(흘)이 많이 흘러 쌓인 들판(지금 섬서성 용문)까지 내려와 농사를 지었다. 서녘으로 흐르던 물이 북녘으로 치솟아 오르다 다시 남녘으로 돌아 나와 또 서녘으로 내달리는 굽이였다. 한겨레는 기중 높은 터(텅)에 나무를 세워 하늘로 솟아나게 하고는 이를 솟대라 했다. 조금이라도 하늘에 가까이 닿아보려고 했으나 턱이 없었다. 맨 꼭대기에 새를 만들어 앉혔다. 새가 겨레의 소망을 물고 하늘로 날아갈 것만 같았다. 사람은 덩(위터 또는 우데)으로 모여들어 노래를 부르고 춤을 추며 하늘을 즐겁게 해드렸다. 마을마다 솟대를 세우고 덩꾸리(덩을 꾸미는 사람 또는 덩에서 무꾸리하는 사람)들이 축제를 이끌었다. 처음 우데에 세운 솟대를 으뜸 소라 했고, 마을마다 세운 솟대는 버금 소라 했다.

한겨레하면 이제 솟대마을에 사는 사람이 되었다. 한겨레는 그림으로 농사를 기록하기 시작했다. 해(日)와 달(月)이었다. 해와 달로 읽었다. 하늘은 一, 그 밑에 있는 들은 二라 했다. 읽기는 하늘, 들로 하다가 하나, 둘이 되었다. 씨앗은 내야 하기 때문에 丨로, 넣다는 들이는 모양 入으로 하고 시앗, 니엇으로 읽다가 셋, 넷이 되었다. 김매고 북돋는 것은 다 세우기 위함이니 丨丨丨로 하고 다세우리로 했다. 나중에 이들 하나, 들, 시엇, 니엇, 다세웃이 농사의 기본이 됨으로 물건을 셀 때 그 기본을 살렸다. 5진법이었다가 뒤에 여수르고(살피고) 닐구고(일구고) 여들하게(솜씨 있게) 아홀어서(넓혀서) 크게 하자(열고 여세)며 흙(농사 땅)을 넓혀나갔다. 한겨레가 이웃이나 후손들에게 전하고 싶은 것은 먼저 하늘에 복을 비는 법(卜: 개비를 치다), 심고 가꾸는 법(土: 들에 이삭을 세우다, 풀뿌리 다리는 법(灬: 불로 다리다)이었다. 읽기는 각각 복치, 넝일, 다림이었다.

그림글자를 개발해서 흙에다 쓰고 또 오래 보관하기 위하여 이를 굽기도 했다. 굽다가 터진 금이 글자를 자르기도 하고 가르기도 해서 점차 점치는 방법으로 활용했다. 여러 사람에게 알리려면 그림을 말(소리)로 설명해야 했기에 다음으로 소리 적는 법(글)을 개발하니 바로 가림이었다. 적는 방법으로는 가림이 더 편해서 많이 퍼졌다. 다시 말을 가림(그림)으로 쓰니 말이 점점 늘어나고 그림도 늘어났다. 그림은 그림대로 압축성이 높아 보관과 전달이 편했다. 그림 자체가 글자로 바뀌니 뜻글자가 되었다. 뜻글은 점치고 농사짓고 약 다리는 법을 넘어 점차 솟대로 달렸다. 이제 으뜸 소는 으뜸(旱)과 솟아오름(卓)이 합쳐 韓이 되었다. 한겨레글자(韓字)의 탄생이었다. 韓은 차츰 높다, 크다는 한소로 또 다시 그냥 한으로 읽혔다. 형이 이름을 으뜸 소로 바꾼 사연이었다. 韓으로 모아졌던 우리말을 다시 풀어쓴 셈이다. 여기까지 얘기한 형은 그러나 잠시 무엇인가 허전하고 서운한 기색이 역력했다.

한문을 배운 우리에게 중국은 대국이었고 거의 하늘이었다. 그런데 한학을 전공한 형이었으니 그 한자가 우리나라 글자였다는 것이 어스름하게 판명되는 순간 어떠했을까 짐작이 갔다. 중국인이 양자강 늪지대를 따라 남방으로 내려간 깅(채취)족이었다니, 온몸의 기가 전부 내려앉는 듯 황당한 기분이 들더라고 했다. 언젠가 형과 함께 할아버지께 『주역』(사실은 상서)을 배울 때 ‘용마부도 출우하라’해서 황하에서 용마가 등에 그림을 지고 나타나 복희씨가 그 그림(河圖)을 기초로 팔괘를 만들었다고 했는데, 오히려 우리 겨레가 황하의 중심을 차지했다니 믿겨지지 않았다. 제야『환단고기』니『규원사화』니 하는 고대 사서의 내용을 어느 정도 알고 있었기에 형의 사설이 허황되지만은 않았다. 그러나 대국 역사의 말미에 동방에 신인(神人)이 있어 태백산 단목 아래로 내려와 나라를 세우고 국호를 조선이라 했다는『동몽선습』이 우리들 고대사의 출발이었던 점을 감안하면 실로 놀라운 일이었다.

2 하나님과 사서삼경

　제가 차에서 내려 시골집 마당을 향해 비탈길을 내려갈 때 마침 형은 사랑채 툇마루에 걸터앉아 무연히 나를 바라보다 이내 알아차리고는 천천히 일어나 제 쪽으로 걸음을 옮기고 있었다. 비탈길이라고는 하나 어느 새 시멘트로 계단을 놓았고, 이맘때만 되면 몇 년 전까지만 해도 밭두둑을 감아 내리는 바른쪽 언덕배기에 이리저리 연줄이 얽힌 채로 을씨년스럽게 서 있던 감나무 한 그루는 늙어서 그랬는지 베어나가고, 그 자리엔 겨울이 된 풀 북데기가 어지럽게 널려 있었다. 계단이 아니었으면 걸어 나오는 형을 맞으려 발을 재게 놀릴 수도 있었는데 타박타박 내려가자니 신경이 쓰여 그런지 왼쪽으로 빽빽이 들어섰던 뽕나무 밭에 심어놓은 겨울나기 푸성귀 위로 까만 오디를 따 먹던 추억이 자꾸 피어올라도 흘끔거리고만 말았다. 반가운 웃음을 얼굴 가득 담은 형의 얼굴이 가까이 다가왔다. 70을 훌쩍 넘기도록 농사만 짓고 있어 그런지 80 노인이 다 되어 있었다.

중학교에 들어가 도시생활을 오래 한 제가 보기에는 더 그랬다. 형과 제는 방학 때만 잠깐 만나는 사이가 됐지만 주로 제가 얘기를 신나게 했으니 형의 얘기를 들을 기회는 별로 없었다. 아니 말수가 적은 형에게 말할 틈도 주지 않았으니 더 그랬을 것이었다. 대학을 나와 살림을 차리고 나서야 제는 형과 이런 저런 얘기를 나눌 만큼 철이 들어 있었는데, 주로 자정이 다 되어 올리는 할아버지 제삿날에는 조금 긴 시간을 두런 두런 함께 보냈다. 할아버지 제사는 비가 오나 눈이 오나 제가 꼭 참례 하였는데, 대여섯 살 때부터 할아버지한테 한문을 배웠고 초등학교 내내 그리고 중학교 때도 방학 때마다 어김없이 내려왔으니 스승을 모시는 마음가짐이 더 간절했었다. 그러다가 환갑이 다 되어 하나님을 뵙게 되었고, 또 70을 넘기고부터는 차편도 안 좋고 꾀도 나고 해서 차츰 거르고 있는 터였다.

오늘은 제사도 아닌데 일부러 시간을 내서 형을 만나기로 한 것이었다. 형과 함께 사랑방으로 들어섰지만 형은 제가 무슨 얘기를 꺼내는지 자못 궁금한 듯 어서 말해보라는 눈치였다. 제는 약간 뜸을 들이고 있었다. 오래되어 낡았어도 방은 훈훈했다. 소도 없으니 군불을 땠을 것이었다. 할아버지가 늘 옆에 끌어안고 계시던 서함은 옻칠이 좀 벗어지기는 했으나 오히려 오동무늬가 선연했다. 백자가 무엇인지도 모르고 그저 사금파리로만 알았던 당초무늬 연적은 거의 창이 난 벼루와 함께 퍽 고풍스러웠고, 족제비 털에 부레풀을 발라 만든 붓 몇 자루는 서수(書 數)와 함께 대나무 필통에 꽂힌 채 처연한 구석을 지키고 있었다. 갑자기 『천기대요』·『만산도』·『방약합편』 등 고서를 꺼내보시던 할아버지 모습이 떠올랐다. 특히 주사위를 던져 강(講)이나 훈(訓)을 골라 외울 때 중간이 막혀 야단맞던 일이었다. 조무래기 서동들을 때리다 도리어

종아리를 걷어올리게 된 사연도 아스라했다.

선생님만 없으면 우리가 왕초였다. 방귀를 손에 담아 아희들에게 억지로 냄새를 맡게 하는 등 짓궂게 놀았었다. 70이 다 된 그들의 얼굴이 어른거렸다. 제는 뜸도 이만하면 됐다 싶어 바로 절사와 제사에 관한 의논에 들어갔다. 몇 년 전부터 제가 예수를 믿는다고 했을 때만 해도 퍽 언짢아하던 형은 그 후로도 내가 달라진 게 별로 없어 보이니 그렁저렁 넘어가고 있었는데, 형은 자네만 안 지내면 되는데 왜 그 얘기를 꺼내느냐고 지레짐작으로 단호하게 맞섰다. 사실 제는 가톨릭에서는 제사를 허용한다고도 하고, 또 기독교에서도 기일이나 생일에 산소를 찾고 있으니 제사를 반대할 생각은 없었다. 다만 하고 싶은 얘기는 기제사를 따로 지내지 말고 조상의 날로 정해 함께 지내자는 것, 제수를 따로 준비하지 말고 가족들이 음식을 차려놓고 먹기 전에 간단한 기도나 기도문을 만들어 읽자는 것, 제사를 자정에 지내지 말고 세 끼 식사 중 편한 때 하나를 택하자는 등이었다.

형은 얘기를 다 들어보지도 않고 예수는 뭣하러 믿느냐고 뜻밖에 공격으로 나오니 조금은 당황스러웠다. 제는 순간 『천자문』부터 떠올렸다. 예수교가 나쁜 게 아니다. 어릴 때부터 천지우주를 가르치고, 『동몽선습』에서는 그 만물 중에 사람이 제일 귀하다, 오륜은 하늘의 법전이요 사람이 타고난 성품이다, 또 『명심보감』에서는 착한 일을 한 자에게 하늘이 복을, 악한 일을 한 자에게는 화를 내린다고 했다. 사실 말은 안했지만 만물을 지으신 하느님이 계시고 그 가장 귀한 자리에 사람을 두시어 만물을 다스리게 하셨으니, 부모와 조상님도 중하지만 더 중한 이는 하느님이기 때문에 하느님을 받들라고 한 턱이다. 제는 형과 같이 읽은 책들을 거론한 것이다. 형이 들으면 기독교의 하느님을 이해할 수 있을 것이라는 생각에서였다. 그 외에도 형과는『통감』·『계몽편』·『동몽수지』·『훈몽일조』·『격몽요결』·『소학』·『대학』·『효경』·『중용』까지 함께 배웠고, 그 후에도 형은『맹자』·『논어』·『시전』·『서전』·『주역』까지 갔으니 하나님을 알려고 했으면 어디서나 나타나실 것이었다.

결국 제는 집안 모두 신주나 터주까리보다 더 높이 계신 하느님을 섬겨야 하고, 그 심부름꾼 예수를 믿어야 한다고 싶어 사실 입이 달았다. 그러나 형이 경학상 천명·천성·천도의 하늘은 각 원리의 궁극 원천으로 숭상의 대상이지 숭배의 대상은 아니라면 어떡하나 했다. 물론 할 말은 있었다. 제왕들이 천자라고 해서 하느님 행세를 했기 때문에 하느님이 가려졌었다고 사실 제 자신은 고민이 많았었다. 해방 후 시골까지 들어온 과학이 웬만한 풍습은 죄다 미신으로 몰아냈다. 굿 푸닥거리, 대감항아리, 집주저리, 성주풀이, 부엌조앙, 마구우양, 신장막대 그리고 여러 비방 부적도 살아졌다. 삼(핏발 눈)을 고치려고 벽마다 그려놨던 얼굴(눈에 송곳을 꽂았다)도 하루거리를 뗀다며 누운 몸 위로 소가 지나가게 하는 모습도 볼 수 없게 되었다. 절간에 들어가 법당 안을 들여다보기도 무서웠다. 교회란 또 무엇인가. 미신 아니던가. 철들고 나서는 서양 세력이 예수를 앞세우고 다녔다 해서 더 싫어했다.

그러다가 민주화 열풍이 불었다. 억울한 사람이 자꾸 늘어나는 시절이었다. 가슴 아파한 많은 기독교인들이 목숨을 걸었다. 제는 신앙을 다시 생각하기 시작했다. 만리장성에 끌려나온 신랑을 찾아 나선 새댁이 감독관의 수청을 거부하고 강물에 투신하여 황제 타도를 외치는 수많은 물고기로 환생하는 장면을 읽고, 제는 환갑이 넘은 나이에 교회 문을 두드린 것이다. 소원을 이루게 되는 것을 복이라 한다면 누구나 복 받기를 좋아하며, 누가 복을 준다면 모두 그 사람을 따르게 될 것이나 누가 그럴 힘이 있느냐고. 아니 아무도 없다. 조상님이다, 팔자다 이렇게 나갈 수도 있고, 하느님·부처님·예수님·성주대감·성황당·무당 중에 고를 수도 있다. 그런데 바란다고 빈다고 다 복을 얻을 수 있다면 서운한 사람이 어디 있겠는가. 그래서 덕을 쌓아야 하고 착한 일을 해야 한다고 한다. 착한 일이란 무엇인가. 돌봐줘야 한다. 베풀어야 한다. 구해줘야 한다. 뭔가 남을 위해 해주는 것이다.

착한 일을 하면 좋은 데 간다. 금시발복은 아니더라도 길게 보면 반드시 좋은 일이 돌아온다는 것이다. 그러니 꼭 무엇인가를, 누군가를 믿어야 되는 것은 아니지 않는가. 또 하필이면 왜 예수인가. 꼭 예수를 믿어야 더 되는가. 예수를 믿어야 더 효험이 있다고 믿는 사람들은 믿으면 된다. 또 부처님께 절하면 더 많이 받을 수 있다고 믿는 사람도 있으니 이런 믿음은 자유다. 그러면 왜 굳이 예수를 믿어야 하는가. 제가 생각했듯이 정작 교회는 투사를 키우는 곳이라기보다 오히려 사랑이었고 평화였고 기도였다. 희망을 가지고 변화를 기다리는 것이다. 불만인 것은 언제 변화가 오겠는가 하는 것이다. 변화가 하느님의 소관사이기 때문에 변화를 위해 사람이 할 수 있는 것이 기도뿐이라면 고통 받는 사람들은 언제 해방되는가. 옥살이하는 사람들의 고통을 더는 방법이 참고 기다리는 것이라면 꼭 하느님이 해방자라고도 할 수 없지 않은가. 그러면 고통은 하나님만 주시고 빼시는가.

하느님 없이도 언젠가는 풀릴 것이라면 기도의 효력이 아니라 참아낸 대가 아닌가. 그런데 그냥 참는 것보다 기도하며 참는 것이 훨씬 수월하다면 이나 저나 기도의 효력은 있는 게 아닌가. 그 기도도 만물을 창조한 조물주에게 한다면 제일 효과가 크지 않을까. 창조주가 있고 또 그가 기도를 들어줄 힘이 있다면 하느님을 믿어야 지혜로운 판단이 아니겠는가. 하느님과 만물을 따로 본 것이 이제까지 우리를 흐리게 했다고. 특히 경학에서는 하늘을 태양, 땅은 태음이라 해서 우주만물 운행원리의 원천으로만 가르치고, 하늘을 인격이나 의사 주체로 인식시키지 않음으로서 백성에 군림하는 왕이나 황제 또는 천자(天子)의 권위를 지키려 했으니, 하늘 제사도 왕이나 왕을 대신한 신료들이 주관하게 함으로써 일반 백성의 접근을 막았다고 봐야 한다. 그래도 집집이 믿는 구석이 따로 있어 다양한 신앙물을 만들고, 심지어 중국에서는 공자까지 가신(家神)으로 모시면서 자연스럽게 군주와 내통하게 만들지 않았는가.

이는 신이나 사후를 모른다고 천명한 공자의 입장과도 크게 어긋나는 것이었다. 유교가 선행(仁)을 강조하고 간간히 하늘이 상벌을 내린다고 얼러가며 3000여 년 간 인간을 교화한 공로는 부정할 수 없지만, 하늘 대신 왕을 신격화함으로서 백성으로 하여금 그만큼의 복종과 인내를 강요한 점을 부인할 수는 없을 것이다. 이제 하느님을 가리고 있던 장막을 걷어내고 백성들이 바로 하느님과 대화를 나누도록 하면 어진 세상을 앞당길 수 있지 않은가.

여기까지 얘기하려고 형을 만난 건 아닌데 어느 듯 제는 전도사가 되어가고 있었다. 그러나 형은 유교 3000과 종교 3000을 비교하자고 했다. 주대(周代)의 교육 담당자들이 유교의 원류라고 할 정도로 유교는 교육을 통한 윤리도덕의 확산을 지향하기 때문에 종교 없이도 큰 몫을 해냈다고 할 수 있다. 그러나 소위 성군의 시대가 그리 길지 못했던 점을 고려하면 윤리도덕의 신격화가 재래한 오늘의 민주·민권·자유·평등·박애가 훨씬 높은 평가를 받을 만하다고 제는 주장했다. 그래서 신에 의지해야 하고 의지할 신은 제일 높은 하느님 아니겠는가. 유교

에도 제문과 축문이 있고, 민속으로도 손을 비비며 주문을 외우고 있으
니 이제는 하느님을 분명히 밝혀야 하지 않겠는가. 제는 하나 더 추가하
고 싶었다. 하느님은 다 들어주시는 게 아니라 어진(일을 한) 사람의
소망을 들어주신다. 어진 세상을 바라시기 때문이다. 또 하나 있다. 하느
님이 계신 것을 안 믿다가 만일 계신 게 판명되면 그땐 너무 늦지 않겠
는가.

3 아사달까지 3000년

　　　　　　　　　　한겨레는 다시 황하를 따라 1000년간 산동성까지 내려오며 번성했다. 이때 한겨레는 박달족이 되어 있었다. 밝은 달 사람이었다. 쳐다보기 어려운 해보다 감싸주는 듯한 달을 좋아했다. 솟대에 보름달이 뜨면 무리를 이루어 춤과 노래를 불렀다. 당꾸리 (덩꾸리)들이 춤과 노래와 제구와 악기를 개발했다. 젖무덤에 꼭지 둘을 그려 맘마 자(母), 고무래 둘을 세워 빠빠 자(父)가 되었고, 부모를 받드는 님도 생겼다. 이제는 하늘도 하늘님이라 했다. 당꾸리 가운데 복 잘 치는 복치님, 넝이 잘 아는 넝이님, 수르(술) 잘 다리는 수르님도 나왔다. 나중에 생겨난 씨자를 붙여 복치씨, 넝수르씨하다가 그림글씨가 많이 생긴 뒤에는 복희(伏羲)씨, 신농(神農)씨가 되었다. 인총이 늘어나 흙(농지)을 넓혀야 했기에 물줄기를 잘 다루는 사람도 이름을 날렸다. 둑을 쌓아 이부자리처럼 흙을 가른 당꾸리 요(堯)도 나오고, 꽃 순이 긴 나무를 심어 홍수와 가뭄을 막아낸 순(舜)도 나왔다. 이름 난 땅꾸리들의 전설도 많이 나돌았다.

　지붕을 내려와 1000년 간 물고기와 용을 섬기며 늪으로 내려갔던 경(건져 먹는) 사람들은 차츰 장강(長江, 양자강) 유역의 기후가 바뀌고 물이 빠져나가 고기를 건지거나 열매를 따먹을 수 없게 되자 차츰 한겨레 박달족이 지어놓은 농사를 거저먹으려고 북으로 올라왔다. 처음에는 박달 유민을 데리고 농사를 배우려 했다. 그러나 먹거리를 쉽게 마련하던 습관을 고치기란 여간 어려운 게 아니었다. 이들은 박달족이 농지를 넓히며 내려온 산동까지 쳐올라왔다. 경족은 무기를 만들어 때로 몰려왔는데, 바로 군대였고 권력이었고 나라였다. 그들은 박달족의 농사·천문·의방을 적은 글자를 본받아 남을 치기 좋게 떼를 만드는 방법과 사람을 해치는 무기 이름을 나열하였다. 제일 먼저 만든 글자는 배·수레·창·방패 그리고 이를 다루는 군과 대열, 그 앞장을 서는 깃발(干戈舟車軍隊旗)이었고, 다음은 큰 떼(國)와 그 우두머리(王·皇·帝) 그리고는 그들 조상의 이름이었다.

　솟대와 그 나래 밑에서 한겨레가 다 같이 농사를 지으며 구순하게 지내는 박달족에게 나라(猇)는 알을 품어내는 어미나래였다. 박달이 보기에 國은 울타리를 쳐 백성을 보호하는 게 아니라 백성을 뜯어먹는 가두리였다. 또 남의 터에 들어와 무기(戈)로 먹을 것(口)을 빼앗는 형국이기도 했다. 백성을 억압하는 권세는 힘을 좋아해서 해를 숭배했다. 괴로운 백성들은 이놈의 해가 언제 망하느냐고(서전·탕서) 할 정도였지만, 왕들은 자기들을 자랑하는 글을 많이 짓고 이를 남기려 기를 썼다. 박달족이 가림토로 편하고 쉽게 의사를 적는데 반하여 왕들은 기기묘묘한 글자를 만들어 백성을 가르치고 괴롭혔다. 한자는 한자(漢字)가 되었다. 王만 해도 농사(土)를 다 지배하는 모습이었다. 곡식세울 넝(土)

자는 밀려나 비슷하게 읽는 굽은 별 농(曲辰＝農, 밤길잡이별) 자로 바꾸더니, 와 하고 떼로 몰려와 낟알을 뺏어가는 박달의 와(我-벼禾를 창戈으로 빼앗음) 자를 발음이 비슷하다고 해서 워(나)로 바꾸었다.

너(二)나 그(三) 자도 자기들 발음대로 이(박달의 실감기 爾)와 기(박달의 키 기其, 뒤에 키는 箕가 됨)를 썼다. 점차 그림글자는 경족이 활발하게 발전시키고, 박달족은 농사·천문·의방 등 꼭 필요한 경우에만 만들어냈다. 굽이굽이 기슭 기슭마다 오순도순 무리지어 농사를 짓는 배달(박달)에겐 글로 전할 말이 많지 않았다. 배달을 지배하는 것은 왕이 아니라 오직 하늘이었기에 조세와 부역과 진상(進上)으로 백성을 괴롭히고, 이를 하늘의 뜻이라고 우기며 군말 말고 따르라는 가르침이 필요 없었다. 제국이었던 경족은 권력을 확충하기 위하여 皇·帝도 모자라서 배달족이 쓰는 하늘, 나 또는 하나로 쓰는 ― 자를 마음대로 주물러 大 자를 만들고 이를 우두머리 자에 덧붙였다. 그리고는 자기들이 바로 하늘(天)이라며 가는 곳마다 솟대를 뽑아버렸다. 이런 경족을 하늘님과 넝슬님 밖에 모르는 배달이 당할 수가 없었다. 배달은 하늘님께 매달렸다. 나래에 모여 제를 올렸다.

그러나 떼들은 물러가지 않고 계속 몰려왔다. 배달은 머리에 제일 무서운 주지(자오지-사자) 탈을 쓰고 나서 보았다. 제일 밝은 보름달을 이마에 붙이거나 점점 자라는 초승달로 옆머리에 뿔을 달기도 했다. 활과 몽둥이, 돌팔매로 목숨껏 싸우니 처음에는 퍽 무서워했다. 그러나 별게 아니었다. 차츰 바보들(蚩尤)이라고 비웃기까지 했다. 그도 그럴 것이 상대는 먹여 기른 싸움꾼이었지만 배달쪽은 당꾸리(덩꾸리)들이 이끄는 일꾼들이었다. 승승장구하는 경족의 우두머리는 임금(나중에 제일 윗 임금, 곧 黃帝라 했다)이라 했다. 그들의 무용담이 만발했지만 끈

질긴 배달(당꾸리, 당골, 꾸리, 따공-大弓)도 만만찮았다고 해야 더 빛날 것이었다. 어떤 치우는 군신(軍神)으로 받들기까지 했다. 배달이 산동에서 패하기 시작했을 때 배달의 본거지 용문(韓城)에서는 농사철을 잘 따지는 큰 당골 환(환한 달빛)님을 중심으로 황제 떼를 어떻게 막을 것인가를 놓고 깊은 시름에 빠졌다.

우리도 황제와 같이 무력을 양성하자는 논의가 무성했다. 환님은 그렇게 되면 배달의 전통인 솟대와 농사와 한겨레는 영영 없어진다고 했다. 망한다고 했다. 환님은 큰 솟대를 뽑아들고 황제로부터 안전한 지역을 따라 동진하기 시작했다. 흥안령을 넘어 요하까지 진출하는데 또 다른 1000년이 흘렀다. 황제는 벗어났으나 북방에서 흉노족(마적 떼)이 내려와 또 괴롭혔다. 서역고원에서 풀밭을 따라 내려간 칭족들이었다. 가뭄이 들어 양이나 말을 치기 어려우면 자주 남방으로 내려와 배달을 괴롭혔는데, 배달은 그때마다 먹거리를 넉넉히 주며 이들을 다시 북방 초원으로 돌려보냈었다. 2000년이 흐르는 동안 이들 중 일부가 기마민족이 되어 약탈배로 바뀐 것이었다. 큰 솟대 환님 후예들은 다시 송화강까지 동진하여 태백산(백두산)에 솟대를 세우게 되니, 배달은 어느 새 초승달을 숭배하는 겨레가 되어 있었다. 초승달 고으리(조선, 朝: 초승달 조, 고을 鮮 또는 아사달-이른달) 박달님의 나라였다.

단단해서 농기구로 쓰기 좋은 나무를 박달나무라 했다. 큰 솟대나 버금 솟대나 죄다 박달나무로 바뀌니, 황하 한성에서 요하까지 다시 송화 두만 백두까지 큰 솟대가 자나온 길을 따라 대소 마을에 박달솟대가 줄을 지어 퍼져나갔다. 박달님은 이제 한문으로 단군(檀君)이라 하고, 예부터의 덩은 상당(上黨) 또 덩꾸리는 단골 또는 그냥 꾸리라하여 구려(九黎)니 고려(高麗)니 하는 배달의 호칭으로 발전해 나갔다. 한편 한성에 터 잡고 황하 유역을 누벼나가던 배달은 황제에게 항복하고, 솟대가 백두에 꽂힐 무렵 요가 다스렸고 순이 요를 이어나갔다. 순 다음에는 우(禹)가 왕이 되어 나라 이름을 하(夏)라 하였으며, 화하(華夏)족이 황제의 후예로서 중국을 지배하는 건국설화가 완성되기에 이르렀다. 그러나 하를 이은 탕(殷)까지 배달의 농사와 이를 위한 치수는 모두 덩꾸리들이 담당하였고, 하족은 주로 군권을 쥐고 휘둘렀다. 은을 멸한 주(周)에 이르러 비로소 화하족의 천하가 되었지만, 농군은 여전히 배달이 주를 이루었고 배달이 화하족화 됨으로써 자연스럽게 농사마을이 전국적으로 정착하게 되었다.

배달족이 황하를 더듬고 내려온 지 2700년에 태백(백두 아사달)까지 왔으나 편할 날이 없었다. 남쪽은 험산준령이 막혀 안전하였지만, 송화강에 이르는 일망무제 들판은 북방 칭족(기마)과 냥족(수렵)의 위협을 받았다. 흉노요, 말갈이요, 숙신이요, 선비요, 읍루요, 예맥이었다. 초승달 고으리(朝鮮)라 했지만 창칼을 갖추기는 쉽지가 않았다. 처음에는 외교로 안 되면 자경대 수비대가 나섰다. 결사 항전하다가 다수가 희생되기도 했다. 멀리 피신하거나 산으로 들어가 적이 물러가기를 기다렸다. 웬만하면 뺏기고 마는 게 나을지도 몰랐다. 병사를 양성하자는 논의가 거세졌다. 하느님께 비는 데도 마감이 있었다. 단골들은 억울한 죽음을 막고 한 많은 주검을 달래기 위하여 넋을 불러댔다. 북방 풍습이 솟대에 엉켜 무당들의 먹거리 굿판으로 변하기도 했다. 그러나 배달은 솟대를 지키며 하느님을 모셨다. 평화·사랑·두레(농업) 그리고 맑은 피(농군 순혈)를 지키며 또 다른 1000년을 버텼다.

농서·천문·지리·의서는 화족이 개발한 한자(漢字)로 적어야 할 정도로 방대해졌다. 그러나 배달의 뿌리는 여전히 가림(글자)이 지키고 있었다. 구전돼오던 것을 대판(竹簡)에 모았다. 솟대 모시는 방법과 하늘님께 올리는 제사 절차는 반드시 가림으로 써서 많은 사람이 알게 했다. 노래와 춤 그리고 제구인 방울과 악기 등 사용법도 꼭 가림으로 적었다. 배달족이 태백에 터 잡기까지의 내력과 이겨낸 고난을 알게 해서 자랑으로 삼게 했다. 그러나 더 높은 기세로 쳐들어오는 도적 떼를 물리치기는 어려웠다. 버금 솟대 가운데서 제일 단단한 요동의 불끈 솟대 쪽을 자꾸 쳐다봤다. 은(殷)의 왕족 기자(箕子)가 한성에서 건너와 단골이 되어 있었다. 차츰 팔조금법만 가지고는 북방족을 당할 수 없어 왕궁을 짓고 수비대를 양성하니 비로소 나라 모양이 되었다. 큰 솟대는 부소량(불끈 솟대)을 향해 서서히 움직였다. 왕도 왕궁도 없이 아사달을 지키자는 찰자들은 이름을 부여(벼농사)로 바꾸고 새 솟대를 세웠다.

　기후가 변해 초지를 잃은 야인들이 쳐들어오자 부여 유민은 요동을 거쳐 바다를 건넜다. 이들도 할 수 없이 한강 유역에 왕국(부여·백제)을 건설하게 되는데, 병졸은 대개 현지화 된 왜(倭)를 앞세웠다. 벼농사를 지으며 되도록 세습 왕을 피하고 솟대 제단을 궁궐삼아 백성을 보살폈다. 군주국이 아니라 제주국(祭主國)이었다. 40대에 걸쳐 1000년간 왕권을 유지하던 조선(기씨)은 한화(漢華)족의 침략을 받고 압록강을 건너 대동강에 이른다. 새로운 뿌시량(평양 마한)을 세웠으나 바로 쫓겨나 홍성·익산으로 찾아든다. 이렇게 마한(馬韓)으로 200년간 연명하던 배달의 전통은 백제로 융합되고, 큰 솟대는 구월산·마니산·지리산으로 떠돌다가 백제가 망하자 진도 용장산으로 건너갔다. 마한 유민과 백제 유민들은 반도 서해안 저지대로 귀화하여 뭍사람이 된 왜인들과 함께 대마도와 규슈를 거쳐 일본에 상륙한다. 사무친 원한 때문이었다. 힘이었다. 무력이었다. 그들은 천병(天兵)을 기르며 하느님께 제를 올렸다.

4 왜 우리 손에

형의 산수가림다는 여기까지였다. 족
보와 대조하더라도 놀라운 일이었다. 기자로부터 마지막 왕 준까지 40
대 900년, 다시 반도로 건너와 세운 마한은 8대 200년인데, 마한 3왕자
가 각각 신라·백제·고구려로 갔고, 신라로 간 왕자의 31대 손이 상당
(上黨:청주)한씨 시조 태위공이다. 고려 개국공신이니 900여 년이 또
흘러서였다. 다시 조선을 거쳐 900년이 흘렀다. 기자 이래 약 3000년간
누구 손을 거쳐 마한과 백제가 망할 때까지의 기록을 유지했단 말인가.
또 어떻게 할아버지가 간수하시던 만권루까지 왔단 말인가. 부소량 솟
대가 궁지에 몰린 연인(燕人) 위만을 보살펴 주다가 갑작스런 그의 배
은망덕으로 대동강까지 쫓겨 올 때 왕도 겨우 몸만 빠져나왔으니 전적
을 옮기기란 쉬운 일이 아니었다. 궁중 귀족과 당골들이 몇 권씩 나누
어가지고 내려온 것이 고작이었고, 이후는 아낙 단골들이 은밀히 요동
을 드나들며 천문·지리·의서를 지리산으로 날랐다는 전설이 있을 뿐

인데 말이다.

　제는 형과 함께 만권루에 올랐다. 실로 70년 만이었다. 나이가 드니 가끔 지나칠 때마다 처연히 바라만 봤었다. 저 책들을 누가 관리할 것인가 보다 이젠 그나마 관심 갖는 후손이 끊어질지니 오히려 누가 돈 몇 푼을 노렸다고 잔인해 할까 싶어서였다. 얼마 전 이사할 때 손때 묻은 서적들을 꽤 많은 서화와 함께 시세라는 헐값으로 대거 처분할 수밖에 없었던 제는 꼭 죽은 뒤에 유품을 살아서 정리하는 기분이었다. 박람강기가 필요 없는 세월이 겹쳐 더 가슴이 시렸다. 10여 년 전 겨우 운반비를 건지면서 『이조실록』 50권과 『승정원일기』 그리고 독립운동사료 등을 인사동 통문관에 입고시킬 때만 해도 얼핏 만권루가 다가왔으나 걱정도 팔자라 싶어 관심을 끄기로 했었다. 그렇게 애물단지로만 떠돌던 만권루가 지금 엄연히 제 앞으로 걸어나오고 계셨다. 오래 전에 버려진 폐광에서 금덩어리를 캐낸 형인 듯, 아니 그보다 더 소중한 금덩어리로 제는 형을 바라보았다.

　그 많은 고서들을 형은 경전은 경전대로 또 천문·지리·농서·의서는 각각 자리를 달리하여 정리해 놓았다. 산수가림다 첫머리에 만권서를 읽지 않으면 이 책에 손대지 말라고 적혀 있었다 했다. 형은 무슨 비기(秘記)나 되는 듯, 그래서 더 만 권 서적을 읽고 분류해 놓았던 것이다. 의외로 사서(史書)도 경전만큼 많아 보였다. 종중의 저술로는 문혜공의 『고금록』, 구암의 『동국지리지』, 옥유당의 『해동역사』 그리고 꼭 사서는 아니지만 문정공의 『경국대전』·『국조보감』·『금강경언해』·『중간신웅경』도 있고, 사가정과 같이 펴낸 『동국통감』도 있다고 했다. 문혜공의 아들이 여말의 대제학이었고, 그 현손이 선초의 대제학 문열공이었으니 집안이 온통 책 천지였다고 전해 내려오는 말이 있다. 문열공의 손자로 조실부모하여 종조부인 영의정 문간공의 보살핌을 받아가며 40이 다 되도록 책에 파묻혀 살다가 수양대군의 장자방이 된 충성공이고 보면, 그 문간공의 종가가 오늘의 만권루 아니던가.

문간공의 손자가 문정공이요 형은 그 17대 종손이 아닌가. 문정공은 오래 집현전에 있기를 자원했다. 다들 현직에 나가고 싶어 했다. 말이 봉직이지 벼슬 재미를 원했다. 책만 파고드는 그를 보고 동료들이 "성인(聖人)을 찾지 못했으나 한 공이 제일 가깝다(庶近)"고 했다. 세조도 그 이름을 부르지 않았다(不號實名). 청렴해서 빙얼(氷蘖)거사라 했고, 분대(粉黛)는커녕 사죽(絲竹)을 멀리했다. 자녀 혼례 준비가 없어 왕이 임종에 왕비에게 위촉할 정도였다.

이제 다시 말머리는 산수가림다로 돌아간다. 가림다는 모두 열두 두루마리다. 겉장과 일러두기는 별책이었다. 1권으로부터 12권에 이르는 편년체로 삭거나 헤지면 권마다 새로 쓰면서 1-2, 2-3 하는 식으로 번호를 매겨가며 그때마다 그 사연을 적었기 때문에 처음 흙판에서 죽간으로, 죽간에서 다시 종이로 옮겨가는 고한(苦汗)이 선연히 느껴지곤 했다는 형의 말이 실감나는 듯했다. 형은 먼저 별책을 언급했다. 겉장은 함부로 손대지 말라는 경구와 제목 산수가림다로 마무리 되었고, 책을 펴니 첫눈에 들어온 '弘益人間' 네 글자가 선명했다. 낯설지 않았다. 영락없이 제의 서재에 걸려 있는 의제(毅齋) 선생의 글씨 같았다. 그리고는 또 다른 경구가 있었다. 다른 책은 다 버려도 이 책만은 목숨으로 지켜라. 아니 그렇게 해서 여기까지 고행을 거듭하셨고, 지금 이렇게 우리들의 수택(手澤)을 기다리고 계셨단 말인가. 아니 우리가 버렸다면 하는 생각에 이르니 아찔한 생각에 기운이 쑥 빠졌다.

다시 천하가 한결같이 힘쓰고 힘쓰라고 하신다. 한결같다는 한겨리 같다, 한겨레 같다로 弔자를 썼다. 하느님 뵈려면 솟대 나래 밑에 모이기 때문에 나래 밑에 모이는 사람들은 다 한겨레라 했다. 한겨레가 사는 곳을 나래(犭)라 하다가 점점 커지니 큰 나래(弓)라 했다. 한 나래(큰 나라)에 사는 사람들이 서로 세우고 보살피니 弔가 되었고, 또 큰 대(大)를 부쳐 夷라 했다. 화하(華夏)족은 끝없이 큰 나라를 이루고 화목하게 사는 夷를 나중에 활 잘 쏘는 오랑캐라 불렀지만, 활이란 누구나 썼던 사냥도구이니 합당한 자가 아니다. 천하를 모두 夷로 만드는 것이 한겨레가 짊어져야 할 사명이요, 이를 나중에 생긴 한자로 홍익인간이라 한 것이다. 그 실천 요령으로 다섯 가지를 가르치시니 "정성껏 하느님을 섬겨라. 이웃을 한배같이 사랑하라. 일손을 도와 농사에 힘쓰라. 싸우지 말고 달래라. 피를 맑게 하라(一心奉天 兄友弟恭 隣保務農 不戰和平 純血通婚)"였다.

이제 겨우 배달이 솟대를 세워 하느님께 제를 올리고, 서로 도와 농사를 짓고 오순도순 먹고 마시며, 누가 쳐들어오면 들어주고 달래가며 세상 끝까지 살기 좋은 나라를 이루는데 한 핏줄로 앞장서야 살아서나 죽어서나 하느님의 (주시는) 복을 받는다는 굳은 마음가짐으로 5000년간 이렇다 할 궁궐도 없이 성곽도 없이 화려한 제구나 제기도 장신구도 없이 오직 춤과 노래를 즐기며 남새와 나물과 나문재를 무치고 버무린 건건이로 맛을 돋우며 살아온 내력을 대충 알만했다. 그러나 사방에서 경족(採取)·냥족(狩獵)·칭족(牧畜)이 한사코 한겨레를 만만히 보고 탐을 내니 배달족은 점점 지쳐갔다. 솟대를 뽑아버리고 식량을 약탈하며 부녀자를 겁탈하고 부역과 병역으로 백성을 들볶으니 이젠 희망이 보이지 않았다. 기자왕국, 마한왕국, 백제왕국을 세워보지만 강국을 이기려고 강국이 되다 보면 하느님이 주신 노상외(常念)를 따를 수가 없고, 오랑캐를 이기기 위하여 오랑캐가 되는 이치 아닌가.

강국이라 해도 강소국이었다. 일본으로 건너간 한겨레는 안전보장이 가능한 지리(地利)가 있어 한 번 해 볼만 하지만 백제는 그것도 어려웠다. 그래도 노고단의 으뜸 소를 지키던 당골들은 심한 논쟁 끝에 곧 부여로 많이 내려갔다. 벼슬살이(사제)를 하다가 백제 멸망과 함께 대부분 옥쇄하고 말았다. 신라로 갔던 몇 안 되는 당골들도 처음에는 사제(천관)로 지내다가 불교가 들어오면서 승려가 되었지만 절을 상당(上黨)으로 꾸미려 애썼다. 대웅전과 산신각이 그것이다. 마음 속에는 부처보다 하느님이 앞서 계셨다. 나중에 이들은 나라 한가운데 솟대를 모시고 그 지명을 상당(淸州의 옛 이름)으로 하기에 이른다. 그리고는 끊임없이 한겨레를 회복하려고 은밀한 활동을 계속한다. 상당에 터 잡은 고려 개국공신 한란(태위공)도 그랬다. 고려 창건을 예언한 화엄사(지리산)의 도선국사와 제자들 그리고 왕건의 태사 최지몽 등은 가사장삼을 입고 염불 속으로 새 세상을 열어달라고 하느님께 조아렸다.

형은 가림다를 들고 한참 동안이나 제를 쳐다봤다. 예수를 믿고 될 일이 아니라는 듯했다. 고려는 불교로 칠갑을 했어도 처음부터 호족들의 세력다툼으로 영일이 없었다. 그러다가 100년도 안 되어 거란이 침입했고, 또 100년도 안 되어 여진이, 다시 100년도 안 되어 몽골이 쳐들어왔다. 그리고는 망했다. 무신 귀족들은 땅을 나눠가졌지만 백성들은 다 농노로 전락했다. 나중에는 백성을 해방시켜 주는 대가로 항몽전선에 뛰어들게 했지만 결과는 참패였다. 노고단을 지키던 박달 단골들은 고려의 패망을 지켜봤다. 자기들 생각대로 강소국이란 애초에 없었다. 그림에도 백제 단골의 본거지 교룡산성을 내려와 용천에 몸을 씻은 땡추(道士)들은 또 새 나라를 꿈꾸기 시작했다. 아마도 25년간 만권루를 뒤졌던 충성공이 도달한 결론도 이와 비슷했으리라. 수양을 도와 나라를 굳혔다고 지금도 자부하고 계시리라.

그러면 가림다는 우리에게 무엇을 말씀하고 계신가. 고려나 조선이나 모든 인재에게 공자를 가르쳐도 과거로 등용된 공자의 수제자들은 백성을 수탈하거나 수탈을 막지 못해 늘 민란과 맞서야 했다. 불교를 국교로 삼았던 고려도 아무런 덕을 보지 못하고 요승만 날뛰었다. 오상(五常)을 펴보려고 무당 도사들이 사방에 불을 질렀으나 권력에 달려든 백성들의 피만 낭자했다. 형은 다 끝난 얘기라 했다. 형의 판단으로는 홍익인간이 오래 전에 물 건너갔다는 것이다. 지금 중국에 사는 농민도 근본을 따지면 다 (당)꾸리들이다. 한겨레 유민이나 잡혀온 쿠리에게 농사를 배웠다. 들로 산으로 뛰놀거나 물질이나 낚시질에 이골이 나면 농사에 마음을 붙이기 쉽지 않다. 화하족도 기후 변화 때문에 할 수 없이 농사에 익숙해졌다. 평화 농사마을을 향한 오상을 자기들 권력사회에 맞게끔 삼강오륜으로 만들어 3000년 전제정치를 할 수 있었다. 더구나 장사와 공장으로 사는 세상이 되었으니 오상마을을 어디서 찾겠는가.

그래서 예수가 내려온 것 아닌가. 형은 제를 노려보았다. 묘한 웃음이었다. 비웃음이라 할까 잘도 갖다 댄다고 어이없어 했다. 조선이 망하기 전 100여 년 간 200개의 불온문서(掛書)가 담을 발랐다. 천진암에서 천주강학회가 열리고, 한 땡추(최양업 신부)가 내원암을 찾아 수운에게 『천주실의』를 전한다. 그는 또 다른 폭동(動勢開闢)이냐, 아니면 대중운동(靖世開闢)이냐 고민하던 끝에 은적암에서 무저항 비폭력을 선언한다. 그러나 백성은 듣지 않고 다시 한 번 혁명을 꿈꾸다 조선과 함께 뼈를 묻었다. 독립운동이라 하지만 멋모르는 사람들의 목숨을 앗아가긴 매한가지였다.

예수는 혼자서 장렬한 죽음을 맞이했다. 하느님 세상을 만들기 위해 목숨을 아끼지 말라 했다. 그런 하느님의 아들이 되어 백성을 이끌 때 모두가 살기 편한 세상을 앞당길 수 있다 했으니 살신성인 아닌가. 그냥 될 일은 아니다. 늘 하느님께 기도하고 선(사랑)을 베풀었는지 참회해야 한다. 형이 조금 누그러졌다. 살신성인(殺身成仁) 때문인가.

5 노아 얘기

제는 노아 얘기부터 시작했다. 홍수가 세상을 집어삼킬 때 노아 일족은 살아남았다. 여호와(하느님)께서 배를 준비시키셨다고 했다. 어찌 보면 우리 넝족과 함께 있었는지도 모를 일이다. 배에서 내리자 바로 농사를 지어 포도를 재배하기까지 했으니 그럴 듯했다. 가림다에도 우리와 같이 달을 좋아하다 서쪽으로 내려간 겨레가 있다 했지 않은가. 큰아들의 이름을 딴 셈(심는) 족은 북방 유목민(아카드)의 침략을 받고 사방으로 흩어지는데, 아카드 인은 본래 수렵(넝)족이라 육식을 즐기며 황음에 날뛰고 있었다. 모계였기에 더 걸걸했다. 셈 족은 쫓기어 강(유프라테스) 하류로 내려간다. 그런데 거기에는 인도 북부 고원(파미르)에서 내려온 일처다부의 수메르 족이 농사짓는 백성을 뜯어 내 왕국을 세우고 떵떵거렸다. 태양을 숭배하여 높은 제단을 많이 쌓고, 요상한 우상을 깎아 집집마다 모셔놓고 다산과 풍요와 쾌락을 빌며 못하는 짓이 없었다. 증손인 에벨(히브리)은 농사에 매달렸으나 가렴주구였다.

그 증손에 이르러서는 목축이었다. 다시 그 증손 아브라함은 어디엔가 가서 농사를 짓고 싶어 했다. 대대로 그리는 하느님은 어디 계신지 온갖 잡신들만 우글거렸고 모두가 바라느니 정력이었다. 아버지도 늘 하느님과 농사를 외치시며 먼 땅(가나안)을 그리워하셨다. 아브라함은 강을 거슬러 옛 고향(하란)으로 향했다. 배달이 아사달에 도착한 지 얼마 안 되어서였다. 별세한 아버지를 뒤로 하고 아브라함은 하란을 떠나 가나안으로 들어간다. 농사마을을 개척하려 했으나 주위는 벌써 온통 왕국이었으니 들어갈 틈이 없었다. 하느님이 자주 나타나셔서 큰 마을을 이루어 주리라 격려하셨지만 쉽지 않아 보였다. 예부터 하느님은 자기(말)만 믿는 것을 의롭다(바르다) 하셨는데, 1000여 년이 지난 지금은 또 처진 사람을 추켜야 공평하다(고르다)하셨다. 바르고 공평한 세상은 농사를 기본으로 해야 한다는 것이 하느님 생각이라고 아브라함은 굳게 믿었으나 아무리 찾아봐도 거처할 땅이 없었다.

누군가 애급으로 내려가 보라 했다. 막상 가보니 들은 넓은데 바로가 태양의 아들이라며 기승을 부렸다. 아내까지 빼앗겼다 되찾은 뒤 많은 육축과 금은을 얻어 가나안으로 돌아왔으나 하느님의 뜻에 합당한 나라를 이루어낼 엄두가 나지 않았다. 다행히 농사마을에 성공한 공평왕(살렘 왕 멜기세덱)의 위로를 받고 다시 용기를 얻는다. 주위는 여전히 암흑이었다. 왕들이 앞장서 약탈을 일삼고 쾌락이 절정으로 치솟아 남색이 판을 쳤다. 그럴수록 하느님을 향한 아브라함의 의지는 불타올랐다. 하느님께 기도드려 얻은 아들을 제물로 바치려고까지 했다. 아무리 멀어도 갈 길은 가야 했다. 아브라함은 우르에서 익힌 쐐기문자(수메르)를 본 떠 걸어온 길을 기록하며 또 떼를 물았다. 아내가 죽자 원주민들의 양해를 얻어 겨우 밭뙈기를 장만해 장례를 치를 수 있었다. 그래도 자식들 혼처를 구함에 있어서는 어려운 가운데서도 여전히 고향에 다리를 놓으며 서로 섞이지 않으려 애썼다.

200년이 지났다. 아브라함의 자손들은 결국 정착을 못하고 그 손주 야곱(이스라엘)이 열두 아들과 식솔 70명을 데리고 목축을 가증히 여기는 애급 땅에 내려가 겨우 초지 한 구석을 얻게 된다. 히브리 사람과 함께 먹으면 부정 탄다고 괄시를 받을 정도였으니, 비록 애급에서 요직을 차지한 자식 덕을 봤지만 세월이 갈수록 견디기 어려운 수모를 당해야 했다. 그리고 400년이 지나서야 보행하는 장정만도 60만이나 되는 대가족을 이끌고 야곱의 증손 모세가 애급을 탈출한다. 모세는 젖과 꿀이 흐른다는 가나안 땅을 보여주며, 이스라엘이 거기에 들어가 제사장 나라를 꾸미고 살기 위한 훈련을 40년간 혹독하게 시킨다. 하느님을 알게 하는 게 중요했다. 하느님을 잊고 산 지가 500년은 되었으니 더 그랬다. 하느님은 세상 만물을 창조하시다가 마지막 날에 사람을 내셨으니 의롭게 살면서 만물을 다스리게 할 요량이셨다. 다 끝내고 쉬신 날이 안식일이었기에 이를 되새기라는 게 첫째 계명이었다.

아무리 사막이라도 쉬엄쉬엄 40일이면 갈 수 있는 길을 뺑뺑이로 40년을 갔으니, 400년 묵은 애급을 떨어내려면 그래야 했다. 장차 세워나갈 하느님 나라는 제사장 나라였다. 왕이 아니라 제사장이 하느님을 대리하여 매사를 하느님 뜻대로 결정하는 나라, 하느님이 기름부어주시는 (점지하시는) 제사장이, 아니면 나라를 이끌 자질을 갖춘 사제들이 뽑은 제사장이 다스리는 나라는 바로(폭군)가 다스리는 애급과는 전혀 다른 나라였다. 화려한 궁궐도 왕릉도 사치스런 장신구도 주지육림과 산해진미를 즐기며 놀고먹는 귀족도 없는 나라, 바라서 하는 벼슬이 아니라 부족하지만 마지못해 심부름하는 벼슬, 오직 나라 걱정에 정신을 쏟는 사제일 뿐 이런 나라가 과연 될까 하는 그런 나라였다. 모세는 하느님 자손은 하느님만 믿고 다른 헛것(우상)을 쓸어내며, 터무니없이 복을 빌지 말고 늘 하느님이 사람 내신 뜻을 헤아려 의롭게 살며 이웃을 자기 몸과 같이 사랑함으로서 복을 받들어야 한다고 가르치셨다.

모세는 하느님을 받들게 하기 위해 먼저 하느님의 힘을 빌었다. 하느님의 목소리라도 백성들에게 들려 달라고 간절히 기도했다. 사람이 할 수 없는 일을 하느님은 마음만 먹으면 해낼 수 있다는 것을 백성이 알도록 해달라고 매달렸다. 사람이 할 수 있는 일은 기도와 사랑이며, 기도와 사랑을 다짐하는 자리에 하느님이 강림하심을 믿게 했다. 그 자리를 엄숙하게 꾸미기 위해 엄격한 제단 설치와 제례 절차를 마련하고, 이를 소홀히 하면 죽음을 각오토록 했다. 특정 가문(야곱의 3남)이 제례를 주관하고 재판을 진행하며, 이들을 위해 소득의 10분의 1을 바치도록 함으로써 두려움과 고마움과 삼감 속에 하느님의 말씀을 가르치게 했다. 그러나 먹고 마시는 일로 세월을 보냈던 이스라엘은 정력타령을 하며 애급 시절을 그리워했고 복을 내려 달라며 우상을 만들어 절했다. 모세는 이들을 무섭게 징치하여 떠나올 때 함께 했던 장정 60만은 다 죽고, 새로 자란 장정 60만으로 가나안에 들어가게 된다.

모세가 느보산 꼭대기에 올라 요단 강 건너 가나안 땅을 바라보며 40년 세월을 화살같이 회고하니, 고난의 행군으로 쓰러진 백성의 울부짖음이 귓전을 때려 잠시 혼절하고 말았다. 모세는 가나안에 들어가려고 준비하는 백성에게 마지막 유언을 남긴다. "하느님이란 바로 말씀이다. 율법이 이스라엘의 유일한 자산이며 왕이시다. 가나안에 들어가면 일치단결하여 이를 지켜 행하라. 열국 앞에 이스라엘의 지혜와 지식을 보여줌으로서 그 율법의 공의로움으로 인해 이스라엘이 큰 나라를 이루고 번창하리라는 것을 확신하게 하라." 유언이라기보다 이스라엘에게 늘 닦달하는 가르침이었다. 이렇게 간절히 호소해도 이스라엘은 그들 생전에 다 잊어버릴 것만 같아 큰 걱정이었다. 제발 살아있는 동안만이라도 자손들에게 전해주었으면 했다. 손목에 매어 기호를 삼고, 미간에 붙여 표를 삼고, 문설주에도 기록하라 했다. 40년이 너무 짧았는가. 모세는 요단 강을 건너는 이스라엘을 바라보며 눈을 감았다.

모세 나이 120세. 그러나 눈이 흐리지 않았고 기력이 쇠하지 않았다 했으니 그는 목숨을 바쳐 이스라엘의 성공을 호소했던 것이다. 메마른 자갈만 깔려 있는 황량하기 그지없는 광야, 산이 있다고는 해도 기암괴석으로 뒤덮인 드높은 봉우리 뿐 군데군데 샘물이 있어 그 언저리만 수목이 자라는 땅, 갑자기 깊은 계곡이 갈 길을 막는 험로를 극복하고 수백만의 이스라엘을 이끌고 다닌 모세는 막상 가나안에 당도하니 그가 길러낸 이스라엘이 조금도 미덥지가 않았다. 처음 땅이라 했다. 하느님의 도움으로 젖과 꿀이 흐르는 땅을 차지하리라 했다. 그러나 그런 땅은 없었다. 오히려 파종하고 물 대기 쉬운 애급 땅과 달리 하느님이 이른 비 늦은 비를 적당한 때에 내려주셔야 곡식과 포도주와 기름을 얻을 것이요 너른 풀밭에서 가축을 키울 수 있으리라 온 정성을 다하여 하느님을 섬겨야 한다고 가르쳤다. 하느님 없이는 한시도 살 수 없는 땅이라 했다. 그러나 계명만 잘 지키면 되겠지 이스라엘은 자신 있어 했다.

모세는 하느님 나라 제사장 나라의 건설이 얼마나 어렵고 긴 길인지 너무나 잘 알고 있었다. 그래서 그리도 혹독한 단련을 시켰던 것이다. 그러나 가나안에 가까워질수록 이스라엘은 차츰 원주민에게 겁을 먹었다. 또 만만한 적을 만나면 부녀자와 놀아나길 좋아했다. 모세는 불같이 화를 냈지만 어쩌랴. 열두 지파에게 땅을 나누어주기로 했다. 지도를 보고 제비를 뽑았지만 불평이 없을 수 없었다. 그러나 다들 책임지고 들어가 악에 물든 거민을 몰아내고 새긴 석상과 부은 우상을 파멸하고 그 신당을 다 회파하라 했다. 성소에는 하느님 말씀을 적은 증거판을 모셔놓고 지파별로 제단을 세우게 했다. 그렇게 해서 이스라엘은 하느님이 새로 기름부으신 여호수아를 따라 요단을 건넜다. 처음 가나안에 들어갔을 때는 거민들과 싸움도 많이 했다. 이스라엘이 하느님 앞세우니 연전연승이었다. 또 학정에 시달리는 거민들은 이스라엘을 환영했다. 그러나 이스라엘은 점차 악에 물들기 시작했다.

건강과 쾌락을 위해 우상을 섬겼다. 싸움에 져 열방에 지배를 받다가 다시 대제사장(사사)을 만나 하느님을 회복하면 백성이 일어나 열방을 쳤다. 그러나 열방을 이기기 위해 왕권을 휘두르면 그것은 이미 백성이 편안한 세상은 아니었다. 이스라엘은 또 하나의 열방이 되어 갔고, 각 지파끼리도 서로 싸우고 더 영험한 우상의 축복을 받기 바빴다. 심지어 남색까지 즐겼다. 성전은 발길이 끊기고 어려울 때만 동원되었다. 제사장 아들들이 사사가 되어 제단에 올리는 제물을 물선보고 성전에서 일하는 여인네와 동침하는가 하면 뇌물을 먹고 판결을 굽혔다. 하느님은 마지막 제사장을 점찍으시고 그로 하여금 제사장 나라가 어떠해야 하는지를 보여주신다. 사무엘이었다. 사무엘이 다시 백성을 추슬러 모든 이방신상을 마음에서 빼내고 오직 하느님만 섬기라고 외친다. 이스라엘은 한때 대승을 거두지만 장로들은 만족치 못하고 왕을 세워 열방과 맞서자고 들고 일어선다.

6 우리 서로 손잡고

애급을 출발한 지 400년이 되어서였
다. 사무엘은 왕국이 되면 왕과 왕을 받드는 귀족만 잘 살고 백성은 도
탄에 빠진다고 반대했다. 열방에서 보는 바와 같이 백성은 왕을 지키는
병졸이나 병기를 만드는 장인이 되어야 하며, 귀족들의 농사를 지어 주
어야 하고, 모든 좋은 것 예쁘고 맛있는 것을 바쳐야 하며, 십일조로
자기들 관리와 신하를 먹여 살릴 것이니 곧 모든 백성이 종살이에 떨어
질 것이라. 그때 백성이 울부짖어도 하나님은 응답치 않으리라 경고했
다. 그래도 백성의 아우성이 가라앉지 않으니 사무엘은 할 수 없이 왕
(사울)을 지명하고 고향에 돌아와 사제양성소를 열었다. 백성들이 사울
에 실망하고 다시 물어오니, 다윗을 다음 왕으로 예비하고 때를 보아
백성들이 선택케 하신다. 이 다윗이 가나안을 통일하고 그 아들 솔로몬
까지 80년간 영화를 누리게 된다. 그리고 남북으로 분열되어 북이스라
엘은 200년, 남유다는 300년 만에 이웃 열강에게 망한다. 왕정 400년 만

이었다.

그 후 이스라엘이 총독이 되어 200년간 열강의 힘을 이용하여 무너진 성전과 성벽을 회복하는 등 옛 다윗과 솔로몬 시대의 영광과 영화를 회복하려 애썼다. 열강의 간섭이 심해지자 200년간은 정치적 독립을 위해 투쟁했다. 오랜 패권 경쟁 끝에 탄생한 것은 새 왕조였다. 꼭두각시요 백성들이 고생하기는 매한가지였다. 몇몇 왕들과 이를 에워싼 귀족들의 부귀영화가 판을 쳤다. 권력이 있는 데는 권력에 맛을 누리려는 많은 불나방들이 몰려들게 마련이었다. 이제 뜻있는 사람들은 믿음의 선배들이 마련해 놓은 여러 가지 율법과 율례를 정리하고 가르치는 데 전념했다. 백성을 위하는 길을 다시 찾기 시작했다. 권력과 등진 곳으로 도피하여 하느님 말씀을 지키고 실천하려고 한 사람도 있었다. 칼을 품고 다니며 이방인과 그 앞잡이를 제거하려고 몸을 던지는 사람도 있었다. 다시 모세가 세우려던 제사장 나라가 보이기 시작했다. 그 동안 어디를 헤매고 있었단 말인가. 예수의 탄생이었다.

형은 무엇인가 공감하는 듯했다. 배달과는 다르지만 이스라엘도 수천 년간 엄청나게 고생한 것 아닌가. 잘은 모르지만 유대인하면 미운 마음이 앞섰다. 형이 샤일록을 알지는 않을 것이지만 유대 학살이 떠오르면 무엇인가 지독한 종자일 거란 생각은 할 것이다. 끼리끼리만 어울리고, 중동전쟁에서 보듯이 전광석화 같아 우리 배달족은 상대가 안 될 거라고 생각하기는 쉬웠다. 그런 유다의 선조 아브라함이 단군의 아사달 정착과 때맞추어 하느님 말씀을 따라 남들이 다 터 잡고 사는 가나안으로 향했고, 여기에 비집고 들어가 농사를 지으려 했으니 처음부터 고생바가지였다. 홍수 이후 땅과 물이 안 맞는 데다 유목민에게 괴롭힘까지 당해 선조들이 농사를 버리고 뿔뿔이 헤어졌다 했지 않은가. 아브라함 집안도 할 수 없이 양떼를 몬 지가 꽤 오래되었다. 가나안에 들어와 농사마을을 고집하니 가족들은 각자 살길을 따라 흩어졌다. 아브라함은 며느리만이라도 고향에서 데려와 하느님 정통을 유지하려 애썼다.

그러나 마음 같지가 않았다. 손주들 대에 와서는 결혼도 제멋대로요 아예 유목민이 되어 갔다. 3000년에 걸쳐 농사만 짓고 살아왔고, 반도로 들어와서도 백제가 망할 때까지 부처님을 하느님으로 알고 농사마을을 유지했던 한겨레는 이에 비하면 얼마나 복 받은 민족인가. 유목생활이 란 원래 떠돌이기 때문에 처음부터 명령과 복종이었다. 모세가 율법을 가르칠 때도 농사마을을 꾸미려했던 것인데 현지 사정은 더 어려웠고, 어려운 사정에 맞추어 하느님 나라를 세울 방도는 궁리해내지 못했다. 상업화되고 도시화되는 세상 형편은 하느님을 단지 또 하나의 우상으로 섬기기 쉽게 만들고 있었다. 사람의 욕망도 하느님의 옷을 벗어던지고 벌거벗기 시작했다. 왕국을 세워 열방과 겨루고 가나안을 통째로 지배했 지만 더 큰 왕국에 밀려 나라는 망해버렸다. 하느님 자손이라는 우월감 만 남아 무모하게 저항하다 아예 나라 밖으로 쫓겨났다. 거기서도 하느 님 자손이라고 다른 민족을 얕잡아 볼 것이니 외톨이가 될 게 뻔했다.

말머리는 다시 예수로 돌아갔다. 예수는 그 어간에 태어났다. 어릴 적에 부모를 따라 성전 구경을 하면서 여러 가지 의문을 갖게 되었는데, 철이 들면서는 이래 가지고는 어느 세월에 하느님 나라가 되겠는가 하 는 흔한 생각을 붙잡고 씨름하게 되었다. 그때 성직자들은 두 파로 갈렸 는데, 사두개파는 로마 총독에게 빌붙어 벼슬을 누리기에 바빴고, 바리 새파는 모세 이래 1500년을 내려오며 오만가지로 새끼 친 율법을 지키 라고 백성을 괴롭혔고 어기면 곧잘 재판에 넘겼다. 누가 봐도 한심한 짓이었다. 이때 어떤 출중한 사람이 태어났다고 하자. 그는 외치고 싶었다. "다 때려치우고 오직 한 분뿐인 창조주 하느님만 섬기자. 그분 말씀대로 이웃을 네 몸과 같이 사랑하는 것이 섬기는 길이요 그러면 바라는 복을 얻으리라." 그래서 하느님은 예수를 내려보내신다. 제는 형에게 예수가 하느님의 아들이라고 고집하지 않았다. 그걸 형이 믿는다면 곧 형이 기독교 신자가 된다는 의미기 때문이다.

정말 예수는 그렇게 외쳤다. "가난한 자, 장애인, 결손 가정 그들을 사랑하고 마음 아파하고 도움의 손길을 뻗치라. 부자는 부자 된 것만으로도 하느님 칭찬받기 어려우니 더 손을 내밀어야 한다. 사두개 인이여! 바리새 인이여! 독사의 새끼들아! 하느님 하느님 한다고 임박한 진노를 피할 줄 아느냐. 이제 모두 잘못된 과거를 회개하고, 실질적으로 이웃을 돕고 사랑하는 길로 나가라. 그 중심은 교회니라. 거기서 천국의 열쇠를 만들라." 이게 하느님 말씀이 아니라면 누가 따르겠는가. 천번만번 들어온 듣다가 지치고 따르다가 죽임을 당한 백성이 널브러진 얘기 아닌가. 그 얘기를 지금 하느님이 직접 하시고, 농사를 떠나 목축과 상업을 떠나 스스로 백성이 만들어 갈 길을 찾으라 하신 것이다. 안 들으면 사람답게 사는 세상은 안 온다. 이를 위해 목숨까지 바치는 사람이 나와야 한다고 하시며 스스로 십자가를 메고 악의 본산으로 쳐들어가지 않으셨는가. 이제 모두 예수님을 따라 십자가를 져야 할 차비를 해야 한다.

2000년 전 얘기다. 형은 재미있게 듣다가 조금은 숙연해지는 듯했다. 공자님이 떠나신 지 2500년에 중화와 소중화(조선)는 어찌 되었는가. 문묘도 사당도 향교도 많았지만 모두 말뿐 민란에 휩싸여 망하지 않았는가. 제가 형에게 얘기할 차례는 교회였지만, 교회도 제국(帝國)과 손잡고 영화를 누렸으니 할 말이 없었다. 나아가 교파와 종파 간 싸움으로 엄청난 피비린내를 풍겼지 않았는가. 예수는 하느님을 핑계 대고 권세를 누리는 자와 맞서 목숨을 바쳤지만, 그를 따라 죽은 사람들은 이방신과 이상신을 믿는 사람들과 맞서다 죽었다. 백성을 뜯어먹는 권력과 대결해야 하느님 나라가 가까워질 터인데, 자기 하느님을 믿지 않는 사람들과 싸워 하느님 칭찬을 받는 데만 전념했다. 백성을 위해서가 아니라 자기를 위해서 자살한 셈이었다. 많은 사람이 교회를 찾았지만 결국 자기들 복을 받으러 간 것이지 남을 사랑하고 남에게 복을 주려면 어떻게 해야 되는지를 묻고 실천하기 위해서는 아니었다.

제는 형에게 서양에서나 동양에서나 천국의 열쇠는 까마득하기만 하다고 한 것이다. 그러나 차이는 분명히 있다고 했다. 백성을 임금보다 더 귀하게 여겨야 한다는 맹자는 뒤늦게나마 사서삼경에 포함되었으나 그의 폭군 방벌은 어디까지나 신하나 협사에 의한 군주 교체에 머물렀다. 하지만 예수의 평등과 박애는 자유를 낳았고, 저항권으로 발전하여 프랑스 혁명에서 백성의 힘으로 왕을 내쫓는 데 성공한 것이다. 교회가 세속화 되고 권력화 되었음에도 교회 안팎에서 예수의 마음을 옳게 읽은 사람들이 백성의 힘을 모았던 것이다. 물론 혁명을 가로채려는 무리들이 100여 년 간 백성을 끌고 다녀 멋모르는 백성들의 희생이 컸지만, 백성의 힘으로 지도자를 추대하는 소위 공화정은 여러 나라의 왕정을 몰아내고 뿌리를 내리게 된다. 청나라 말기의 태평천국은 한때 예수를 내세워 무장 투쟁을 함으로써 많은 희생을 낸 것에 비하면, 수운의 동학은 평화운동으로 출발한 것이 더 예수적이었다(결과적으로 민란이 됐지만).

수운은 실천 유학을 집대성한 최옥의 아들로 태어나 결국 하느님 말씀(天命)을 배우고 익히는 것만으로는 부족하며, 매일매일 하느님 앞에서 그 실천을 다짐하는 길밖에 없다고 깨닫게 된다. 마침 서학(천주교)을 접하게 되었는데 많은 점이 비슷해서 크게 놀랐다. 무엇보다 기도였다. 다만 기도를 드려 천당을 간다기보다는 말씀을 실행에 옮겨야 복받는다가 옳을 것 같았다. 수운이 사람을 모아 가르치는 데 서학과 비슷해서 유림으로부터 규탄을 받았으나 제자들의 탄원을 받고 풀려난다. 서학이 아니라 동학이라 했다. 부정부패로 도탄에 빠진 백성이 많았기에 누구든지 환영하며, 누구든지 기도하면 복 받는다 했으니 사람들이 구름처럼 몰려들었다. 민란의 조짐이 보였다. 수운은 극력 이를 피하려고 오직 수도에 전념하길 당부했으나 막을 수 없었다. 도통을 제자(해월)에게 넘기고 물러났으나 백성을 선동한 죄로 처형당한다. 해월도 많은 백성이 희생당할 것을 염려해 교세 확장과 교조 신원에 매달렸으나 허사였다.

천 명의 원천으로서만 하늘을 이해하다 실망하고, 하느님으로 받들게 되기까지 실로 2000년(유교 전래 후)의 세월이 흘렀다. 황하 유역에서 요하까지, 또 송화에서 두만까지 그리고 다시 요동으로 그리고는 하남과 금마까지 3000년간 박달족이 믿고 의지하던 하느님은 그 2000년간 민간신앙 속에서 숨어 지내고 계셨다. 동학보다 100년 먼저 서학이 들어왔을 때 우리 배달의 마음 속에 하느님이 계시기에 얼마 안가 곧 움직였지만, 서양에서 모셔온 천주를 믿었기에 100년간 많은 박해를 받았다. 동학은 옛날부터 내려오는 우리 하느님을 찾았기에 바로 백성들의 폭넓은 지지를 받을 수 있었다. 제는 형에게 한학을 하다가 최초로 천주를 믿게 된 이벽 선생(1786 몰)과 최초로 천주를 찾게 된 수운(1864 몰)이 모두 한씨 소생이라고 말했다. 형은 기이하다는 눈치였다. 우리의 마음은 퍽 가까워지고 있었다. 어떻게 백성이 편하게 사는 하느님 나라를 앞당길 것인가. 큰 솟대는 언제 모셔올 것인가.

조선은 개인이 욕심을 부릴지언정 나라가 욕심을 부리는 일은 없었다. 안으로 밖으로 욕심을 잠재우기 바빴다. 하나님 말씀이 그 말씀이기 때문이었다. 2000년을 이렇게 살다 밀려난 2000년도 그 가르침을 잊지 않은 나라는 조선밖에 없다. 그러기에 조선은 강자가 발견해서 마음대로 끓여먹을 땅일 수 없었다. 조선은 하나님이 찾으실 땅이다. 조선은 세 번 망했다. 한번은 한(華)족에게, 또 한 번은 유목민에게, 마지막은 망명 조선족 일본에게서였다. 그러나 그때마다 하나님은 조선족의 조선 적임을 붙들어 앉히셨다. 조선족의 불씨를 살리셨다. 평화와 사랑이요 생산과 분배의 공동체였다. 세상이 혼미할 때마다 밝히시는 뜻이었다. 지금 세상은 다시 하나님을 거역하고 강자의 성을 쌓으려 한다. 하나님은 자꾸 조선족에게 눈길을 주신다. 오래 전에 시성 타고르가 동방의 빛으로 우뚝 솟아나 세계를 밝힐 것이라고 예언한 조선 아닌가. 분단 정부를 끌어안고 망명 정부를 불러들이면 그날이 그날 아니겠는가.

우리 형제에게 하나님의 박동소리가 들리는 듯했다. 우릴 감싸 안으시는 하나님을 느꼈다고나 할까. 형제는 할아버님께 제사를 드리기로 했다. 어릴 때부터 집안의 제일 어른으로 늘 같이 모시는 할아버님이시지만, 할아버님께 동문수학한 처지에서 보면 할아버님은 우리의 유일한 스승이시니 더더욱 하나님을 알게 된 사실을 고해 올려야 했다. 할아버님께 잔을 올리고 부복하려는 제에게 불연 듯 '하나님 감사합니다'가 튀어나왔다. 소리로는 아니었지만 저희 조상님들을 잘 돌봐주소서 하는데 할아버님이 헛기침으로 기적을 내시는 게 아닌가. 할아버님은 외지에 나가 신학문을 배우는 내게까지 틈만 나면 한문을 배우게 하실 정도로 유학을 으뜸으로 치셨기에 세상을 지배하는 원리(천륜·천도·천리)로서의 하늘과 길흉화복을 좌우하는 하늘은 믿으셨으나 우주만물을 창조하시고 사람을 그 중심에 두어 자기 뜻을 관철하고 계신 하나님을 의식하지는 않으셨다.

할아버지의 하늘은 궁극적 원리(太極)였으며, 이를 주관하는 어떤 의사체는 아니었다. 그 원리는 스스로 존재할 따름이었다. 사실 제가 하나님을 믿는 것과 할아버지가 안 믿는 것은 실상 종이 한 장 차이일지 모른다. 그런데도 오늘 할아버지는 노한 얼굴로 네가 이럴 수 있느냐 호통을 치시는 게 아닌가. 제는 10여 년 전 교회에 나기기 시작할 때부터 하늘에 계신 할아버지께 여러 차례 말씀을 드렸기에 할아버지도 다 알고 계시리라 짐작하고 있었는데 오늘 꾸중을 듣게 된 제는 다소 당황했다. 조령(祖靈)의 도움으로 오늘의 네 영화가 있거늘 잊었단 말이냐 하신다. 할아버지가 이러실 줄 알았으면 더 말씀을 드렸어야 하는 건데 제는 다소 후회하고 있었다. 할아버지는 『주역』을 통해서 하나님과 많은 대화를 나누셨다. 농사일에 필요한 천기(天機)뿐 아니라 혼인날이나 이삿날, 장례날과 집터 장지도 잘 가려주셨고, 그 대소 절차도 할아버지 말씀이 곧 법도였다. 할아버지는 옛날 만신(司祭)인 셈이었다.

할아버지가 조금만 두루치시면 하나님과 못 닿을 게 없었다. 거기다가 할아버지는 사람 외의 어떤 의사체도 없다고 하신 적이 없었다. 뒤란에는 벼 가마를 업집까리로 덮어두셨고 터주까리를 세워 그 안에 쌀단지를 넣기도 하셨다. 할머니는 이따금 그 앞에서 손을 비비며 소원을 비셨다. 안방에는 제석주머니가 달렸고 아랫목에는 대감항아리도 모셔져 있었다. 과일이나 채소도 첫물이 나면 외양간(牛羊神)과 부엌(竈王神)에 바쳤다. 감사기도였으니 이를 받으시는 분이 하나님이라 해서 크게 벗어날 것 같지 않았다. 할아버지는 순간 제의 마음을 읽으셨는지 다소 누그러지시는 것 같았다. 제는 용기를 내어 한 말씀 여쭙는다. "할아버님, 이제 좀 뒤를 돌아보십시오. 저 조령님들이 늘어 선 맨 끝에 누가 서 계시지 않습니까?” 마침 몸을 일으키면서 할아버님이 떨기나무 불꽃으로 나타나신 하나님을 보셔야 할 텐데 하며 속이 탔으나 이내 음복(飮福)으로 거나해진 제는 서둘러 귀경길에 오른다.

한참 만에 제는 잠이 든 것 같았다. 어디선가 종소리가 귓전을 맴돌았다. 할아버지가 교회 같은 데 매달린 종을 치고 계셨다. 너보다 먼저 막내며느리가 성당에 나가더니, 막내도 성호를 긋는 가족들 곁에서 숨을 거두었으니 하나님을 그리며 떠났을 것이다. 어처구니가 없어 오늘 널 꾸짖었으나 세월은 어쩔 수 없는 것인지 마음이 가라앉는다. 그러나 내 교회는 그렇게 안 할란다. 교회 안에 성전을 두고 그 행사를 분리해야 한다. 성전에는 성서 그것이 성경이든 경서든 성인의 말씀을 모셔 놓고 제를 올려야 한다. 사제들이 진행을 맡되 꼭 음식을 차릴 필요는 없고 무엇이나 감사드리고 싶으면 올린다. 제를 올린 후 자리를 바꾸어 성경을 공부하고 토론한다. 어떻게 하면 성인의 말씀대로 살 것인가 궁리한다. 할아버지는 내 애길 들어보라는 듯 더 세게 종 줄을 잡아당기셨다. 나는 깜박 잠에서 깨어났다. 살아생전같이 세상 걱정이셨다. 집안 걱정은 뒤로 하는 것을 늘 군자의 길로 여기신 할아버님이셨다.

제2장. 十戒名

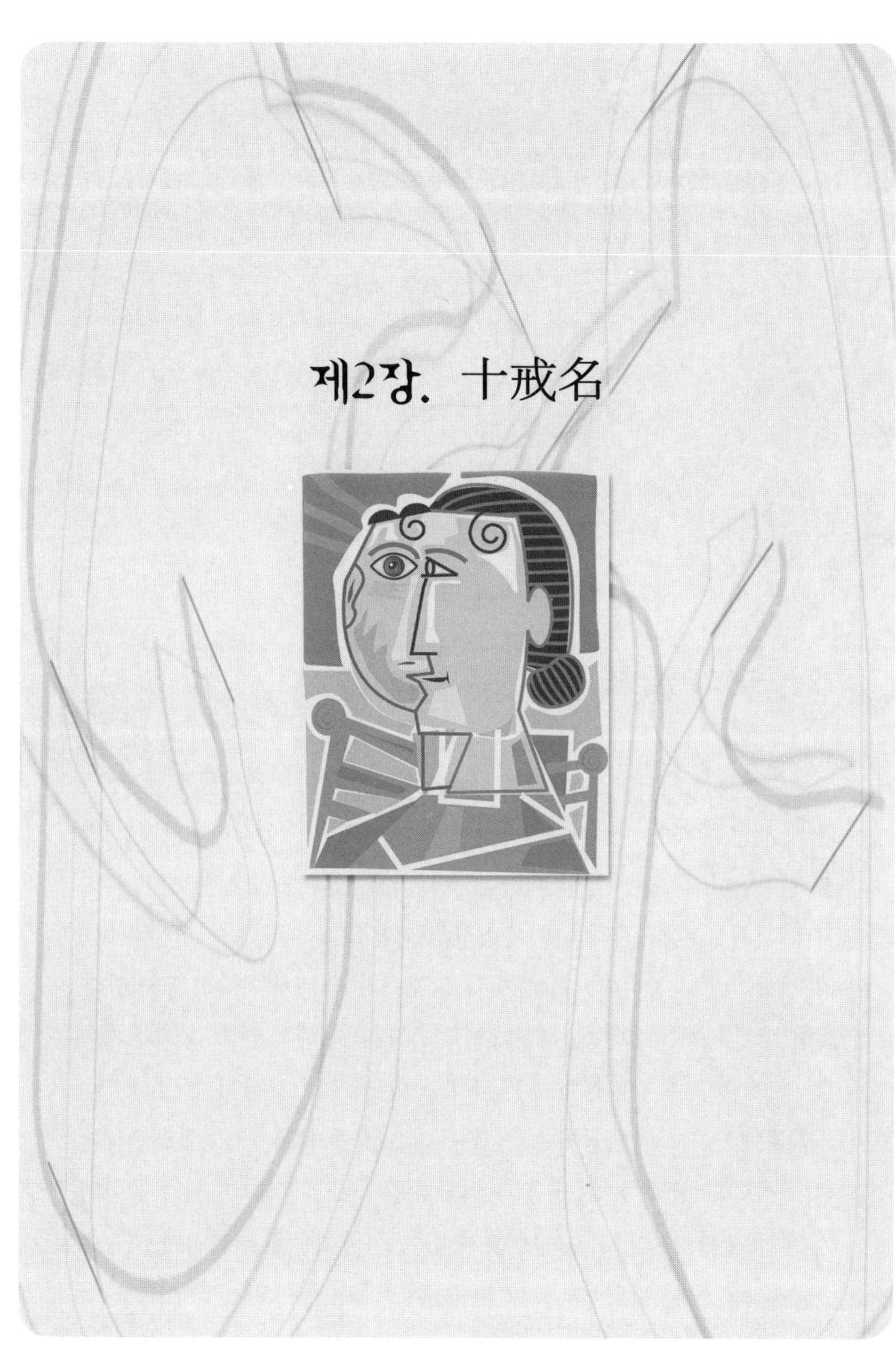

1 오름만 군

법대를 나와 들어선 공직생활에서 온갖 부조리와 맞닥뜨린다. 그때마다 올바르게 살라는 가훈이 목에 가시가 된다. 아버지는 그래도 아들의 출세를 좋아하셨지만, 어느 날 아들은 아버지를 뿌리치고 그릇된 출셋길을 고발한다. 입을 다물라하지만 그는 더 치열하다.

가 . 금 의 환 향

　　　　　오름만 집 가훈은 '올바르게 살자'였다. 출세도 좋지만 바르게 사는 것이 더 중요하다고 생각하며 사회생활을 시작했다. 고향에 들릴 때마다 흐트러진 마음을 다잡곤 했다. 특히 아버지 제사는 꼭 참례하며 아버지의 교훈을 되새겼다. 서울서 100여 리 길이지만 자정이 다 되어 제사를 지내기 때문에 가능한 일이었다. 특히 이번 제사는 20주기이고, 마침 시간도 있고 해서 일찍 내려가 저녁을 먹고 술도 몇 잔 걸치고 나니 노곤함에 스르르 잠이 들었다.

　꿈결에서인지 아버님이 방으로 들어오셨다. 돌아가신 지가 언제인데…, 그것도 안색이 퍽 안 좋으셨다. 순간 6·25 때 잠적하셨다가 야밤에 문을 활짝 열어젖히고 들어오시며 아들의 이름을 부르시던 모습이 떠올랐다. 식구들이 달려가 붙잡고 울 때도 아버님은 울지 않으셨다. 모두 무사한 것을 보고 너무 좋아하셨다. 그때 그러시던 아버님이 느닷없이 나타나 역정을 내셨다. "너, 왜 법대를 안 가려고 하느냐. 왜 애비 말귀를 그렇게 못 알아듣느냐?"

갑작스러웠지만 난 자식을 법대에 안 보내기로 했던 터라 순간 그 생각이 났다. "아버님, 법대 나온 사람들이 세상을 다 망치고 있어요." "그래서 내가 여기까지 왔지 않느냐. 세상 물정도 모르면서 왜 네 맘대로 그런 결정을 내렸느냐. 참으로 딱하다." 나는 더 드릴 말씀이 없어 머뭇거리다가 잠에서 깼다. 꿈이라고는 하지만 너무나 생생했다. 돌아가신 지 얼마 안 되어 아들의 살림집을 찾아오셨을 때가 생각났다. 그때의 표정도 무척 밝으셨다.

제사를 지내는 동안 아버님은 내내 그 말씀이셨다. "너는 법대에 입학하면서부터 선배들에게 부탁하여 고향 청년 여럿을 공군에 입대시켰고, 거기서 배운 기술로 모두 살길을 열어주지 않았느냐. 삶의 터전을 만들어주는 것은 이 산업사회에서 제일가는 덕목이니라. 민생부에 들어가 승진을 거듭하면서 20년 가까이 네가 도와준 사람의 수만 해도 대체 얼마냐. 쉰 명 가깝게…, 그것도 대부분 금융기관에 둥지를 틀게 했지 않느냐.

어디 그뿐이냐. 너로 해서 우리 가문이 친인척과 친지들이 대소사에 덕을 본 것이 어디 한두 번이냐. 거기다가 대부요, 대부 기간 연장이요, 예금 알선이요 신원보증에 어디 걸린 것 빼주기까지. 내가 지금쯤 세상을 떴다면 얼마나 성대했겠느냐. 빈소를 온통 조화로 둘러치고, 영정은 크게 꽃 장식을 하고 또 부의(賻儀)인들 얼마나 후하겠느냐. 네 자식들 결혼을 시켜 봐라. 축하 화환이 먼저 잔치를 벌이고 축의금 행렬은 또 얼마나 길 것이냐.

철철이 들어오던 선물 꾸러미는 누구네로 갈 것이고, 하루걸러 대접 받던 술좌석에는 누가 앉을 것이며, 이러저러한 사연으로 꺼내놓는 봉투는 누가 챙기겠느냐. 너 혼자 싫다고 그만 두면 어떡하느냐. 어디 하나 어려운 일 해결할 길이 없고, 사람의 발길도 끊어져 얼마나 보잘것없는 집안이 되겠느냐. 예부터 '빈객불래면 문호속(賓客不來 門戶俗)'이라 했거늘, 자식이 재목이 안 되면 모르겠거니와 그저 법대를 가야 한다. 네가 안 가도 법대는 메어지느니라."

오 군은 잔을 올리며 아버님께 조아렸다. "아버님은 늘 올바른 사람이 되라고 하셨습니다. 정신없이 달리고 보니 그게 아니더라고요. 부패 특권층이 되어 있더라고요. 아버님 말씀대로 줄줄이 서 있습니다. 고시를 통해서, 선거를 통해서 그것도 안 되면 그 근처에서 얼쩡거리기라도 하려고요. 그 짓을 막겠다는 대학이 법대인데 한 수 더 뜨는 법대가 되었습니다. 법대를 나와 말 타고 가마 타고 부정을 저질러도 세상이 다 알아주니 더 그렇습니다.

똑똑한 사람이 법대로 몰리는 사연입니다. 그러나 많은 사람들이 자존심 상하고 눈꼴 틀려 합니다. 이 나라에서 무엇이 잘 안 되는 내력을 따져나가면 다 여기에 걸립니다. 옛날에는 별 수 없이 견뎠습니다. 이제는 그런 양반생활을 부끄러워해야 합니다. 모두 쌍놈이 되어 잘 사는 나라를 만들어야 합니다. 저 혼자 한다고 되는 일이 아니지만, 저부터라도 끊어야 되겠습니다. 힘이 되는 대로 능력이 되는 대로 돈이 되는 대로 말리고자 합니다.

자식의 장래를 부모가 좌지우지할 수는 없지만 그런 학교 선택은 말려야 합니다. 아버님 한심해하지 마십시오. 저를 도와주십시오. 늦기는 했지만 조금이라도 훌륭한 사람이 되겠습니다. 옛날 효자를 바라지 마시고 백성이 주인 된 세상에서 미약하나마 아들이 하는 일을 지켜봐 주십시오. 조선조에서도 일제하에서도 일부는 잘 살았습니다. 이제 똑똑한 사람은 많은 사람을 살려야 합니다. 혼자나 끼리끼리가 아니라 많은 사람이 행복해야 합니다."

나 . 아 버 님 께

아버님은 내내 못마땅한 얼굴을 펴시지 않으셨다. 그래서 따로 편지를 올리기로 했다. 자세히 들으시면 아들의 손을 들어주실 것 같아서였다. 그러나 생각을 접기로 했다. 같이 민생부에 근무하던 동료가 은행 이사로 자리를 옮겼는데, 소식을 듣고 달려온 시골 영감은 땅을 팔아서라도 댈 테니 제발 관자 붙은 자리에 있으라고 야단을 치다 정신을 잃었었다. 아버지는 법대에 안 보낸다고 현몽까지 하셨으니 더하면 더하셨지 덜하지는 않으셨을 것이었다.

오 군은 20년의 공직생활을 되돌아보았다. 5·16 초기의 민족적 민주주의는 빈곤의 악순환을 끊고 싶어 하는 젊은이에게 큰 매력이었다. 개발이 진행되는 동안 굴욕 외교와 매판자본 시비를 낳았지만 더 큰 애국심으로 이를 뿌리쳤다. 네 아이를 키우기에는 턱없이 부족한 봉급을 촌지로 채워가며 하루 걸이로 술집에서 가댁질을 하면서도 유들유들하게 지낼 수 있는 것도 애국심이었다. 그러나 3선 개헌과 유신을 계기로 오 군은 공직을 뜨기로 했다.

애국심 가지고 더는 안 되었다. 그렇다고 소위 테크노크라트에 불과하다는 변명은 더 구차했다. 자주 심사가 틀려 불쑥불쑥 민주와 인권과 부패를 한탄했다. 간부회의에서 "민주주의를 표방한 이상 제대로 해야 한다. 더 이상의 변명과 호도로는 안 된다"고 역설했다. "고생하는 국민과 억울한 국민을 여실히 드러내고 여러 가지 방책을 제시할 수 있어야 하는데, 그 중심에 서 있는 언론이 제약 당함으로서 어디가 얼마큼 곪았는지도 모른다"고도 했다.

정보기관은 구미 맞는 것만 보고하고 언론 사설도 맞장구를 치면 아무것도 모른다. 오히려 기업이 그 덕으로 큰 부를 누리게 되고, 또 그렇게 늘어난 부를 나누어먹는 부정부패가 만연하다고 생각했다. 그러나 10·26 서울의 봄은 오다 말았다. 대신 도깨비 같이 나타난 신군부였다. 소위 오 군의 시국관은 여지없이 추방되었다. 막상 후회막급이었다. 아버지는 아들이 관청에 들어가 옳은 일, 큰일을 해야 한다고 가르치셨으나 결국은 이렇게 되었다.

제대로 큰일도 못하고 중도무이가 되었으니, 그것도 결기를 삭이지 못하고 가스러진 체를 하다 당했으니 생전 안전에서 이런 일이 벌어졌으면 얼마나 기함하셨겠는가. 그렇더라도 일이란 그런 것이었다. 팔자소관이라고나 할까. 민주화운동을 거들다가 고생바가지를 쓰는 경우가 그렇고, 멀리는 의병이니 독립군이니 되는 것도 피하면 편히 살 수 있었는데 분위기에 휩쓸리거나 반 발짝만 참았어도 또 빨랐어도 맞닥뜨리지 않았을 역사가 되는 것 아닌가.

곰곰이 생각해도 이제는 민주화였다. 나이로나 능력 경력으로나 투사가 될 수는 없었고 뜻을 같이 하는 친구들과 어울려 다니며 글거리를 만들고 기회가 되면 글로 작은 일이라도 해보는 수밖에 없었다. 잘못을 뉘우친다며 다시 권력 언저리에 기신거릴 수도 있었으나 약한 마음이었다. 약게 굴다 역사의 죄인이 되는 경우가 더 많았다. 군사정권은 한

번으로 족했다. 그런데도 많은 인재들이 신군부에 가담했다. 다들 아까
운 인재들이었다.

좋은 대학 나온 수재들, SKY 대학 출신들, 그 중에도 제일이라는 법대
출신이 앞장을 섰다. 왜 이런 일이 끊임없이 발생하는가. 수재는 꼭 권
력의 시녀인가. 입에 민주주의를 달고 산 지가 반백 년 아닌가. 사실
따지고 보면 관료집단이 권력을 붙잡고 독재가 그 이기주의에 얹혀가
는 형상이었다. 관료 주위에 연구소를 설치하여 지식인의 비호를 받고,
필요한 경우에는 강권을 활용할 수 있으니 만년창창이었다. 의회는 늘
거추장스럽기만 했다.

민주 역사를 더듬고 나니 이 구조를 깨야 했다. 결국 민주화였다.
귀족이 아니면 특권층이 될 수 없었던 영국과 프랑스에서 평민수재들
이 민주혁명과 산업혁명을 성공시킨 것은 역사의 아이러니라 할 수
있다. 특권이 외환(안보) 때문이라고 했지만 정작 무너진 것은 내우
때문이었다. 부패특권이 권력국가의 본질임을 입증한 셈이다. 민주정
부는 차츰 권력을 내려놓고 교육·문화·예술적 기초 위에 세워진 여
러 기제들을 작동시켜 새로운 시대를 열고 있다.

프랑스 혁명 때 프루동은 개인의 자유를 최상의 가치로 내세우면서
무정부주의를 제창한 바 있다. 그 영향을 받아 바쿠닌이 러시아에서 차
르와 싸우는 청년들을 열광시켰다. 파시즘에 맞서 영국에서는 래스키가
다원국가론을 내놓았다. 국가는 유일 절대가 아니라 협동조합이나 자치
단체 같은 공동체의 한 형식일 뿐이라는 대담한 사상으로 발전한 것이
다. 공자와 맹자는 국가권력을 지식인 귀족으로 채우라고 했지만, 결국
지식인의 권력욕만 부채질한 셈이다.

특권국가의 명분인 안보란 결국 특권 안보인데도, 동양에서 그 터득

이 늦은 것은 지식인을 귀족으로 뽑는 과거제도 때문이었다. 천하가 모두 지배자의 것이라는 왕토와 왕신 관념, 왕을 모시고 수재들이 백성을 뜯어먹는 통치제도, 낮은 보수에도 백성 사랑하기를 자식같이 하라는 비현실적인 복무규정을 내세워 청렴한 관료 속에 일부 부패관료가 끼어 있을 뿐이라는 환상을 백성에게 심어준 절묘한 통치술, 소위 동방전제(Oriental Depotism) 만세였다.

지금까지도 권력의 뒤안길에서 부패한 부귀영화가 판을 칠 수 있었던 것이 우리의 역사였다. 그 역사의 잔상은 아직도 문제 해결을 어렵게 한다. 경쟁시험에서 탈락한 수재(Second Elite)들은 실의에 빠져 향락으로 소일하거나 호구지책에 여념이 없었으니 합격 수재들이 마음껏 기승을 부릴 수 있었다. 과거제도로 부귀영화의 탄탄대로가 열린 셈이다. 부정부패를 철저히 따져야 할 인재들은 반란은커녕 특권층이나 그 아류가 되기 바빴다.

동양에서 귀하게 된다는 것은 남의 재산을 등친다는 것이다. 귀(貴)자는 재물을 먹어치우는 벌레(貝虫)를 의미한다. 잘난 사람은 남의 재산을 갉아먹는 재주를 부린다. 스스로 재산을 모으는 것은 잘나지 못한 사람들이 할 짓이다. 오죽이나 못났으면 월급만 가지고 살까. 존귀한 사람이 비천한 사람을 부려먹고, 비천한 사람이 존귀한 사람을 섬기는 것이 하늘과 땅의 기본 원리(常經)로 되어 있다. 존(尊) 자도 술잔을 바친다는 뜻 아닌가.

과거준비를 하면 그 부모까지 존경을 받았다. 장원이 되면 어사화(御史花) 앵삼(鶯衫)이 내려지고 온 가문이 높이 들어난다. 하객 대접에 기둥뿌리가 빠졌다는 진기록도 있다. 지금도 이 나라에는 고시합격이 되면 대로변에 솔문이 세워지는 진풍경을 본다. 전국적으로 고시 준비생이 5만 명, 또 그에 못지않은 정치 지망생이 귀족을 준비한다. 민주국가는 귀족 대신 공무원이 있지만, 이 나라에서 언필칭 공복(公僕)은 모두 귀인이요 공복(恐僕·空腹)이었다.

대소 권한은 이 귀인들이 농단한다. 귀인들의 정점에 대통령이 있다. 당선 제왕이다. 대통령이란 말 자체가 최고사령관이란 뜻이고, 청나라 말기에 황제를 대물림한 자리에 처음 붙인 이름이다. 의회도 이권(利權)을 전리품으로 보는 당선 귀족들의 모임일 뿐이다. 이러니 월권 남용 청탁 수수의 부정부패 사슬이 쉽게 끊기겠는가. 어디서부터 문제를 풀어야 하나. 민주에 대한 철저한 역사 인식이 필요하다. 민주공화국이라 할 때 귀족은 이미 물 건너간 것이다.

의회가 국민의 이웃으로, 벗으로, 청지기로 거듭나고 금배지 없는 제복으로 갈아입어야 한다. 스스로 옷깃을 여미고 모범이 되어야 한다. 자신부터 시민들의 수시평가를 받아야 한다. 자기 안의 귀족을 먼저 몰아내고 새로워진 힘으로 권력기관의 부정부패부터 바로잡아야 한다. 특권 관료제를 철폐하고 전문적 관료제를 도입해서 행정부를 일신해야 한다. 지도층은 식충이가 되는 대신 자기의 재주, 경험, 지혜를 공동체를 위해서 받쳐야 한다.

마음을 비운 사람, 자산을 나누는 사람들(分具), 마음이 가난한 사람(貧者)들이 공동체를 이끌어야 한다. 그리하여 많은 국민들이 애착을 가지고 공동체를 가꿀 때 거기에서 창의력이 샘솟는다. 지금 우리의 창의력은 자꾸 쇠퇴한다. 악착같이 돈을 벌겠다는 것은 창의력이 아니다. 농업사회에서는 권력이 무슨 짓을 해도 생산성에 큰 영향을 안 주었다. 지금과 같은 무한경쟁 시대에 권력이 제자리를 잡지 않고는 3류나 4류 국으로 전락할 것이다.

대통령이 왕관을 벗고 의회로 내려와야 한다. 청와대를 평지로 옮겨야 한다. 부패특권을 구가하는 노래 소리와 쑥덕공론 뒷거래를 접고 수재들이 대민 봉사창구로 몰려야 한다. 봉사자로서의 획기적 발상 전환이 시급하다. 그렇지 않고는 대통령까지 나서서 행정 규제를 철폐하라고 해도 공염불이다. 얼마나 행정 규제가 많았으면 완화하고 또 완화해도 끝이 없는가. 행정개혁위원회, 쇄신위원회도 왕성했다. 그때마다 무엇인가 헛바퀴만 돌 뿐이다.

6·10항쟁과 6·29선언이 있었다. 10년도 안 되어 신군부 수뇌들이 줄줄이 묶여갔다. 이들을 뒷받침한 수재들의 면목은 더 없이 초라했다. 그러나 단련된 관료집단은 해체되지 않고 있다. 지역 연합에 의하여, 또 기득권 세력에 의하여 그들의 영화는 흔들리지 않는다. 빈부 격차로 또 뿌리 없는 대기업주의로 또 전도유망한 청년 일자리가 없어져 공동체는 점점 아비규환으로 전락해도 관료들은 심각한 통증을 못 느낀다.

조아리고 나니 다소 후련했다. 아버님은 "나도 다 안다" 몇 번이나 말을 끊으셨다. "아버님, 자식만 법대 안 보낸다고 될 일이 아닙니다." "권력이다, 부귀영화다. 다 어려운 문제니라. 근세만 해도 러시아에서 1000만, 중국에서 3000만이 죽었다. 넌들 어찌 하겠느냐. 세월이 말해준다 하지 않았느냐. 글이 무슨 힘이 있다고. 성질을 죽이거라. 아들이 아니면 손자라도 권력 언저리에 놓아야 한다." 오 군은 처음 아버지를 거역했다. "수적천석이라 하시지 않으셨습니까?"

다 . 붓 을 들 다

오 군은 공직생활을 하면서 이게 보람 있는 생활인가 하고 여러 번 고민에 빠졌다. 그러나 모두가 다 의사나 열사가 될 수는 없지 않은가 변명이 앞섰다. 그래도 청와대까지 근무하면서 어깨에 힘을 주고 다녔다. 이후 요직을 두루 거치며 이사관이 되고 여러 군데 국장을 지냈다. 그러나 한때 의(義) 자를 파자하여 호를 양아(羊我)라고 할 정도의 괴짜였으니, 스스로 몸조심하면서도 불쑥불쑥 권력 부패에 대해 비판적 시각을 들어내 주의를 어리둥절케 했다.

군사정권 말기에 대대적인 숙정이 있었다. 몸조심하자는 간부회의가 열렸다. 오 군은 봉급만 가지고 살 수 있는 모범 답안을 만들어내라고 대들었다. 말은 안 했지만 본질적으로 누가 누구를 숙정할 수 있다는 말인가였다. 점잖고 요령 좋은 부패가 치사하고 서투른 부패를 추방하잔 애긴가. 말단 세무 비리가 한창인데 본부는 세법이나 손질한다고 깨끗한 체할 수 있는가. 재벌기업에는 솜방망이이면서 세무 사찰에 죽어나는 것은 중소기업들이 아닌가.

이슈별로 회의 때마다 의견을 물으면 오 군 얘기는 언제나 가시가 돋쳤다. 10·26이 나고 소위 서울에 봄이 왔다. 오 군의 언로는 녹아내린 물로 하여 질펀했다. 연일 학생들은 거리를 메웠다. 국무회의 지시로 각 부처별 데모 대책이 논의되었다. 오 군은 더듬 수를 쓰기보다 정공법을 택했다. 학생들의 주장을 들어줘야 한다고 단호히 나섰다. 민주주의를 한다면서 안 했지 않느냐. 일순 정적이 흘렀다. 애들 다치기 전에 군정은 끝내야 한다고 비장해 했다.

12·12가 뛰고 5·17이 터졌다. 군부가 또 막나니 짓을 할 줄은 몰랐다. 쫓겨나기 전 이미 그만두려고 짐을 싸 놓은 터였지만, 막상 들고 나오려니 아내와 아이들 얼굴이 아른거려 괴로웠다. 1년을 쉬고 신문사에 들어갔다. 꼭 일 해보고 싶은 직장이지만 뜨내기로 지냈다. 그래도 몇 달

간의 논설위원 자리는 꽤 써먹기 좋았다. 직장을 옮겨가며 여기저기 원고 청탁을 받는 것도 조금은 그 덕을 보는 거였다. 그러다가 육법당 사건이 터진 것이다.

군사정권(육사 출신)에 붙어먹은 법대 출신(수재)들을 비난한 글이었다. 당초 신입생에게 주는 선배들의 글을 모아 수상록으로 출판한다 했기에 이 얘기는 꼭 한 번 해야겠다며 작심하고 쓴 글이었는데 시판(市販)을 한다니 다소 켕기는 데가 있었다. 그리고 올 것이 온 것이었다. 신문사에서 전화가 걸려왔다. 동창 수상록에 글을 쓴 일이 있느냐고 했다. 그리고는 장한 일을 했노라고 늘어놓으니 어리둥절했다. 아니 벌써 기자들 손에 들어갔단 말인가.

그도 그럴 것이 '하늘이 무너져도 정의는 세워라'에 실린 '육법당 사건'은 사실 어제 오늘의 얘기가 아니었다. 수재들이 희희낙락 부패특권의 미용사로 전락한 예는 조선조만 해도 수두룩했으나 세상이치가 다 그러려니 하고 알게 모르게 쑤군쑤군 넘어갔었다. 그런 사건을 새삼 끄집어내어 단죄하려 했으니 시퍼렇게 살아있는 세도가들에겐 괘씸죄였다. 음으로 양으로 육법당의 비호를 받아온 재벌기업의 사장으로 있는 오 군도 성할 리가 없었다.

여러 신문에서 대서특필한 데다 일부 신문이 육법당 인사들을 거명하고 나서니 알고 지내는 선후배들에게 퍽 안쓰러웠다. 사진기자까지 대동하고 인터뷰하러 쳐들어올 때는 제발 봐달라고 매달렸다. 『목민심서』를 써놓고 한 자라도 유출되기를 꺼렸던 다산 선생이 떠올랐다. 기자들이 육법당을 찾아다니며 골탕을 먹이니 듣기 민망했다. 권력에 붙어먹기는 마찬가지면서 또 기회가 없었을 뿐이면서도 자기는 육법당이 아니라고 고소해하는 망종도 꽤 많았다.

　그러나 그런 것만은 아니었다. 서울의 아귀다툼을 피해 고향에 내려가 정의를 세우고 있는 한 검사로부터 걸려온 격려 전화는 뜻밖이라 너무 고마웠다. "찬반양론으로 괴로울 것이나 일체 무시하는 달관을 가지라"는 대선배님의 위로도 있었다. 의롭다고 생각되는 일에 박수를 보내는 사람들이 의외로 많았다. 억울함을 풀어보려는 진상 규명 모임이 그리도 많은지 몰랐으며, 보탬은 되지 않았더라도 힘을 얻었다는 사연이 줄줄이 이어졌다.

　부패 권력이 나라에 충절이 많음을 한탄했다고 한다. 일본이 조선 통치에 학질을 뗐다니 30년간의 치열한 반독재운동도 의인들이 면연(綿延)히 계기한 우리 역사에서 그 뿌리를 찾을 수 있을 것이었다. 독재가 한참일 때는 끽소리 못하다가 저들을 물리친 시점에서 겨우 한 마디 한 걸 가지고 망외의 격찬을 들으니, 또 그로 인해 문제가 더 확대되지 않기만 바라는 가슴을 조여야 했으니 겁쟁이라고 타박을 받아야 마땅할 것이지만 생각은 착잡하기만 했다.

　바둑으로 치면 10급도 안 되는 좀도둑이었다고 공직생활을 변명하는 오름만 군이었지만, 살림을 꾸린 내력이 석연치 못함은 다를 바 없었다. 그런데 가당치 않은 일로 가당치 않은 대우를 받는 셈이니, 그런 짓하면 오래 못 산다고 협박성 충고를 해대던 어느 경찰 동문이 섬뜩하게 떠올랐다. 어느 의옥사건에 연루되었던 동문들이 풀려나와 서로 위로하는 자리에서 잘 난 사람(법대생)이 이 정도는 어쩌랴 하며 축배를 들었을 때도 그는 자리를 박차고 나왔었다.

　오 군의 글은 늘 같은 것을 다른 측면에서 다루며 끊일 줄 몰랐다. "부패특권이 주도한 경제개발은 오래 못 간다"로 시작해서 "이 나라에서 출세란 비리를 저지를 수 있는 세도를 거머쥔다는 뜻이다. 이를 위해 조선조 500년만 해도 얼마나 많은 인재들이 피나는 경쟁을 벌였는가. 불쌍한 청백리가 월급만 갖고 사는 동안 정승 판서나 아전 할 것 없이 떵떵거리고 살지 않았는가. 또 특권 비리는 가장 잘난 사람들의 소행이니 누가 이를 말릴 것인가.”

“제4부라는 언론도 잘난 사람이 되어 그 특권 프리미엄을 공유하고 있으니, 제5부라도 세워야 하지 않겠는가. 특권의 핵심에서 또 그 주변에서 나온 사람들이 참회하는 심정으로 다 나서야 할 것이다.” “먼저 법을 세워야 한다. 정의야말로 사회의 초석이 되어야 했다. 부정부패 속에서의 성장이 결국 허사가 된다는 경고를 잊지 말아야 한다. 경쟁을 통하여 저마다 승자가 될 수 있는 기회를 누려야 하지만, 승자가 패자를 배려하는 사회를 만들어야 한다. 그래야 공동체가 비로소 평화롭다.” “근대화란 갑자기 된 게 아니고 이상을 향해서 부단히 진보하는 인간 본능의 한 단계다. 그러나 공동체와 함께 나아갈 때 근대화도 오래 지속된다. 대기업과 중소기업, 완제품과 부품산업의 균형이 깨지면 빈부 격차와 대량실업이 발생한다.”

“법을 하늘 같이 받드는 사회가 되어야 한다. 바른 길을 걷는 기업에서 경쟁력이 나온다. 법을 공부한 사람들이 법의 남용이나 탈법 월권에 맛을 보려고 달려들기보다 어디에 있든 자기가 서 있는 자리에서 법을 세우고 법의 정신을 가다듬어야 한다. 법대를 자랑하기 전에 할 일을 찾는다면 그 길이 보일 것이다. 권력과 결탁한 수재들을 몰아내고 법천당(法天黨)으로 양심적 지식인들을 모으자. 법대인의 명예를 살리는 길이 여기 있지 않겠는가.”

2 모자란 형

아무리 하늘을 쓰고 도리질해도 누구나 빈 데가 있게 마련이다. 하나님이 우연히 찾아와 많은 것을 채워주신다. 새 빛이 보이고 새 길이 열린다. 뜻이 땅에서 이루어지기 위해서 무엇을 해야 할 것인가. 예수님의 십자가가 가르치고 있다. 부패권력에 대들어야 한다.

가 . 하 나 님 앞 에 서 다

고등학교에 들어갈 즈음해서 모자란은 잘 알지도 못하는 유물론의 영향을 받아 벌써 무신론자가 되어 있었다. 종교는 민중에게 내세를 기약함으로서 현세의 저항심을 삭이고 지배계급의 안전을 도와줄 뿐이라고 생각했다. 특히 이때 종교는 기독교였으며, 제국주의의 침략 수단으로 기독교가 먼저 상륙한다고 했다. 기독교는 증오의 대상이었다.

독실한 신자가 같은 반에 있어 교회에 나오라고 찰자같이 따라다녔지만 불쌍하게 생각했다. 점심을 싸오지 못하는 옆 동무에게 다가와 냄새를 풍기며 밥을 나누어 먹는 그를 퍽 위선으로 보았다. 목사는 혓바닥만 천당에 올라간다고 비난했다. 대학에 들어와서도 내내 그 생각을 갈이 했다. 그런 내가 50이 다 되어 기독교에 관심을 갖기 시작한 것은 민주화 운동에 기독교가 두드러진 역할을 하고나서부터였다.

아무런 현실 판단 없이 모든 것을 덧없어 하는 불교는 모자란에게 별 희망이 없어 보였다. 훨씬 뒤의 얘기지만 성철 스님이 입적해서 많은 사람들이 애도했을 때 그 양반이 치열한 민주화 운동기에 무엇을 했단 말인가 하고 그는 아쉬워했다. 그런 그가 기독교 교리에까지 깊은 관심을 갖게 된 것은 전혀 우연한 계기에서 비롯된다.

아내가 어떤 평생교육 프로그램에 참여하면서 『맹부인의 눈물』이라는 책을 가지고 왔다. 독서광이라 할 정도로 책 읽기를 즐기는 그가 책을 읽어나가다 어느 순간 번쩍하는 빛을 보게 된 것이다. 자정을 훨씬 넘긴 한밤중의 일이었다. 에큐메니칼 본부에서 발행한 그 책은 진시황의 독재 권력이 정권 안보를 위하여 만리장성을 쌓게 되었는데, 갓 결혼한 신랑이 여기에 끌려가면서 얘기는 시작되었다.

너무나 기가 막혀 울음으로 지새던 새댁이 낭군을 찾아 나섰는데 공사 현장에 당도해보니 남편의 모습은 찾을 길 없고, 성곽 안전을 위해서 가끔씩 인부를 집어넣고 쌓아올린다는 불길한 소식만 들렸다. 그녀는 하염없이 성벽을 더듬어 올라가다가 기진맥진하여 쓰러졌다. 정신을 차려보니 사람들이 웅성거렸고 먼발치에서 성벽이 무너져내린 모습이 보였다. 남편이 묻힌 현장이었다. 마침 시찰을 나왔던 독재자가 이를 알게 되었고, 그녀는 그의 앞으로 끌려오게 된다. 그녀의 미색에 마음이 동한 독재자는 노기를 가라앉히고 그녀를 회유하여 애첩을 삼으려 했다. 그녀는 반항했으나 역부족이었다.

마지막 소원을 내어 강가에 높은 누각을 지어주면 그 위에 올라가 남편과 하직인사를 나누겠다고 했다. 만조백관이 올려다보는 가운데 그녀는 독재를 규탄하기 시작했다. 그 소리는 점점 커져서 모든 사람 아니 온 천지가 들릴 정도로 낭랑하게 울려 퍼졌다. 독재자의 얼굴은 일그러졌고 측근들의 당황망조는 가관이었다.

그녀는 잡으러 올라오는 졸개들을 뿌리치고 백 길 푸른 강에 몸을 던졌다. 그리고는 수천수만의 물고기로 변했다. 그 물고기는 일제히 독재 타도를 외치고 있었다. 그 책은 십여 장으로 편집되었는데 한 장면이 끝나고 나면 다음 장에서는 지난 장면을 요약해서 반복하고 있었다. 늦게 귀가하여 틈틈이 그 책을 읽어도 지난 줄거리를 알 수 있어 생동성과 사실성을 더하고 있었다.

몇 달에 걸쳐 그 소책자를 조금씩 읽어 나가던 모자란은 그녀의 투신과 변신의 장면에서 예수의 죽음과 부활을 보게 되었다. 그러나 그는 아직 십자가를 순교 중의 순교로 이해하는 수준에 머물고 있었다. 그가 육신의 부활과 승천을 믿기까지에는 상당한시간이 걸렸다. 처음에는 아마도 제자들이 전능하신 하나님을 증험하기 위하여 한 순교자의 시신을 수습했을 것이라는 생각이었다.

모자란이 예수님이 동정녀 마리아의 몸을 빌려 태어난 사실까지를 진실로 받아들이며, 예수님 품으로 안돈하게 들어온 것은 얼마 전 미국을 다녀온 이후였다. 미국에서 열린 딸아이의 졸업 연주회를 보고 와서 그는 전혀 딴 사람이 되어 있었다. 연주회를 여러모로 뒷바라지 해준 그 곳 교인들에게서 하나님의 사랑을 처음으로 체험한 것이다. 그렇게 많은 사람에게 남을 보살피도록 은혜를 주신 하나님을 어느 새 경배하고 있었다.

며칠 후 모자란은 디트로이트로 가는 항공기 출발 시간을 기다리며 버펄로 강가에 걸터앉아 아직도 풀리지 않는 성경 몇 대목을 강물에 풀어보고 있었다. 갑자기 어제 보고 온 나이아가라의 쏜살 같이 흘러가는 망망 도도한 물살이 떠오른다. 하나님의 힘이 솟구치는 것을 느낀다. 진화론으로 가득 찬 세상에 마지막으로 사람을 창조하시고 선악을 가려 살게 하신 크나 큰 지혜의 끝에 겨우 매달려 자신도 맹렬하게 떠내려가는 환상에 빠졌다.

어느 듯 가없는 하나님의 바다가 앞으로 달려왔고, 그는 몇 번이나 물속을 빠져나왔다. 그럴 때마다 왜 사탄을 멸하지 못 하시는가, 왜 사람을 다 착하게 만들어놓지 그러셨는가 하며 엊그제까지 떠들어대던 그의 잘난 체가 벗겨져 나갔다. 마지막 오만이 발끝에 걸려 몸부림치다 흔적 없이 사라졌다. 정신을 차려보니 형형한 별빛이 강물에 부딪쳐 피어나는 구름 꽃 파도를 타고 다시 솟아오르며 예수 탄생을 알린다. 모자란은 예수본이 되고 있었다.

예수님이 얼굴을 내미신다. 생명의 신비 그것은 곧 하나님의 조화이다. 그것을 부리신 분이 하나님이시기에 얼마든지 거룩하게 예수님을 이 땅에 보내실 수 있다. 하나님은 육신으로 내려와 믿음을 심으시고 되돌아 가셨다. 안 돌아가시면 어찌 되겠는가. 그 성장(盛裝)한 우상이 하나님의 빛을 가리고, 하나님의 참칭은 또 얼마나 횡행하며 우쭐대겠는가. 예수본의 얄팍한 생물학적 지식은 이렇게 여지없이 무너져 내리고 있었다.

예수본은 딸이 공부하던 미시간으로 돌아와 다음 날을 맞이했다. 많은 도움을 주셨던 교민 몇 분을 초대해 저녁을 대접하기로 한 날이었다. 예수본은 환담 끝에 어제 겪은 이사(異事)를 응시하던 강물처럼 단숨에 소개했다. 그분들의 신앙은 이론적으로 접근한 게 아니겠지만, 다들 험한 물을 헤엄쳐 건너 온 사람처럼 예수본의 시련을 대견하고 다행하게 감싸주었다. 그리고 헤어질 때 예수본은 간단한 선물을 받았다.

그 자리에서 펴보지 못하고 숙소에 와서 보니 한글과 영문이 병기된 성경이었다. 깜짝 놀랐다. 요 며칠 지낸 일들이 순서 있게 예수본을 인도하고 있는 것으로 느껴졌다. 사실 집에도 자그마한 영문 성경이 몇 권이나 되고, 한글 성서도 크고 작은 것 합해서 몇 권이나 되지만, 이렇게 필요할 때 필요한 크기로 그리고 잘 모르는 것은 영문을 대조해 볼 수 있게 엮어진 성경이라니 꼭 하나님의 역사 같아 퍽 두려웠다.

더 희한한 것은 그 즈음 어릴 적부터 교회에 나오라고 성화를 부리던 아내의 친구가 환갑이 다 되도록 신앙이 없는 아내에게 불쑥 성경책을 보내 왔다. 가끔씩 전화를 걸어 읽느냐고 채근하는 모양이다. 그 성경은 한 수 더 떠서 하나님의 말씀을 아예 우리 현대 말로 의역한 노작이었다. 영문을 대조해도 이해가 어려운 내용을 해설적으로 밝혀놓은 그 성경을 예수본은 꼭 자기에게 소용되도록 보내주신 것으로 믿는다.

예수본은 새로운 고민이 생겼다. 이 나이에 아니 시간도 없는데, 더욱이 종교를 아편이라고 우겨대다가 뒤늦게 교회라니 이제 철났나. 그러나 다 벗어던질 수 있다. 다만 사적 소망을 기원하는 장소, 무엇인가를 행세하는 장소, 이러저러한 인간관계를 맺고자 하는 장소, 새로운 물신주의에 빠져 외형을 키우는 교회, 그렇지 않은 교회는 없을까 하는 또 다른 오만이 예수본을 주저앉히고 있다.

예수본은 아직 성서적 교회를 찾지 못했다. 그 교회는 한 동네 또는 한 아파트에 있고 주말마다 이웃끼리 모여 예배를 드린다. 1년에 한두 번씩은 더 넓은 구역으로 모인다. 이때에는 큰 성직자가 나와서 더 경건하게 더 장엄하게 예배를 이끌고, 그리하여 하나님의 말씀을 더 크고 분명하게 들도록 한다. 교회별로만 이웃이 되고, 교회가 다르면 한 동네

한 아파트에 살아도 남남이 되는 하나님의 자손은 안 된다는 생각이
들었다.

　교회에 들어서기 무섭게 하나님의 눈도장이라도 찍으려고 온갖 친절
을 다하는 위선, 영험한 교회를 찾아다니며 성직자를 만신으로 모시는
치성 신도, 하나님의 말씀도 돈으로 때우려는 매머니즘은 이제 졸업해
야 한다. 예수본은 지금 진정한 하나님의 교회를 원하고 있다. 하나님의
교회는 교회공동체를 지향하지 않고 공동체 교회를 바라보는 것이다.
사랑과 평화, 자유와 창의, 정직과 정의가 넘치는 사회를 만드는 데 앞
장서는 것이다.

　하나님은 도처에 계시다. 늘 하나님이 옆에서 뭐라고 하신다. 여태껏
해온 거 말고 가장 존귀한 도적을 잡아라. 권력·돈·명예의 우상을 끌어
내려라. 그런 민주 없이 하나님나라는 오지 않는다. 주어진 일을 묵묵히
해내는 사람, 사회 모든 역할이 잘 돌아가도록 기름 치는 사람, 일터마
다 흥을 돋우고 매일을 새롭게 살도록 부추기는 사람, 각자 지닌 능력을
개발하여 이를 하나님에게 진상하는 사람, 이런 사람이 은사와 영광을
누려야 한다.

나 . 반 기 는 　형 제 들

　예수본은 오늘도 기도한다. 기도란 하나님께 한 걸음 더 다가서는 것
이다. 그분의 목소리를 들으며 그분의 제자가 되기를 맹세하는 것이다.
항용 거기에 기복을 담아도 우리들은 약하기 때문에 하나님은 용서하
시고 은혜를 베푸신다. 우리는 또 나라 걱정을 한다. "하나님 법을 이
땅 위에 세우지 않고는 하나님나라에 들어설 수 있는 길이 없사오니

많은 형제들을 이 길로 인도하여 주시옵소서.”

"의롭지 못한 사람, 거짓말하는 사람, 약속을 저버리는 사람, 이런 사람이 지도자로 뽑혀 빗나가게 하지 마옵시고 하나님의 말씀을 좇아 훌륭하게 살아온 사람, 그 말씀이 나라의 법이 되어야 한다고 굳게 믿는 사람, 공법을 어긴 다리가 무너지듯이 무너진 경제는 다시 그 공법에 따라 일으켜야 한다고 내다볼 줄 아는 지도자를 서둘러 보내주소서. 이 모든 말씀 예수님의 이름 받들어 기도 올리나이다. 아멘.”

예수본이 하나님을 뵙고 있을 때 그의 절친한 친구가 곁에서 지켜보며 다시 아멘을 외쳤습니다. “…형의 신앙과 종교관을 들으면서 지금으로부터 45년 전 형과 내가 서울대 법대에 들어간 어느 날 교정 벤치에 앉아 인생과 종교에 관하여 진지하게 대화를 나누던 때가 떠올랐습니다. 그때 형은 무신론에 입각한 사회주의자였고 나는 기독교신자였지요. 나는 그때 기독교 신자라고 했지만 초보적인 신앙에 머물러 있어 형의 기독교 비판은 큰 충격으로 가슴에 와 닿았습니다.

우리 집은 그때 퍽 가난했지요. 나는 가난하였지만 기독교 신앙으로 어느 정도 위로를 받으며 살아가던 때였습니다. 그때 형이 기독교 신앙은 바로 그 가난을 잊게 하는 모르핀 주사에 불과하다고 강조하였는데, 나는 그 말에 큰 감명을 받았습니다. 형은 책을 많이 탐독하여 나보다 한 단계 높은 식견과 인생관을 가지고 있었던 것으로 기억됩니다. 형과 자주 만나 대화를 나누는 가운데 나의 종교관과 인생관은 나도 모르게 도전적이 되었습니다.

인생은 투쟁과 노력에 따라 얼마든지 변화될 수 있다는 확신과 자신감을 얻게 되었지요. 이렇게 해서 수십 년이 흘러가는 동안 나는 투쟁과 노력의 대가로 빈곤을 극복하고 어느 정도 부유한 가정을 이룰 수 있었습니다. 그러는 가운데 교회는 한없이 멀어져 갔었지요. 솔직히 말해서 이와 같은 나의 인생 변화에는 형과의 진지한 대화가 가장 큰 동인이 된 것 같습니다. 그런데 형은 오히려 나의 변화와 세속화에 대하여 몇 번인가 우려를 표시했습니다.

그러는 가운데 세월이 흐르고 늙어가면서 잊었던 신앙이 내 가슴에 새싹을 트기 시작했습니다. 그래서 그것도 아주 가끔 교회에 나가 설교를 듣습니다. 그러나 나는 아직 기독교 신자라고 말할 자신이 없습니다. 형한테 솔직히 고백하지만, 몇 개의 넘어야 할 고개가 앞을 가로막고 있습니다. 기독교에 대해서 풀어야 할 의문이 여러 개 있다는 것입니다. 60 평생을 살면서 목사나 기독교인에게 느꼈던 실망과 분노가 나의 뇌리를 떠나지 않습니다.

이러한 때에 형이 천만 뜻밖에 기독교인이 되었다는 사실이 새로운 충격으로 나의 가슴에 와 닿았습니다. 형은 분명히 하나님을 본 것 같습니다. 그러나 나는 진정으로 하나님을 보지 못했습니다. 내가 유년 시절 희미하게 보았던 하나님은 그 상태에 머물러 계십니다. 아직도 기독교에 대하여 가지고 있는 여러 가지 회의가 나의 눈과 귀를 막고 있습니다. 내가 앞으로 해야 할 일은 기독교에 대하여 가지고 있는 의문을 하나 둘 걷어내야 하는 것입니다. …기독교에 대한 공부를 더 진지하게 더 열심히 할 작정입니다. 형에게 싹 터 오른 신앙의 꽃이 활짝 피기를 기원하며 이만 줄입니다.”

친구의 기도는 여기서 마무리되고 있었다. 예수본은 부끄럽기 그지 없었다. 저렇게 철이 없을 때도 있었는가. 더욱이 승리자나 된 듯 의기 양양했을 것이니 참으로 부끄러웠다. 그는 무릎 사이로 얼굴을 파묻고 흐느꼈다. 하나님께 용서를 빌며 기도를 올렸다. 얼마가 지났을까. 다시 법대 교수 한 분이 그의 기도를 들으셨다. "…기도를 들으면서 10년 전 새벽에 제가 하나님의 음성을 듣고 참회와 감격의 눈물을 흘렸던 순간을 되새겨 볼 수 있어서 정말 좋았습니다."

교수님의 간증이 계속 이어졌다. "하나님을 인격적으로 만난 뒤에 개인적으로 엄청나게 많은 변화를 경험했고 또 많은 은혜를 받았습니다. 그리고 지금은 모교인 법대의 교수직을 천직으로 알고, 만약에 예수님께서 지금 제가 있는 자리에 와 계시다면 무엇을 어떻게 하실까 하는 것을 늘 삶의 지침으로 삼아 제자의 길을 걷고자 노력하고 있습니다. 그럼에도 불구하고 최근에는 나라 안팎의 일그러진 현실과 점차 소멸되어 가는 민족의 정기를 생각하면서 안타까움과 답답함을 금치 못하고 있습니다.

또 오늘 아침에는 사소한 일로 짜증까지 부리고 말았습니다. 그러던 차에 한 줄기 기도소리가 들려 존경과 사랑을 전하기 위하여 저도 고백 기도를 드리게 되었습니다. 저는 이제 조용히 한 해를 마무리하면서 우리나라의 현실과 민족의 장래를 바라보고 계시는 하나님께서는 얼마나 안타까워하고 계실지, 또 새해에 우리나라와 민족이 하나님께 영광을 돌리기 위해서 우리 각자 감당해야 할 십자가는 무엇인지에 대하여 조용히 묵상하려고 합니다."

교수님은 예수본이 한 해를 은혜롭게 마무리하고 새해에도 하나님의 영광과 은혜가 함께 하시길 기도해 주셨다. 예수본은 다시 은혜와 감사와 영광에 흠뻑 젖어 한동안 몸을 가눌 수 없었다. 정신을 차려 하나님께 감사기도를 올린다. "보잘 것 없는 저의 믿음으로 인해 많은 이웃사랑을 느끼게 해주신 주님께 감사드립니다. 하나님이 부르시는 날까지 하나님 말씀을 깊이 새기며, 하나님 말씀을 조금이나마 실천할 수 있는 나날이 되도록 감찰하여 주소서. 아멘.”

다 . 마 침 오 심

하나님이 주신 사랑을 나누는 모임을 공동체라 한다. 사람들은 공동체에 몸을 담고 여러 가지 질서를 만들고 익힌다. 미워하지 말고, 속이지 말고, 싸우지 말고, 도둑질하지 말고, 간음하지 말고, 그 모두가 사랑이다. 왜 그런가. 생명의 본질은 신진대사다. 밖에서 영양분을 빨아들여 안을 체계화 한다. 섭취는 욕심이요, 체계는 질서다. 그런데 아무리 욕심을 부려도 그 질서가 유한하다는 것을 사람만이 안다. 삶을 오래오래 만끽하는 길은 없을까 궁리한다.

체면 불구하고 한바탕 욕심을 마음껏 부려 본다. 그러나 영귀도 죽음 앞에 서는 시든다. 더는 없단 말인가. 그러다 사랑만이 영원하다는 것을 터득한다. 부모자식 간의 사랑을 통해 떠난 자와 남은 자가 하나 됨을 입증한다. 사랑하는 자식의 영화가 내 영화다. 사람의 욕심은 이기적인 것으로부터 이타적인 것으로 진화한다. 나눔과 사랑의 기쁨을 터득한다. 그러나 욕심이 생명의 본질이기에 오히려 사랑을 이기적으로 승화시켜 오래 만족하는 사람도 있다.

또 이렇게 말할 수 있다. 세상 만물은 변한다. 그것도 무질서로 쇠퇴한다. 이 변화를 거역하는 질서가 생명이다. 그 힘이 영양분에서 나오고, 영양분의 궁극적 원천은 빛이다. 그 빛의 동화작용으로 식물이 살고, 그 식물을 동물이 먹는다. 그러나 빛의 고마움(사랑)을 아는 것은 사람뿐이다. 사람만이 그렇게 창조되었기에 사랑을 받다가 사랑을 주고 가려 한다. 받기만 하는 것은 동물이다. 사랑을 주고받는 것이 사람 할 일이며 그게 사람의 생명 질서다.

세상에는 많은 신들이 있다. 그런데 천지를 창조한 신은 오직 하나다. 여럿이 만들었다고 보기엔 그 질서가 너무 정연하다. 그래서 하나밖에 없는 신은 하나님이 된다. 사람은 하나님이 창조하신 생물 가운데 가장 의사소통을 잘한다. 아니 그 언어를 가진 생물을 사람이라고 한다. 언어 유전자는 20만 년 전에 태어났다. 빅뱅의 마지막인 제6단계(여섯째 날)라고 오늘의 복사파는 말한다. 구약과 일치한다. 창조 열기가 완성 단계를 향해 수렴되기 때문이다.

하나님은 왜 사람에게만 언어 능력을 주신건가. 하나님의 말씀을 듣도록 해서 천지창조의 목적을 완성하려 하신다. 생명의 유한을 알고 영원히 사는 길을 찾다보면 살기 좋은 세상을 만들라는 하나님의 계시를 만난다. 그러나 하나님의 의중을 헤아리기는 쉽지가 않다. 하나님은 곧바로 그 길을 찾게 하시지 않고 여러 샛길과 걸림돌을 두셨다. 가지가지 유혹과 그럴 듯하게 걸려있는 이정표가 그렇다. 하나님이 주신 지혜로도 많이 헷갈린다.

하나님은 오직 자기만을 향해 올곧게 다가오는 것을 지켜보시며 후한 상을 주신다. 길을 가리켜 주시고 처음부터 행복한 세상을 만드실 수 있는 하나님이시지만, 고난의 길을 걸어 하나님나라에 들게 하심이 하나님의 제일 큰 기쁨이시다. 다만 하나님은 두 가지 기본 지침을 밝히신다. 먼저 흔들림 없이 자기의 뜻(사랑)을 받들 지상 왕(제사장)을 앞세우신다. 또 이웃사랑이 공동체의 핵심 질서이기에 자기 사랑을 자제시키고 우상숭배를 엄금하신다.

사람은 채취·수렵·어업·육축·재배 등 어떤 생업에 종사하든 협업·분업·놀이·휴식·공격·방어를 통해 무리를 이루며 힘을 보태기 위해 여러 신들을 모시게 된다. 전능하신 하나님은 그래서 사람들 앞으로 나오셔서 많은 사람이 행복을 누리는 세상이 자기의 뜻이므로, 이를 위해 노력하면 축복을 받을 것이라 약속하신다. 제사장을 통해 그 길을 밝히시고 잘 따라가라 하신다. 이해를 돕기 위해 역할극을 마련하시고 이를 자세히 기록하게 하신다.

아귀다툼이나 분노·음란·질시·경멸·무시·애증을 극복하며, 사람들이 겪는 희망과 좌절, 가책과 참회의 전 과정을 이스라엘을 통해 보여주신다. 하나님은 모든 만물을 말씀으로 창조하셨지만 이스라엘만은 손으로 빚으셨다. 쉽게 청종하지 않는 목이 곧은 백성이기에 많은 죄악이 노출될 것이었다. 악과 선이 치열하게 싸우며 서로가 서로를 제압하는 과정에서 인간심리가 다양하게 진화해가는 모습이 잘 나타날 것으로 여기시고 그 짐을 지우신 것이다.

이스라엘은 먹으면 정녕 죽음을 면치 못할 것이라 하셨음에도 이를 어길 만큼 완악했으며, 하나님의 꾸중을 듣고 비겁하게 자기 분신인 아내를 핑계 댔다. 시샘 끝에 형이 아우를 죽이고, 그 살인의 핏줄은 자기 몸에 작은 상처를 입힌 사람도 그의 목숨을 끊었다. 하나님을 직접 봐야 한다고 오만했으며, 막상 하나님을 뵙고 말씀을 듣고도 안 믿었다. 진화는 판단 능력이 유전자를 변형시키면서 일어난다. 하나님은 진화속도를 늦추면서 이스라엘을 닦달하신다.

하나님은 이스라엘이 이방인과 구별되어 얼마만큼 버틸 수 있을지 늘 지켜보신다. 권욕과 육욕을 누리는 것을 보람으로 착각하는 사람들이 허우적대는 욕심의 바다를 떠나 온 아브라함을 그 후손 이스라엘이 늘 두렵게 받들고 평화와 사랑의 땅을 건설하는데 몸을 던질 각오로 살아가길 바라시며, 하나님은 그 먼 길 어귀에서 이스라엘을 기다리신다. 어서 다가오라 손짓하시며 그 고단함을 쓰다듬으시려고 가슴을 여신다.

그러나 이스라엘은 결코 시시하게 태어나지 않았다. 어떤 시련이 닥치더라도 하나님의 말씀을 끝까지 따라야 할 충신이어야 했다. 그러나 상은 박하시고 벌은 엄하시다. 아브라함과 고락을 같이 한 롯은 이웃의 잘못으로도 눈총을 받았다. 본처에게 아들을 낳게 하겠다는 하나님의 약속을 못 믿고, 서자 이스마엘을 얻은 아브라함도 그 적자 이삭을 제물로 바치려는 결의를 보여드리고서야 용서를 받는다. 철이 덜든 이스라엘을 하나님은 자꾸 채근하신다.

이삭의 아들과 그 자식들이 마음에 안 들자 400년간 종살이를 시키신 끝에 모세로 하여금 이들 이스라엘을 이끌어내게 하신다. 모세는 하나님과의 교감을 얻어 처음으로 하나님나라의 헌법을 만든다. 이웃을 사랑해야 복을 주신다는 것과 우상을 숭배하지 말라가 핵심이었다. 40년간 가혹한 법치 훈련을 시켜 가나안 땅에 들여보냈으나 다시 400년간 하나님을 믿다가 말다가 헤맨다. 결국 이방신상의 숭배가 문제였으며 여러 번 하나님의 분노를 샀다.

왜 우상에 절하는가. 누구나 행복을 바라기 때문에 소망을 빌고 싶어 한다. 소망을 들어주실 분은 하나님 이상 더 없다. 하나님만 전지전능하시기 때문이다. 그런데 소망 가운데는 욕심이 있다. 하나님께서는 욕심을 다 들어주시지 않는다. 다 들어주시면 하나님이 아니시다. 하나님은 이웃을 사랑해야 소망을 들어주신다. 나아가 이웃을 사랑하지 않으면 벌을 내리신다. 그런데 우상은 절만 많이 하고 제물을 많이 바치면 소망을 들어준다고 속인다.

욕심이 많거나 급한 사람은 우상에 속기 쉽다. 우상에 속아 남을 해치거나 심지어 전쟁도 한다. 이스라엘만 그런 게 아니라 모든 사람이 그렇기에 하나님은 이스라엘에게 소금이 되라고 하신다. 모범을 앞장 세워 많은 사람을 닮게 하는 것이 하나님의 뜻이다. 모세가 젖과 꿀이 흐르는 땅이라 했지만, 사실 그 땅은 애급같이 물을 맘대로 댈 수 있는 땅이 아니라 산과 골짜기와 모래판이 널려 있어 하나님이 보살피지 않으면 농사를 지을 수 없는 곳이었다.

하나님을 청종하는 길이 생명을 유지하는 길이었다. 하나님이 이스라엘에게 주시는 두 번째 큰 시련이었다. 이때도 처음 이스라엘은 이웃을 사랑하고 돌보며, 나아가 백성을 억압하는 이방 왕들과도 자주 싸움을 벌였었다. 차츰 이스라엘은 고달프다. 하나님의 짐을 견디지 못하고 기우뚱거리다 제사장 대신 왕을 택한다. 결국 왕이란 백성의 수탈이요 골육상쟁이요 권력 투쟁이었으니 오래 못가 나라가 분열되고 망한다.

왕을 찬양하는 노래가 드높고 왕은 화답하듯 하나님을 찬양한다. 하나님과 왕은 같다. 아니 왕은 하나님의 아들이다. 살아있는 하나님을 더 가까이 하라. 사람의 우둔한 마음을 요리조리 헤쳐가며 아름다운 가사와 악기들이 난무한다. 사이사이로 재치 있는 권위들이 넘나들며 사람의 영혼을 꿰찬다. 사람은 피를 빨리면서도 아픈 줄 모른다. 백성을 편하게 우려먹을 수 있기에 하나님은 일찍이 왕을 반대하셨지만 선지자들이 백성을 앞세워 우겼다.

하나님은 마지못해 허락하셨지만 왕이라 해도 대제사장 노릇을 제대로 하기를 바라셨다. 실제로 백성들과 함께 이방신 대신 여호와만 섬겼다면 앗수르와 바벨론이 아무리 강국이라 해도 살아남을 길을 찾을 수 있었을 것이고, 설령 꺾였더라도 단련된 이스라엘이 열방으로 퍼져나가 하나님의 율법으로 현지의 율법을 이김으로써 하나님께 기쁨과 영광을 드리는 길이 있었다. 그러나 포수기(捕囚期)에도 예언자들은 이런 반성 없이 옛 예루살렘의 영화만 외쳤다.

전능자 다윗의 후손을 갈구하다 예루살렘에 돌아온 선지자들은 일시 하나님을 믿고 죄를 뉘우쳤지만, 자기 잘못을 모르고 오직 복만 받으려고 하나님을 찾는 백성들을 보고 곧 절망에 빠졌다. 다시 왕을 모시는 것이 더 쉬울 것만 같았다. 하나님이 거기에 계시지 않으심을 이미 보았으면서도 그랬다. 어려워도 다시 절망에서 희망을 찾아야 했다. 백성과 함께 쉼 없이 하나님이 기름부으신 대제사장을 영접할 수 있게 해주십사고 기도드려야 했다.

이스라엘에게 훨씬 지혜로운 결단이 요구되는 시점이었다. 하나님의 권세를 세우기 위해서는 크든 작든 자기 주변에서부터 하나님나라의 기틀을 마련해야 한다. 서로 세력을 다투다 왕이 된들 그 권세가 영원하겠는가. 다시 백성을 괴롭히다 하나님의 진노를 사 멸망을 거듭할 것이다. 반대로 어디에 있으나 하나님 말씀을 실천하면 하나님께서 최후의 승리를 안겨주실 것이다. 예루살렘이 하나님 왕국의 중심으로 거듭나는 길이었다.

그러나 이스라엘은 안팎으로 더 빗나가기 시작했다. 안에서는 100년간 성전 회복과 더불어 죄의 회개와 영적 부흥이 있었으나 반란과 왕국과 총독으로 이어지며 살육이 반복되었다. 강대국에 붙어 영화를 누리려는 세력과 무모하게 강대국을 거부하려는 세력 간의 싸움으로 백성의 희생만 컸다. 결과는 연이은 히스몬과 헤롯 왕가의 등장이었다. 차츰 예루살렘은 세속적인 사두개파, 교조적인 바리새파, 금욕적인 에세네파, 보복적인 열성당파로 갈라졌다.

혼란을 피해 밖으로 나간 유대인은 우월과 독선과 아집으로 현지에서 기피를 당했다. 2000년 전에도 요셉을 따라 애급에 들어선 이스라엘은 함께 식사도 아니 할 정도로 따돌림을 당했다. 정녕 하나님은 목이 곧은 이스라엘을 창조하시고 여러 겹의 시련을 헤쳐 나가도록 하심이 분명했다. 이스라엘의 기쁨은 그 먼 외길 끝에 있었으나 이스라엘은 그 시련을 이기지 못하고 하나님을 크게 일탈한다. 하나님나라의 주춧돌을 세우는 일은 엄두도 못 냈다.

모두 탐욕이요 우상이요 부정부패였다. 하나님의 진노를 사기에 바빴다. 열방 왕들과 대결하다 스스로 분열하였으며, 덩치 큰 나라들과 힘을 겨루다 패망하였다. 모세가 세우려던 제사장 나라의 꿈은 사라졌다. 하나님은 다시 모세를 내려보내신다. 아들 예수였다. 무엇이 그렇게 다급하셨는가. 왕권을 세우려고, 또 그 왕권을 수호하려고 그 많은 사람이 죽어서는 안 된다. 왕권을 파괴해야 한다. 그 모범을 예수가 보이실 것이다.

누구나 복을 빈다. 복을 비는 마음이 하나님을 다시 창조한다. 하나님을 창조할 정도로 사람들은 소원을 갈망한다. 그런데 여호와 하나님은 의를 먼저 구하라 하신다. 많은 소망이 이루어질 수 있기 때문이다. 수천 년간 이를 확인한 이스라엘에서 그 실천주자로 예수가 탄생한다. 이스라엘도 도리 없이 왕국까지 갔었으나 그것은 예수 탄생을 위한 마지막 진통이었다. 예수는 이스라엘을 넘어 자유와 평등의 복음을 만방에 전함으로서 승리를 담보 받으신다.

헌법이 있고 그 실천법이 있는데 하나님이 또 세부 지침을 내리셔야 하는가. 같은 법이라 해도 나라마다 다르나 그 핵심인 하나님의 법은 나라별로 하는 것이 아니라 사람을 따라간다. 누구나 자유와 평등을 원하기 때문이다. 하나님은 왕정을 허락하시면서도 그 뜻을 굽히지 않으셨지만, 오랫동안 선지자와 선견자들이 정곡을 찾지 못하자 하나님이 직접 권력국가의 철폐가 하나님나라의 완성임을 가르치신다. 예수를 내려보내 그 메시지를 전하신 것이다.

라 . 깃 발 을   따 라

　예수님은 교회를 세워 천국 복음을 온 세상에 전파하면 하나님나라가 완성되리라 하시면서 복음을 전하고 실천하는 길만이 죽어서까지 하나님의 칭찬과 복을 받으리라 하셨다. 그러나 예수님의 말씀은 여러 가지 이적과 기사로 하나님 아들임이 입증되었는데도 잘 먹혀들지 않았다. 예수님을 떠받들고 예루살렘에 입성한 군중들은 제사장과 사제 등 집권 세력의 선동으로 등을 돌렸으며 예수님을 처형하라고 아우성쳤다. 로마총독이 듣기 민망할 정도였다.

　한 사람의 희생과 호산나를 외치며 앞뒤를 따르는 다수의 무리들이 궁극적으로 백성을 괴롭히는 왕권을 물리치고 하나님의 사랑마을을 만들 수 있다. 예수님은 홀로 십자가를 지시면서 용기 있는 자 자기를 따라 십자가를 지라 하셨다. 의로운 자가 앞장서면 의에 굶주린 백성이 따를 것이었다. 지도자란 자기가 가진 의와 선을 그 필요한 자에게 주는 것이다. 복음이 그렇고 이에 합당한 율법이 그랬다. 이를 땅 끝까지 전하는 일이 십자가의 짐이었다.

　그래서 교회였다. 그러나 40년 만에 사제 요제프가 또 반란을 일으켜 수많은 백성이 로마군에 의해 살육 당했으며, 예루살렘을 지키던 요하네스는 끝내 무너지고 성전은 완전 소실되었다. 마사다의 항전도 무위로 끝났다. 5년 여에 걸친 이스라엘 전쟁의 대가는 엄청난 것이었다.

다시 60년 만에 랍비 아키바의 바르 코호바 전쟁으로 예루살렘은 완전 유린당하고, 많은 시민이 로마에 끌려가 노역을 치르고 울분과 한 속에 죽어갔다.

그 와중에 베드로는 교회를 세우고 이를 통해 사랑하고 나누는 이스라엘 공동체를 이끌었으나 학문이 높고 랍비였던 바울은 먼저 믿음의 백성을 넓혀야겠다는 생각으로 예수님을 교회 안에 모시고 이방에서 복음을 발전시켰다. 사람은 다 죄인이다. 십자가에 달렸다가 부활한 예수만이 구원과 영생을 줄 수 있으니 무조건 예수를 믿으라. 의로운 길을 걸어 구원받자보다 의롭지 못해 죄 지은 사람들이 믿고 위로받는 교회를 세우려 했다.

교회는 번창하여 로마제국의 국교 자리를 차지했지만 하나님나라는 또 2000년을 기다려야 했다. 교회는 권력화 되고 교파 간 알력은 격화되었으며 정치권력과의 세력다툼도 상상을 초월했다. 한 줌도 안 되는 권력이 백성을 괴롭히는 체제는 더 기승을 부렸다. 그러나 예수의 복음은 교회에 실려 많은 사람을 일깨웠다. 하나님의 제자들은 잠자지 않고 더 부지런했다. 인총이 늘고 지혜가 발달하더니 산업이 진보하고 인권이 싹텄다.

왕을 원하고, 작은 왕이라도 되려고 아우성치는 세상에서 어느 새 복음을 실천하는 새 길을 모색한다. 복음에서 우러난 자유와 평등과 박애는 많은 사람들을 변화시켰다. 시민혁명과 노동자혁명, 시민운동, 상생운동 나아가 도시 농촌화와 농촌 도시화가 하나님의 빛으로 밝아오고 있다. 사람을 살린다고 사람을 죽이는 일도 차츰 빈축을 사기에 이른다. 종교 없는 혁명은 성공할 수 없고, 혁명 없는 종교는 참 종교가 아니라는 깨달음이었다.

종교는 변화를 부르고 변화는 종교로 채워져야 한다는 뜻이다. 시대적 상황과 대중의 감성 준위(準位)가 급속한 변화를 발기하더라도 그 마무리를 종교에 맡기지 않고는 다수가 만족하는 성과를 얻을 수 없었던 역사적 경험으로 해서 기독교의 사랑과 평화는 어디서나 빛나는 값진 교훈을 남겼다. 권력을 가진 자는 항상 질서를 얘기한다. 혼란이 오면 다 망한다는 것이다. 그러나 다 망하지 않은 역사가 있다는 것이 입증되고 있다. 어려워도 하나님나라였다.

예수보다 앞서 요한이 "회개하라! 천국이 가까워졌느니라" 외치며 죄를 자복하는 자에게 세례를 주었다. 요한은 자기보다 몇 배 능력 있는 예수가 뒤따라 올 것이며, 그가 세상의 먼지를 털어내고 맑고 밝게 할 것임을 예언했다. 요한이 정부를 비방한 혐의로 구속되니 예수가 다시 천국이 가까워졌다며 복음 전파에 나섰다. 율법만 가지고 또는 복음만 가지고는 안 되고, 더하여 의를 행하는 사람만이 천국에 들어간다고 하셨다.

예수는 행함을 중시하시어 자기 십자가를 지고 따르라고 하실 정도로 목숨을 걸고 행하라 하셨다. 회개치 않고 악을 행하거나 복음을 전하는 자를 홀대 박해하는 자는 심판의 날에 벌을 받는다고 하시며, 자신이 하나님의 권능을 내려 받아 그 심판을 대행하리라 하셨다. 예수는 여러 이적과 기사로 백성의 신임을 얻은 후, 그 힘으로 부당한 권력과 맞서 싸우다가 죽임을 당하고 부활해서 제자들에게 영육으로 나타내 보이시고 하늘로 올라가신다.

예수의 제 1제자 베드로는 예수로부터 반석교회를 세워 받고 천국의 열쇠까지 얻었으나 예수가 사교 집단과 싸우다 죽을 것이라 하니 실망한 나머지 이를 제지한다. 예수는 크게 노하여 죽음을 각오하고 자기를 따르라고 꾸짖으신다. 어떤 어머니가 아들을 높은 자리에 오르게 해달라고 청하니, 예수는 하나님의 나라에서는 임의로 권력을 휘두르는 권세는 없고 남을 섬기며 그 수발을 드는 자가 높임을 받는다고 하셨다.

예수는 섬김을 받으러 온 것이 아니라 섬기러 왔다고 하시면서 이웃을 대속 해방하러 왔음을 분명히 하셨다. 이웃사랑을 통하여 하나님을 사랑하고, 하나님을 좇아 이웃의 고통을 해방하려는 것이 예수의 사명이었다. 그러나 세상은 이웃사랑을 통하여서보다 하나님으로부터 직접 사랑받기를 기도한다. 이웃의 고통을 위해 죽음에 이른 예수를 본받지 않고 예수에게 매달려 자기의 고통과 죄를 해방시키려 한다. 이웃의 고통을 보고도 기도에만 의존한다.

그러고도 심판의 날에 하나님의 표창받기를 원한다. 자기의 죄 사함을 간구하기보다 이웃의 고통을 덜어주는 일에 솔선하라면, 그래야 하나님의 사랑을 받는다면 이단으로 몰아간다. 모두 옷깃을 여미고 오직 하나님의 말씀을 보다 충실히 따르리라는 결심 하에 일상의 나날을 좀 더 사람답게 살지 못한 것을 반성해야 한다. 『성경』은 『The Bible』이라 한다. '책 중의 책', '책다운 책'이란 뜻이다. 교회 안의 사람도 'The Man' 이 되어야 한다.

마 . 예 수 본 의 기 도 와 응 답

예수본은 성경을 읽으며 하나님을 들으며 하나님을 믿었다. 하나님은 누구의 하나님이 아니라 우리 모두의 하나님이셨다. 예수본은 하나님의 뜻을 헤아리며 하나님의 역사가 이루어짐에 경탄할 뿐이다. 하나님의 사랑을 믿으며 늘 하나님께 자신의 부족함을 부끄러워한다. 늘 잘못을 뉘우치며 용서를 빈다. 은혜에 감사드리며 조금씩이라도 하나님께 다가가려 애쓴다.

이웃사랑이었다. 그렇게 쉽지가 않다. 그게 하나님의 전부이시니 어려운 것은 당연한 것이 아닌가. 다짐하자마자 또 흐트러진다. 이 모든 고민과 감사와 참회를 담아 매일매일 기도를 올린다. 자정까지 안자면 영시기도, 제일 하나님이 가까이 계신 때 같다. 자다가 깰 때마다 기도다. 아침에 일어날 때까지 두서너 차례가 계속된다. 가급적 속으로 드린다. 옆에 아무도 없으면 가벼운 소리를 낸다.

하나님이 다 알고 계시고, 소리 크다고 더 잘 들으시지는 않다고 하면서도 하나님께 닿는 것은 결국 소리 아니겠는가 해서 요즈음은 더한다. "…하나님! 영시에(이 깊은 밤에, 이 이른 새벽에, 이 아침에) 기도드리게 해주셔서 감사합니다. 이 시간에 주님께서 임재해 주셔서 감사합니다. 오늘도 성한 몸으로 주님을 뵙게 해 주셔서 감사합니다.

전능하사 천지를 만드신 하나님 아버지를 내가 믿사오며, 그 외아들 우리 주 예수 그리스도를 믿사오니, 이는 성령으로 잉태하사 동정녀 마리아에게 나시고… 영원히 사는 것을 믿사옵나이다. (사도신경)

주여! 죄 많은 저를 버리지 않으시고 주님의 품으로 들어서게 해 주심을 감사드립니다. 주여! 죄 많은 저를 항상 용서하여 주심을 감사드립니다. 주여! 죄 많은 저에게 항상 분에 넘치는 복을 주심을 감사드립니다. 주님의 축복과 은총이 하해와 같사온데 아직도 주님 말씀을 청종하지 못하고 있는 저를 꾸짖어 주시고 용서하여 주소서. 또한 매일매일 많은 것을 간구하고 있는 저를 긍휼히 여겨주소서.

지난 날 제 삶의 굽이굽이마다 여러 가지 어려움과 위험이 있었사오나 주님께서 이끌어주시고 건져내주시어 오늘의 저를 있게 하여 주셨으니 그 은혜 측량할 길 없사오며 주님만이 하실 수 있는 일이기에 모든 영광을 주님께 돌리나이다. 제 남은 인생을 주님 받들며 주님이 베푸신 은혜를 조금이라도 갚아나가면서 살아갈 수 있도록 많은 기회 허락하여 주소서.

저의 불찰로 이웃에게 손해를 끼치는 일이 없도록 하여 주소서. 저로 인하여 기울어진 이웃을 주님의 손으로 일으켜 주소서. 여러 가지로 부족한 저를 사랑하고 걱정해주는 많은 이웃들에게 주님의 축복과 은총을 내려주소서. 저의 건강을 보살펴 주시옵고 주님이 부르시는 날까지 책 읽고 글 쓸 수 있도록 주님께서 허락하여 주소서. 이 시대에 합당한 기도 제목을 주시옵고 저의 미약한 기도가 주님 말씀을 전할 수 있는 힘을 갖도록 주님께서 역사하여 주소서.

오늘도 주님 말씀 가운데 하루를 열고 주님의 축복 속에서 하루를 닫도록 하여 주소서. 어제는 주님 앞으로 나아감이 미약하였사오나 오늘은 어제와 다른 날이 되게 하여 주소서. 아멘.”

다음으로 가족들의 건강과 화목 그리고 당면한 소원을 기원 드리는데 갑자기 하나님의 음성이 울려온다.

“내 다 알고 있다. 네 정성이 그만하면 됐다. 각자 알아서 잘 뛰면 모든 일이 잘 될 것이다” 하시면서 헛기침을 하신다. 그리고는 “하나님은 너희들이 하나님을 의지한 이래 그 많은 너희들의 소망을 다 들어주었다. 이제는 너희들이 내 소망을 들어 줄 차례다” 하시면서 하나님이 두 손을 모으시는 모습이 희미하게 앞을 채우는 것 같았다. 예수본은 당황해서 주기도문을 드린다.

“하늘에 계신 우리 아버지여! 이름이 거룩히 여김을 받으시오며 나라이 임하옵시며 뜻이 하늘에서 이룬 것같이 땅에서도 이루어지이다. …

나라와 권세와 영광이 아버지께 영원히 있사옵나이다. 아멘.”(주기도문)

예수본은 평정을 되찾았으나 다시 온 몸을 가누기 힘들었다. 전지전능하시기에 아무 간구할 일이 없으시며, 또 간구를 들어줄 누구도 존재할 수 없는 유일 초월적 또 태극 후무로 태초부터 가장 높은 데 스스로 계시면서 세상만물을 주재하고 계신 하나님 아니신가. 하나님은 내 그럴 줄 알았다고 예수본을 안심시키시며, 그러나 이제는 사람들로 하여금 하나님나라의 채비를 서두르게 할 때가 되었다 하시는 말씀이 예수본의 귀에 웅웅 들리는 듯했다.

하나님은 사람들의 웃음소리를 크게 듣는 게 소원이요, 이제 사람들 수명도 백세를 즐길 만큼 되었으니 하나님 숙원을 들어줄 차례라고 하시는 말씀이 차츰 뚜렷해졌다. 예수본은 눈을 감고 머리를 묻는다. 하나님이 우리를 크게 들어주셨으니 우리도 하나님 기도소리에 큰 귀를 열어야 한다. 하나님을 안식하시게 하는 길이다. 왜 하나님 밤잠을 설치시게 하는가. 예수본은 어깨를 들썩이며 중얼거렸다.

우리의 기도는 하나님이 다 알고 계시다. 이제는 하나님의 들어주시는 수고를 덜어드려야 한다. 더 많은 기쁨으로 보답해야 한다. 하나님을 잘 듣는 것만으로도 하나님은 기뻐하신다. 하나님을 실천하면 더 좋아하신다. 더 바라시는 것은 우리의 기쁨이다. 우리 모두의 웃음소리가 곧 하나님나라일 거라고 예수본은 자신한다. 예수본은 울먹이며 하나님 품에 파고든다. 하나님의 기도가 맥박으로 들렸다.

“내 백성들이여. 내가 여러분에게 두 가지 서로 충돌하는 희망을 걸고 있기에 여러분들을 많이 고민케 하고 있습니다. 다만 나의 유일한 바람은 여러분들이 더 의롭고 착하게 되는 것뿐입니다. 그 동안 내가 권면한 일들을 여러분이 곱씹어보면 그렇게 어렵게 여기지 않을 만큼 여러분은 성숙해졌습니다. 나를 믿고 따라준 여러분에게 감사를 드리며, 여러분을 더 편한 길로 안내하고자 합니다.

나는 처음 이스라엘을 내세워 선악 싸움을 시키고 여러 갈등을 들어나게 했습니다. 이스라엘의 경험은 더할 수 없는 보물로서 만방이 나누어 갖게 될 것입니다. 나는 예수를 내려보내 과거를 총결산(회개)하면서 새로운 방향을 제시했습니다. 예수의 실천 방안은 점진적이고 평화적이지만 최후의 승리를 거두게 될 것입니다. 많은 사람들이 예수를 따라 십자가를 지겠다고 나서 주었습니다.

세월도 흐를 만큼 흘렀습니다. 목적지도 희미하게나마 나타나고 있습니다. 지금 나는 내가 이루고자 하는 땅의 모습을 처음으로 여러분에게 보여줌으로서, 그 땅으로 피 없는 십자가를 줄줄이 세우고자 합니다. 여러분의 긴 방황을 한 고비 접고자 함입니다. 그간에는 여러분이 준행할 계명을 밝히고 이를 감찰하는 것이 중요했기 때문에 그 결과로 이루어질 이 땅의 비전을 보여주는 일을 뒤로 미루어왔습니다.

계명만 해도 많은 사람들이 오늘의 수준만큼 받아들여지게 되었고, 왜 이를 따라야 하는가를 의심하는 사람도 줄었습니다. 그래서 땅에 세워질 하늘나라의 모습을 밝히는 것입니다. 먼저 모든 사람들이 하늘나라를 알고 하늘나라의 주인인 나를 믿는 것입니다. 여러분을 사랑하는 것을 믿고, 여러분이 받은 사랑을 이웃과 나누는 것입니다. 힘을 키우고 다투는 나라가 아니라 서로 보듬는 나라입니다.

이는 나의 극명한 지향일 뿐 아니라 인류의 6천년 정착사를 둘러보면 그 실재함도 짐작이 갈 것입니다. 이 땅 어딘가에 그런 하늘나라를 꿈꾸는 사람들이 살고 있습니다. 하늘나라 주인을 믿고 따르며, 매사를 그 주인에게 묻고 답을 얻어 생활의 지침을 삼으며 늘 감사드리고 살았습니다. 서로 사랑하기에 귀족이 없었고, 그러니 부귀영화를 위한 웅장한 궁궐도 화려한 장신구도 없었습니다.

협업(두레)으로 경작을 하며 한 번도 남의 땅을 빼앗은 적이 없었습니다. 순혈로 가정을 꾸미고 어른을 존경했습니다. 이런 나라가 지금까지 온전히 보존되기는 힘들었습니다. 선악이 싸우며 걸어온 길은 크던 작던 여러 나라에 있었고, 특히 이스라엘이 심했으며 매개사람의 개인사에도 뚜렷이 점철되어 왔으나 어딘가에는 이를 극복하고 하늘나라 비전을 담기 넉넉한 그릇으로 남아있는 곳도 있습니다.

지금 때가 되어 밝히지만 과거에도 그랬듯이 내가 어디라고 말하지는 않습니다. 그 모습을 찾아보십시오. 본받기 쉬운 빠른 길이 될 것입니다.”

예수본은 할 말을 잃었다. 하나님이 정말 이렇게 생각하고 계시는가. 하나님이 하실 말씀을 기도로 마감하셨으니 더 여쭤볼 수는 없지만, 그 가운데 조선이 있음에 틀림이 없었다. 예수본이 늘 생각하던 조선이 그렇지 않았던가. 예수본의 어깨가 갑자기 무거워진다. 아니 어깨가 더 가벼워진다. 하나님이 만방에 본받을 나라로 조선을 지목하셨으니, 조선 사람들의 시름을 한결 덜어주신 것 아닌가.

그간의 역사는 조선 사람들을 자조하게 만들었었다. 피해만 다니고 제대로 한 판 붙지도 못하고 평화만을 외치는 힘없는 소리러니 했었다. 힘 있는 소리가 하 많이 명멸했고, 그때마다 백성이 문덕문덕 잘려나갔지만 사람들은 힘을 키우며 조선됨을 헐뜯기 바빴다. 하나님이 이제 그런 조선 사람이 갖는 진정한 힘을 보여주신 것 아닌가. 그 힘으로 조선이 당당히 하나님나라를 이끌라는 말씀이시다.

우리의 기도는 늘 은혜와 소망이다. 어떤 은혜 무슨 소망을 기도하는

가. 부자 되게 해 달라. 취직·승진·입학·무병장수·무사안전을 비나이
다. 또 무슨 죄를 씻어 달라는 건가. 윤리 도덕이나 양심상 꺼림칙하오
니 벗어나게 하소서. 우리는 다 이랬다. 예수본은 다시 정신이 들었다.
하나님은 이런 기도 더는 안 들으신다. 자동응답으로 처리하신다. "그래
알았다. 더 노력하라. 용서할 터이니 다시는 죄 짓지 말라."

그래도 우리의 소망이 절박하면 하나님은 참으로 딱하다. "꼭 들어
주소서. 꼭 낫게 해주소서. 너무 억울합니다" 하며 지극 정성으로 나오
면 하나님은 겨우 상담원 연결을 허락하신다. 상담원은 잠깐 기다리라
며 하나님께 여쭙는다. 아, 드디어 하나님의 응답을 얻어낸다. 아, 그러
나 그것은 하나님이 우리에게 주시는 기도였다. 이웃사랑이었다. 민초
들을 불쌍히 여기라는 얘기가 아니다. 그들의 삶을 아픔으로 보살펴야
한다. 민초들의 삶을 끌어올려야 한다. 무슨 방도가 있는가.

수탈을 없애려면 힘자랑을 막아야 한다. 그 정상에 도사린 권력을 어
떻게 제압할 것인가. 반란을 일으켜도 민초들의 피만 낭자하다. 그 동안
흘린 피를 생각하면 더 이상은 안 될 것이었다. 민초들의 열망을 바탕으
로 의인들이 권력과 대결해야 한다. 강자의 부귀영화를 접기 위해 필요
하면 십자가를 져야 한다. 하나님의 말씀을 쟁쟁하게 듣는 사람이 끊임
없이 태어나고 늘어나고 있으니 백성의 희망이다.

왕국에 대한 집념은 조선에는 없었다. 조선은 어떤 경우든 백성이 깨
지는 것을 막아야 했다. 조선족은 평화 사랑이라는 하나님의 첫째 계명
을 힘겹게 소화해냈다. 두레마을이라는 농업 공동체 때문일 것이었다.
보기에 따라서는 뒷날 아세아적 생산 양식 또는 수력(水力)사회라 했다.
고구려 700년, 신라 1000년이라 해도 그것은 겉으로 왕권일 뿐 조선족이
그 계명을 가슴 깊이 품고 이겨낸 승리였다.

마한이 최후를 맞았을 때 더 피할 데 없는 조선족은 더러 일본으로 건너갔다. 마한에 이어 백제가 피바다가 되었을 때도 일본을 쳐다봤다. 그러나 대부분의 조선족은 땅에 기어다니며 하나님을 의지하고 어른을 모셨다. 오랑캐가 쳐들어오면 산 속 바위틈에서 미수가루로 연명하며 물러나기를 기다렸다. 당골(사제)들이 나서서 오랑캐와 협상했다. 다시 두레마을로 내려와 농사를 지었다.

반도에 들어 온 마한과 부여 사제들은 노고단에 모여들었다. 장고 끝에 신앙 강국의 길을 찾는다. 그러나 일부는 무장을 해야 신앙을 지킨다고 백제로 내려갔다. 백성들은 일본을 쳐다보며 어정쩡해했다. 그래도 극렬히 왕권에 저항한 역사는 백제가 최후였다. 참혹한 패배였다. 백제 부흥을 꾀했지만 이후 왕국들은 민초들의 고통을 외면했다. 고려조의 만적이, 조선조의 홍경래가 몸부림쳤다.

민중의 희망은 하나님나라요 현세불이었다. 조선신앙을 기초로 한 최제우의 천지개벽이었다. 인본주의요, 말은 안 했지만 민주주의였다. 수운은 민란으로 번지는 것을 극구 반대했고, 해월도 처음에는 말렸지만 당시의 시대 상황은 백성의 피를 부르고 있었다. 이후 조선은 망하고, 인재들은 신왕조 대신 공화정 심지어 노농정권을 휘둘렀다. 조선신앙은 어느 새 기독교와 영합하고 있었다.

독립운동으로 많은 희생이 있었지만 독립은 그렇게 오는 게 아니었고, 그렇게 해서 얻은 권력이 백성의 고단한 삶을 덜 것도 아니었다. 천민 출신 백범이 문화대국을 제창한 것이나 최고 지사 신채호와 양반 귀족 이회영이 무정부로 간 것은 조선신앙이 뿌리였다. 서양에서는 예수 사후 1000년이 지나 겨우 민권사상이 싹트기 시작했다. 영국에서 권력 내부의 균열을 타고 민권이 들어온 것이다.

그래도 권력은 양차대전을 불렀다. 5000만 명 이상이 죽었다. 폭력으로 하나님나라를 세우려고 러시아와 중국에서 또 5000만 명이 죽었다. 지금 다시 세계화라는 대전이 시작되었다. 권력과 재산 싸움, 형제 간·이웃 간의 치열한 경쟁으로 하나님나라는 또 멀어지는가. 5000년간 지켜 온 조선신앙의 끝은 어딘가. 예수님 아니겠는가. 백성이 주인인 세상, 사람이 곧 하늘인 나라가 오랜 꿈 아니었나.

백성을 뜯어먹는 권부가 아니라 어머니 품안 같은 정부, 하나님 밑에서 편안히 살고 싶은 백성의 소망을 들어주는 청지기 나라는 계속 꿈으로만 머물 것인가. 모세의 하나님나라는 영영 오지 않을 것인가. 예수가 나타나 권력과 결탁한 사두개 인과 바리새 인을 질타하며, 백성을 살리기 위해서는 튼튼한 왕권 대신 두레반을 내어 이웃을 사랑으로 불러야 한다고 하시지 않았는가.

3 새글방 도령

프랑스 혁명이 일어날 무렵 남한강가 암자들은 과거 준비생으로 가득 차 있었다. 문득 천진암에서 주기도문이 울려 퍼졌다. 정약용 선생 형제들 그리고 그들의 선배 순교자 이벽과 권철신이었다. 그들이 겨우 천주실의를 대하고 나서였으니, 이제 글방은 교회였다.

옛날에는 대여섯 살 때부터 글방에 나가 천자문을 배운다. 하늘과 땅이라는 글자와 그 뜻, 해와 달과 별자리 그리고 그 움직임까지 우주만물의 생성과 그 변화에 대한 인식으로부터 출발한다. 나이가 들면 인간이 지켜야 할 도리를 가르치고 이를 어기면 금수와 다름없다는 것, 개나 돼지가 안 되려면 인간의 길을 걸어야 한다는 것, 인간을 동물적 유혹으로부터 구제하여 어질게 교화함으로서 누구나 살기 좋은 사회를 만들어내는 일이 정치가 된다.

그런데 그렇게 배운 사람들이 시험(科擧)을 통하여 특권층에 오르고 나면 백성을 뜯어먹는 부정부패에 맛을 들이고, 이를 말려야 할 인재들도 그에 빌붙어 거들기 바빴으니 누가 감히 부정부패를 뿌리 뽑겠는가. 조선조만 해도 500년 장수를 누릴 수 있었다. 만동묘에 서린 이상국가의 꿈은 이렇게 허망한 것이기에 실학의 거두 이익과 안정복이 나섰고, 그

제자 권철신 형제와 이들의 지친이었던 이벽과 정약용, 이승훈 선생이 천진암에 새 글방을 열게 되었다.

프랑스 혁명이 무르익던 때였다. 이 땅에 정의롭고 평등한 사회를 펼쳐야 한다는 생각으로 모인 지식인들은 노심초사 끝에 홀연히 천주라는 한 줄기 섬광을 발견한다. 어느 종교나 기복적 요소를 가지고 있으나 기독교는 그것을 뛰어 넘어 하나님의 공의로운 말씀, 즉 복음을 우선적으로 믿고 따르는 데서 그 역동성을 발휘했다. 그 복음은 2000년의 긴 역사 속에서 인류사회의 진보적 소망과 맞물려 자유와 평등을 향한 커다란 빛이 돼 주었던 것이다.

기독교가 교리로 들어와 혼자 힘으로 신앙화 한 곳은 우리나라뿐이라니, 우리나라 기독교는 남다른 사명이 더 있다 할 것이다. 교회는 천지창조와 창조주 하나님의 말씀을 가르치는 글방으로서 사람노릇을 어떻게 해야 하고, 그렇지 않으면 벌(심판)받을 것이라는 교훈으로 빈 머리를 채워줘야 하며, 아직도 부정부패가 여전한 현실과 그 폐단을 크게 알림으로서 권력에 대한 강력한 압력으로 작용토록 해야 할 것이다.

교회 나가기를 싫어하지만 예수님이 오신다면 서슴없이 그 제자가 되리라고 하는 사람이 많다. 기독교도 변하지 않으면 죽는다고 한다. 신도들이 믿음의 구호만 외칠 뿐 병든 사회를 외면해선 안 된다. 특히 한국 교회의 문제는 신앙을 고백하고 실천하는 참 그리스도인의 모임이 되지 못하고 있는 점이다. 하나님의 뜻이 이루어지는 하나님나라가 이 땅에 오도록 기도하는 것이 아니라 작더라도 자기 왕국을 세워달라고 호소하는 장소로 전락한 것이다.

하나님의 아들들은 하나님의 뜻이 이루어진 사회가 천국임을 믿으며, 하나님 앞에 모든 사람이 형제 됨을 믿으며, 이러한 의가 끝내 승리할 것을 믿으며, 이를 위해 인생을 바친다는 신념을 가져야 한다. "믿음으로 행할 바를 알고(以信得行), 행함으로 의로워지며(以行得義), 옳게 삶이 곧 믿음의 완성이다(以義得信)"가 하나님 말씀이다. 그 복음이 온 세상에 전파될 때 그때 홀연히 인자가 구름을 타고 내려와 공과를 심판한다는 성서 말씀이 바로 그것이다.

오늘 우리 사회에 물신주의가 멱에 차올라올수록 종교를 쳐다보는 애원은 간절한데 종교 자신이 교회와 신도의 크기를 견주고 있는 것은 안타까운 일이다. 한때 만연한 부정부패 속에서 성장한 교회가 오늘까지도 이를 지나친다면 진정한 종교의 설 땅이 있겠는가. 탐관오리에 신음하는 백성을 놔두고 변죽만 울리는 설교로 무엇을 이루고자 하는가. 새로운 사명은 고사하고 그 동안 기독교가 이룬 영광을 공유할 자격마저 잃게 될까 우려된다.

조선 사람은 말로는 안 된다든지, 더 조져야 한다는 미신이 애꿎게 부패의 본거지를 백성으로 옮겨놓고 그 야바위로 천세만세 백성을 밥으로 만들어도 교회가 나 몰라라 하나님을 속여도 되는 것인가. 특권층이 생존 경쟁의 승자가 되어 온갖 부조리를 누리는 동안 사회는 온통 약육강식의 장이 되고, 실패한 사람은 못난이로서 아무도 돌보지 않은 채 방치된다. 혁신의 질풍을 일으켜야 할 중소기업은 쉬 죽고, 조립가공과 투기에 맞들인 대기업은 번창한다.

고도성장이 배출한 공해의 장본인은 생수를 마시고 잘 살지만 그 배설물을 먹는 국민의 몸과 마음은 서서히 기울고 멍든다. 벌어지는 빈부격차와 줄어드는 젊은 일자리도 금수강산 황폐화 못지않은 만행인데, 이 나라 교회는 어디서 뭘 하며 하나님의 칭찬을 받으려 하는가. 더 큰 재앙이 닥치기 전에 어서 바삐 정성어린 기도로 만악의 뿌리를 뽑아내고 자유와 사랑이 넘치는 사회를 이루는데 앞장서야 한다. 이 나라 교회는 시민운동의 본부다.

동물과 달리 사람의 달란트는 배려가 있어야 한다. 가난은 외면하거나 죽인다고 없어지지 않는다. 자신만을 위한 질서, 자신만을 위해 쓰는 달란트…. 그러면서도 남을 위한다고 협조를 바라는 것은 위선이다. 세계평화와 우호친선을 말하는 강대국이야말로 최대의 위선이다. 구약시대에도 바벨론과 유다의 싸움은 서로 믿는 신의 대결로 끌고 갔으나 백성들 사이에선 그런 원한이 없었다. 20세기에 들어와 이데올로기라는 것도 백성들의 생각은 아니었다.

다 싸움을 돋우기 위한 진지 구축이었다. 그러나 싸움이 끝나면 하나님의 말씀은 더욱 빛나는 법이다. 지금도 강한 자와 약한 자 그리고 있는 자와 없는 자가 경쟁하지만, 과거의 그 일방적 승리의 선례는 깨지고 하나님나라의 자유와 평등과 평화가 참전용사들의 골수에 흘러들어 심장을 적신다. 아무리 개인밖에 없는 것 같아도, 아무리 제 가족만 소중하다 느껴도 공동체는 향수가 아니라 소망으로 다가옴을 깨닫는다.

농촌 공동체와 도시 공동체, 노사 공동체와 시민 공동체에 대한 깊은 천착이 있어야 하고 지역이나 직종 또는 직능 간 연대도 필요하다. 모든 생물은 진화하면서 협동한다. 특히 사람은 오랜 협동의 역사를 가지고 있다. 하나님은 가만히 계시지 않는다. 추억에 매달리기보다 앞으로 나아가라고 하신다. 낡은 옷은 자꾸 갈아입어야 한다. 하나님이 보시기에 사람의 경제활동은 정당성을 가져야 한다. 어떤 공동체도 그 토대 위에서만 성공할 수 있다고 하신다.

사람을 신나게 하고, 즐겁게 하고 참게 하는 창작과 예술도 공동체가 기초한 정당성을 외면하면 오래 빛을 발휘하지 못한다. 자유와 평등을 짓밟으면 아무리 행진곡이 울려 퍼져도 하나님의 나팔이 무릎을 꿇리신다. 자유란 욕심을 부리는 자유보다 부당함을 밝히는 자유가 훨씬 소중하다. 욕심덩어리 네피림을 홍수로 멸하기까지 하셨으며, 하나님이 우상을 섬기지 못하게 하신 것도 그 때문이다. 탐욕은 자유와 평등 나아가 공동체를 타락시킨다.

교회는 더 이상 시너고그가 아니다. 단결과 복수가 아니라 화해와 비움의 장소로 우뚝 서야 한다. 물욕을 기리는 종교는 없으나 종교가 물욕의 본거지요, 그 후원으로 번창하는 오늘에도 교회만은 의연해야 한다. 어려워도 의를 지키고 사랑을 실천하는 것을 가르쳐야 한다. 물질주의 미망에서 벗어나 인간의 현세적 구원과 심판에 관심을 갖도록 해야 한다. 바르게 살도록 가르치는 교육목적을 완성하기 위해도 교회에 모인 지식인들은 함구해선 안 된다.

이제는 예수를 따라 새로운 선지자인 지식인들이 다각적인 사랑마을의 꿈을 펼쳐야 한다. 원형은 농사마을이다. 어려움에 처한 많은 사람들의 마음이 급해지니 지식인들이 빨리 십자가를 져야 한다. 또 모세를 다시 바라서는 안 된다. 서두르면 이스마엘이요 기다리면 이삭이라 하지만, 이제는 예수님이 그 성공을 담보하시지 않는가. 문제는 차별이지만 가장 큰 아픔은 가난이다. 식고(食苦)와 학고(學苦)와 병고(病苦)가 우선이다. 이것만 없으면 다른 차별은 오래 참을 만하다.

특히 걱정이 되는 것은 새로운 유대주의의 등장이다. 사실 왕정 이후 유대는 제사장 나라 공동체를 외면했으며, 특히 예수 이후에는 뿔뿔이 헤어져 각자 살아남기 바빴다. 박해를 받으며 이렇다 할 생업을 꾸릴 수가 없었다. 고리대금업과 구두쇠로 부를 축적하려 했으나 혐오 대상이었다. 혼자서 파고들 수 있는 전문직, 특히 법률·과학 분야로 눈을 돌렸다. 노벨수상자가 급증했다. 숨은 금융재벌이 국제 정세를 움직인다. 끝내 유대인 통치를 노리는 것인가.

유대인들은 하늘의 별이 된다. 세계 도처에서 너도 나도 별이 되려고 수재들이 춤을 춘다. 알게 모르게 모두 유대주의에 빠지는 것이다. 그러나 별은 하늘에 있어 족하다. 많은 사람이 우러러보고, 또 많은 사람에게 빛을 발하면 된다. 그들을 핑계로 자유와 평등이 가려지면 땅에 사는 사람들의 고통이 커진다. 그 배후에 도사린 음흉한 세력을 밝히고, 이 땅을 이 땅 위에 사는 주인에게 돌려줘야 한다. 교회의 궁극적 목표가 이 아니겠는가.

사마리아인은 천민이었지만 어려운 일을 당한 이웃을 구조했기에 하나님의 사람이 될 수 있었다. 어려운 이웃을 지나친 귀족은 하나님나라에 들어갈 수 없다. 종교개혁 때 루터가 믿음만을 강조하고 행함을 경시한 것은 큰 실수였다. 루터는 어려운 형편에 놓인 농민들이 힘을 합치자고 했을 때 이를 외면하고 자기가 할 일은 교회 안에 있다고 태연해했다. 주여! 주여! 하는 자가 천국에 들어가는 것이 아니라고 하신 말씀을 제대로 듣지 않은 것이다.

오직 행하는 자라야 한다고 하신 말씀은 행함이 없는 믿음은 속임수요, 그러기에 이웃 사랑하기를 네 몸과 같이 하라는 말씀은 최고의 계명이 되어야 한다. 아무리 살기가 바쁘고 어렵더라도 또 여기저기 이기와 탐욕이 창궐하더라도 백성들 서로는 어느 새 거룩의 영역이 존재함을 확인하고 하나님 곁으로 모여들었다. 목숨이 위태로운 전쟁 속에서 하나님은 무슨 하나님이냐고 비웃었지만 위선은 끝내 벗겨지고 하나님은 더 열심히 이웃을 파고드셨다.

4 복대로 목사

오늘도 목사는 목청을 돋운다. 사람은 누구나 하나님이 주시는 복대로 산다. 하나님께 기도드려 많은 복을 받자. 정성을 다하면 하나님이 복을 더하신다. 그러나 늘 독재와 독선과 관존이 천법을 무시하는 데서 많은 불행이 싹튼다. 그런 권법을 무시해야 많이 행복해진다.

복 많은 사람은 많은 대로, 복이 없는 사람은 없는 대로 살다 죽는 인생이다. 거기에 희로애락이 있다. 예술은 자연을 노래하고 그 속에서 영웅을 빚어낸다. 남성적 욕구를 고무하고 권력은 늘 돈과 술과 여자라고 절묘해한다. 다 빼면 무슨 재미냐며 사뭇 아쉬워한다. 그러나 많은 사람의 안전과 평화와 행복으로 공동체가 빛나야 한다는 노래도 드높다. 하지만 특권 권력은 오랫동안 백성들로 하여금 그런 노래를 따라 부르지 못하도록 가로막았다.

늘 독재와 독선, 관존이 힘을 쓴다. 오늘의 사회혼란은 다분히 이들 독선에 기인한다. 그러나 독선을 쉽게 수궁하는 백성의 노예근성도 한 몫을 단단히 한다. 루쉰은 권비(權匪)를 내쫓아야 여전히 또 다른 권비가 나올 뿐이라고 개탄한 적이 있다. 중국도 우리와 같은 고민을 안고 있다. 우리와 못지않게 권비를 양산하는 역사를 공유한다. 때때로 암행

어사를 시켜 재수 없는 관비(官匪) 몇 놈을 치면 성은은 언제나 망극한 법이었다.

물론 복대로 사는 게 인생사가 맞다. 그러나 그게 다는 아니다. 모든 복은 하나님이 주시기 때문에 많고 적음은 하나님 마음이시지만, 하나님 말씀을 잘 지켜 내려 받는 복이 있는가 하면 하나님이 먼저 복을 주시고 이를 적은 사람에게 나누어 주라고 하시기도 한다. 말을 잘 안 들으면 더러는 복을 감하기도 하시고 또 지켜보시다 심판의 날에 벌을 주신다. 하나님이 제일 싫어하시는 것은 남의 복을 빼앗는 짓이다. 강도나 갈취, 착취에 하나님은 분노하신다.

국가가 국민의 복을 빼앗아 허비한다면 도적질과 다름없다. 금력으로 지나치게 빼앗는 데도 국가가 이를 외면하면 국가도 도적과 한통속이 된다. 국가가 이를 눈감아 주는 대가로 돈을 받아먹기 때문이다. 결국 법대로 복이지만 권법과 천법이 크게 어긋나고, 또 그 권법조차 도둑을 막지 못하거나 부추긴다면 억울하게 당한 사람은 누가 구해주며, 그런 불행한 세상은 누가 막아 줄 것인가. 옛날 묵자도 권법이 천법을 따라야 천하가 평화롭다 했다.

『천자문』에 나온 묵비사염(墨悲絲染)과 시찬고양(詩讚羔羊)은 원형(自然天性)을 잘 보존하자는 묵자의 겸애설이었다. 백성을 사랑한다면(愛育黎首) 골고루 아니겠는가. 부모나 스승보다 하늘에서 배워야 할 것이 하늘만이 사(私)가 없고, 베풂이 두터워 오직 상애상리(相愛相利)를 기리고 상악상적(相惡相賊)은 싫어하기 때문이었다. 만물이 자기 것이요 모든 것을 보살피려고 한다면 그 법밖에 없었다. 그래서 천법이라야 했다. 결국 하나님의 사랑과 평화였다.

하나님은 이 땅에 복을 주시려고 사람을 만드셨다. 사람들이 하나님을 믿고 하나님 말씀을 따르게 하신다. 가장 중요한 것은 이웃을 네 몸과 같이 사랑하라 이시다. 그러나 사람들이 자기만 잘 살려는 생각을 갖게 하신 것도 하나님이시기에 처음은 잘 따르려 하지 않았다. 하나님은 모세로 하여금 천법을 가르치게 하신다. 당장 다 깨닫게 하실 수도 있으시지만 백성들이 스스로 익혀서 실행에 옮기는 것을 더 귀히 여기시는 하나님이시다.

사람의 지혜가 발달하면서 하나님 말씀보다는 사람의 욕심이 앞서갔다. 그들은 이방신을 탐내고 권법이 있어야 한다고 대들었다. 이방 왕들을 이기려면 우리도 왕이 있어야 한다고 우겼다. 하나님은 왕을 세워주시면서 그 폐단이 얼마나 큰 것인가를 스스로 깨닫게 하신다. 왕국이 분열되고 완전히 망한 다음 하나님께서는 지상 왕이 아니라 하나님을 대신하여 왕 노릇할 예수를 내려보내신다. 예수는 하나님의 권세로 모든 지상 왕을 꿇리신다.

그러나 얼마나 어려운 길이신가. 예수님은 십자가에 못 박혀 돌아가심으로서 그 길을 밝히셨다. 예수님을 따라 십자가를 지려는 성도들이 점점 늘어나면서 천법과 권법 간에 끊임없는 긴장과 투쟁이 벌어진다. 교회는 그 중심에 서기도 하고, 일탈해서 권력과 야합하기도 하고, 또 그들과 경쟁하기도 하며, 나아가 스스로 권력 왕들을 지배하기도 했다. 다양한 하나님의 말씀이 퍼져나가며 자유와 평등과 박애가 지식인들을 통해 차츰 상식화되기에 이른다.

예루살렘이 완전 멸망한 후 1000년 만에 땅 끝 영국에서 왕의 독단을 견제하기 위한 대헌장(마그나카르타)이 서명되었다. 형식적으로는 귀족들과 왕 간의 힘겨루기 또는 귀족들과 왕 간의 이권다툼 같았지만, 이 헌장은 법치와 자유 심지어는 노동자들의 복지 향상에 이르기까지 광범한 통치 원칙을 천명한 것으로 계속 보완되면서 오늘날 대의제의 초석을 깔았다.

예수님이 하나님 말씀을 실천하기 위해 내려오신 지 오랜 세월이 흘렀으나 하나님의 계산으로서는 천 년이 하루 같다 하셨으니 하나님이 하시는 일을 사람이 잣대로 잴 수는 없다. 다만 왕권을 둘러싼 유례없는 권력 투쟁을 벌이면서 영국인들은 대타협의 길을 모색하게 되었으며, 그때그때마다 서로 사랑하라, 자유로 악을 가리지 마라, 주인으로보다 종으로 살기를 힘쓰라 하신 하나님의 말씀들이 절절하게 들려와 통치 이념으로 자리잡기에 이른 것이다.

불행한 세상을 막고 많은 사람이 행복하게 살 수 있는 세상을 바라시는 하나님의 뜻은 바로 인간 욕심의 전개와 그 충돌을 통해서 이루어지고 있음이 밝혀졌다. 왕과 귀족의 대립이 격화되면서 왕과 귀족이 권력을 분점하게 되고, 이를 틈타 자라난 백성의 목소리도 그에 합당한 자리를 차지하게 된 것이다. 그러나 왕이 자기가 뽑은 특권 관료로 권력을 무장시키면 백성의 노예상태는 개선되기 힘들었다. 동양에서는 충신만 있었지 개명귀족은 없었다.

고려는 대헌장이 선포되기 200년 전에 과거제도를 실시했다. 먼저 노비안검법으로 귀족 토호들의 기를 꺾었다. 그리고는 공채로 고관을 뽑고 이들을 우대했다. 이 특혜는 원칙적으로 당대에 한하여 유효하였으니 관리들은 백성을 늑탈하는 길로 쉽게 빠져들었다. 왕에 대한 맹목적 충성으로 자리를 보전하고 좋은 자리를 잡기 위하여 피나는 경쟁을 벌였다. 고려의 대문호 이규보(1168~1241)는 과거에 들자마자 늘어나는 것은 오직 탐심이라 했다.

이규보는 시험이 시문사화(詩文詞華)에 집중되어 있고, 그것도 꼭 소동파라야 했으니 불만이 많았다. "올해도 또 30명의 소동파가 나오겠군" 비아냥거리다 도리 없이 몇 번 낙방하고 만다. 그는 곡식이 여물지도 않았는데 세금 내라고 다그치는 관리들을 퍽 한심해 했으며(農夫吟), 부자들이 스스로 부자 되었다고 뇌까리는 것을 개탄했다(假他手上勞忘謂能自富). 100년 뒤에 태어난 이제현도 어느 틈에 날아와 피땀을 쪼아 먹는 참새 떼를 저주했다(沙里花).

임진왜란 후 태어난 정약용은 애절양(哀絶陽)으로 가렴주구의 참상을 폭로했다. 그러나 문인들의 화풀이 작문(發憤著書)이 무슨 힘이 있겠는가. 백성들은 도둑권력을 잡는 치도곤에 고소해 하면서도 제 자식만은 권력의 자리에 앉히려고 기웃거렸다. '암, 관과 주고받아야 큰 돈 버느니라.' 사정이 이러하니 부정부패는 늘 뒤에서 헛기침을 해대고, 우수한 두뇌들이 노략질에 동원되어 독재를 부추기고 인권을 뭉갠다.

이런 세상에서 누구를 손가락질하는 것은 오만이요 위선일 뿐이었다. 모두 그 자리에 갖다 놓으면 별 수 없으면서 자기만은 안 그럴 듯했으니 더욱 그렇다. 누구라도 그렇게 밖에 할 수 없다면 사람 탓을 할 게 아니라 그 판을 바꿀 궁리를 해야 하는데 판을 바꿀 생각은 곧 애비어미를 내치는 일보다 무엄했다. 백성의 고달픔과는 아무 상관없이 고려 400년, 조선 500년이 굴러간 사연이다. 여전히 질긴 것은 왕권이요 딱한 것은 이 나라 수재들이었다.

그 반동으로 관권만 걷어내면 공동체는 저절로 이루어지게 마련이요, 소란 떤다고 될 일이 아니라는 소위 자유방임주의가 득세한다. 사람들이 살아가다 몸소 체득하는 상술이야말로 진정한 지혜요, 그 지혜로 자생하는 공동체가 진정한 공동체라는 주장이다. 저마다 타고난 욕망을 채우려고 발버둥치다보면 자연스럽게 사회는 살만큼 편해진다는 것이다. 무슨 이념이니 도덕이니 하는 것은 일하지 않고 먹겠다는 간지(奸智)에 불과하다고 매도한다.

도덕학자 아담 스미스는 상인들의 왕성한 경쟁심을 가로막는 길드적 기득권을 제거하면 시장을 통한 꿈의 도덕공동체가 달성될 것으로 믿었다. 상인들의 육감이야말로 발전의 원동력이다. 산업혁명이 일어났고, 스미스의 공동체는 풍부한 상품 생산으로 점차 윤택해져 갔다. 가혹한 노예노동이나 아동학대도 노동자들의 저항에 의하여 또는 노동자들을 대우하는 것이 생산성에 도움이 된다는 생각에서 그들의 처지가 차츰 개선되었다.

그러나 상인들의 선심에도 불구하고 공동체의 평화와 안정은 쉽게 이루어지지 않았다. 나아가 번영의 원동력인 인간의 창의력도 상술이나 상술의 총합으로는 도저히 넘볼 수 없는 신비의 세계를 개척하려는 사람들에 의하여 준비되고 있었다. 신분상승의 길이 막힌 평민수재들의 숙성된 과학지식들이 지식인 귀족들에 의하여 조성된 자유로운 경제활동 분위기를 타고 만발한 것이기에 축재욕이 아니라 성취욕의 폭발이었다.

초기의 발명과 발견은 무조건적 신앙심이나 열정에 의하여 이루어졌지만, 차츰 사람과 자연에 내재한 깊은 섭리를 파고들어 상상할 수 없는 과학의 세계로 접근할 수 있었다. 따라서 연구자의 보람과 연구 성과의 향유 등 연구 분위기 조성과 나아가 명예와 수월성을 만끽할 수 있는 사회적 관심이 필요하게 되었다. 제도교육과 가정교육과 적성교육을 통해 끊임없이 일상적 호기심을 자극하고 이를 조장하는 일이 중요해졌다.

따라서 개인의 이기적 활동과 그 편의를 위해 조성되는 공동체란 그 자체의 생산성을 위해서도 크게 강화되어야 했으며, 사회적 비용을 줄이기 위해서도 다수의 패배자가 승복하는 아량 못지않게 소수의 승자가 다수의 패배자를 배려하는 미덕이 필요해졌다. 인권이 발달할수록 방치된 불행은 폭발하기 쉬우며, 또 그만큼 행복을 누리는 사람들의 편안한 생활은 위협받는다. 따라서 권력은 단순한 치안 차원에서 그 예방 차원으로 무게 중심이 이동해야 한다.

하나님은 공동체를 가꾸시기 위하여 오래 참으시며 우리에게 지혜를 주신다. 때로 고난 받는 백성들이 반란을 일으키지만 하나님의 깊은 뜻은 강자의 양보에 담겨 있다. 누구나 폭력성을 지니고 있기 때문에 현란한 언변과 유려한 문장으로 국가 폭력을 비난하면 사람은 쉽게 폭력화될 수 있다. 그러나 증오심에 불을 붙여 사생결단이 돼 봐야 백성의 피만 낭자하다.

하나님의 자유와 평등과 박애란 이긴 자에게 짐을 지우시는 것이다. 그 짐을 잘 감당하기 위해 여러 차례 권력을 실험하신다. 그러나 권력의 손에만 맡겨서는 부지하세월이다. 2000년 전 하나님은 예수를 내려보내 서로 사랑하는 길을 가르치셨다. 오늘의 민주국가도 그 실험이시다. 민주공화국이라 해도 끊임없는 백성의 저항과 타협을 통해 권력이 화해와 협력의 중재자로 나선 나라를 하나님은 선진국 반열에 올리신다. 제일 큰 나라가 미국이다.

미국식 민주주의는 언론과 시민 감시로 부패특권을 몰아내고, 시민 권익보호에 전형으로 자리잡는다. 반면 공동체 최우선의 공산주의를 변형 발전시키고 있는 중국의 사정은 어떠한가. 홍위병으로 신바람을 일으켰던 젊은이들이 관광객에게 발바닥 마사지를 해주고 있으니 공자님의 한탄과 모 주석의 으름장이 이어진다. 인민 신사(紳士)의 나라 소련의 딸들이 한국에 건너와 몸을 팔고 있다니 공동체란 강요로 될 일이 아니다.

결국 사랑밖에 없다는 예수님의 가르침을 실감하는 세상이 되었다. 사랑하면 어찌 남의 복을 빼앗을 수 있는가. 빼앗고도 어찌 자유와 평등을 말할 수 있는가. 그러나 네 이웃을 네 몸과 같이 사랑하기란 얼마나 어려운가. 특히 서양과 달리 백성을 대신하여 앞장서서 강자에게 양보를 이끌어낼 중간 세력이 없는 우리나라에서는 예수님은 몇 번 더 오셔야 한다. 모든 수재들이 권력을 지향하고 모든 권력이 백성을 불행하게 하는 한 예수님은 오래 머무셔야 한다.

예수님을 받들고 백성들이 서로 사랑으로 연대하여 강자와 맞서야 한다. 더러 장구한 세월이 걸리더라도 대신 싸워주겠다고 나서는 사기꾼에 속아서는 안 된다. 결국 불행한 세상을 막고 많은 사람이 행복하게 살 수 있는 세상을 꾸리는 것은 백성의 몫이 된다. 백성이 서로 사랑하는 길이 도둑을 막는 길이다. 지식인들은 항상 기도하는 마음으로 이들을 응원할 자세가 되어야 한다. 복대로 목사는 오늘도 목이 쉰다. 모두 하나님이 주시는 복대로 살아야 하나님나라다.

5 사람내 시인

그는 모든 예술이 사람 내를 풍겨야 한다고 했다. 그러나 물질문명의 굉장성 앞에 무릎을 꿇었다. 한참 만에 정신을 차렸으나 또 세계화 신자유주의가 엄습한다. 그 한가운데서 인간의 생명이 사랑공동체를 위해서 진화하고 있음을 발견하고, 그는 다시 희망을 갖는다.

글을 쓸 만큼 형형했던 사 시인은 스스로를 박제된 천재라 했다. 폐결핵을 앓고 있었으니까. 지독한 가난에 시달렸으니까. 식민지적 상황이 그의 입아귀에 재갈을 물렸으니까. 그러나 수많은 문인들이 때로는 로맨티시스트로, 때로는 모더니스트로 저마다의 어려움을 견뎌낸 것을 보면 그를 파먹은 것은 그 탓만도 아니었다. 그의 휘발성 문재는 잠시의 머무는 것도 권태로워했고, 그의 문학적 열정은 그의 안주(安住)를 끊임없이 초토화시키고 있었으니까.

그는 텅 빈 가슴을 안고 타는 목마름에 몸부림쳤다. 그는 허기진 몸에 날개를 달고 현실을 초월하여 조감도를 그렸다. 그렇다고 그의 기갈은 가시지 않았다. 그가 마침내 둥지를 틀려고 했던 나무는 휴머니즘이었다. 그는 그 그늘 아래서 물질문명이 조각 낸 인정미를 기우려했다. 그는 휴머니즘의 종국적 승리를 믿고 일본으로 건너갔다. 그러나 동경 하늘을 난 지 반년 만에 27세의 나이로 산화(散華)하고 만다.

그가 동경에 도착했을 때만 해도 그는 동경은 참으로 치사한 동네라고 비웃었다. 그러나 이내 무수한 자동차가 20세기를 유지하기 위하여 야단을 치는 모습을 보고, 갑자기 19세기의 쉬지근한 냄새가 많이 나는 자신의 도덕성에 주눅이 들었다. 그는 머지않아 다시 긴자(銀座)의 화려한 야경에 넋을 잃고, 이태백이 노든 달아! 너도 차라리 19세기와 함께 운명하여 버렸던들 작히나 좋았을까 하면서 마침내 물질문명의 벅찬 광장성 앞에 무릎을 꿇었다.

그가 동경제대 부속병원에서 숨을 거둘 때 19세기의 휴머니즘은 이미 종국적 패배로 끝났다. 그렇게 떠난 그가 60년 만에 서울 거리에 모습을 드러냈다. 부활을 꿈꾸며…. 그는 오는 길에 니체의 임종을 둘러봤다. 초인을 예찬한 니체가 고독에 떨고 있을 때 그의 눈을 감겨주던 휴머니즘은 아직도 따스했다. 그는 니체에 앞서 에머슨도 만났다. 초절(超絶)을 노래하며 미국적 탐구심에 불을 지폈던 에머슨도 자연에 깃들인 인간성을 결코 배반하지 않았다.

톨스토이 또한 자연은 결국 사람을 위해 있는 것이기에 자연이 주는 교훈을 찾아다니며 사회주의적 인간성을 개발하기 위해 만년까지 씨름했다. 결국 니체와 에머슨과 크게 다르지 않았다. 사 시인이 돌아온 1997년 서울, 늦가을의 환란거리는 몹시 스산했다. 그러나 겨울이 오기 전에 봄이 오고 있었다. 왜 이 나라는 이렇게 봄이 자주 오는가. WTO와 OECD에 다시 불이 들어오고, 명동의 밤거리는 더욱 황홀한 야경을 자랑했다.

될성부른 기업은 외국에 팔려가고 카지노 증시에는 되놈들의 춤과 노래가 미만했다. 그가 도일하기 전 부도냈던 다방 '제비'는 떼로 몰려오고, 그의 까페 '쓰루(鶴)'는 온통 창공을 가르며 내려앉았다. 이때 그의 박제된 천재도 기지개를 폈다. 그의 천재는 박제된 것이 아니라 냉동되었을 뿐이었다. 깨어난 천재의 두 눈에 들어온 것은 이 나라 이 민족의 해골이었다. 문화 공동체요 지역 공동체에 뿌리박은 그의 휴머니즘은 흔적 없이 사라졌다.

아무리 세계화요 지구촌이라 해도 약자의 설 땅은 있어야 한다. 거기에서 자라나 커가야 한다. 제국주의를 경계하는 것이 휴머니즘의 부활로 믿었었다. 경제개발에 들어설 때만 해도 외자를 조심했던 이 나라가 이제 와서 왜 다다익선을 내놓는가. 다 컸다는 자신감인가. 외자가 들어와야 경영과 기술을 배우고 고용까지 늘릴 수 있다니 그는 그저 해괴하기만 했다. 이제는 팔짱을 끼고 있어도 모든 일이 다 된단 말인가.

그가 긴자에서 느낀 것은 공포였지 착각은 아니었다. 일제의 힘으로 조선이 근대화 된다는 생각은 꿈에도 없었다. 근대화란 구체적 인간들이 모여 사는 터전에서 출발해야 한다. 어느 고관이 나라가 성공하기 위해서는 홍콩으로 가야 한다고 했다는 말을 들었다. 예언은 적중하고 있는 듯 보인다. 그러나 마오쩌뚱은 리콴유에게 중국이 싱가포르만큼 작았으면 좋겠다고 했다. 우리는 영등포구가 아니라 4천 8백만이 살아야 한다.

모방이 아니라 고부가 제품을 생산해야 살길이 트인다. 각자가 자존심과 호기심 그리고 수월성을 느끼며 창조에 매달려야 한다. 치열한 경쟁의 약육강식만 가지고는 안 된다. 승자 독식은 공동체를 가르고 자신도 파멸시킨다. 다윈의 진화론은 도시적 시각에서 바라본 자연에 갇혀 있다. 실제 땅 속을 파헤쳐 본 크로포도킨은 상호부조를 발견한다. 최근 생물학은 생명이 자연에 적응코자 하는 공생과 공명과 공감 과정을 거처 능동적으로 진화한다고 가르친다.

사람내는 수월성을 부패특권이 차지하고 호기심은 획일교육으로 멍들고 있음을 개탄했다. 질곡된 역사가 발전을 가로막고 특히 50년 간다는 전쟁 증오가 아직도 전쟁 중이기 때문이다. 그러나 너무 많은 것을 너무 완벽하게 바라면 갇히고 지치게 마련이다. 조금씩 변해야 한다는 각성이 일고 있다. 그 바닥에서 휴머니즘의 새싹을 보았기에 시인은 다시 여기 와 있다. 허탈을 딛고 희망을 노래하기 위해서다. 그는 휴머니즘의 부활을 선언한다.

6 안품팔 청년

청년은 사유재산의 정당성을 부정한다. 토지에 사용권만 있듯이 자본에게도 경영자만 있어야 한다. 너나없이 품팔이가 되든지 모두 사용자가 되어야 한다. 청년은 마르크스의 실패선언을 들으면서도 인간의 한계를 뛰어넘는 방법은 없을까 머리를 싸맨다.

19세기에 죽었지만 20세기 내내 가장 영향력을 미친 사상가로 마르크스를 뽑는데 이견이 있는 사람은 없다. 비록 레닌이 성급하게 그의 생각을 구체화시킨 생산수단의 공유와 계획 경제는 몰락했지만, 그가 성급하게 착한 정부를 세워보려는 환상을 가지고 심혈을 기울여 분석 비판한 자본주의는 그 덕에 오늘의 번영을 누릴 수 있었으니 시장경제를 구가하는 반 마르크스주의자에게도 마르크스는 더할 수 없는 기여를 한 셈이었다.

성인정치, 철인정치를 변증하기에는 이미 성악과 정욕이 너무 무성해버린 현실에서 계급투쟁을 통한 권력 쟁취로 노동천국을 만들기에는 엄청난 비용을 감수해야 한다. 뿐만 아니라 다양한 이해관계의 중첩으로 노동계급의 역동성이 체감되고 있으니 아무리 기다려도 그 성공은 불가능해 보인다. 대신 개량주의가 득세할 수밖에 없었고, 과격했던 혁명의 역사도 그 부작용을 감안하면 부질없는 희생을 강요했다는 비판을 비껴가기 힘들다.

막상 털고 보니 몇 명 안 되는 잡범밖에 없었다는 프랑스 혁명 때의 바스티유를 보면, 시민의 분노를 자아낸 당시 상황이 아무리 가혹하더라도 길로틴의 살육과 이어지는 100년간의 방황을 정당화 할 수는 없을 것이다. 또한 푸가체프 반란 이래 더욱 가혹해진 차르와 맞서 싸우다 숨진 선배들의 원수를 갚기 위해 날뛴 붉은 광장의 광기와 이어지는 일당 독재는 착한 정부와는 거리가 멀었다. 혁명은 낙관적 열정으로 불붙지만 그 종말은 언제나 비관적이다.

그러나 안품팔 청년은 오늘도 임노동 없는 노동자 사회를 꿈꾼다. 마르크스가 자본의 활로를 개척한 것은 아니지 않는가. 품팔이 노동이 사라지고 각자의 자유로운 발전이 전체의 자유로운 발전의 조건이 되는 연합체가 들어서야 진정한 착한정부가 되는 것이다. 그 대전제는 사유재산의 철폐이다. 이 목표는 공공연히 주장되어야 하며, 모든 노동자 단체와 반정부운동 및 민주화운동과 연대하더라도 한시도 이 소유 문제를 숨기지 말아야 한다.

그래서 적당히 타협하려는 사이비 사회주의를 경계하고, 노동자를 이용만 해먹고 버리려는 부르주아적 사회주의 허구성을 폭로한다. 궁극적 승리를 얻기 위해서는 사유재산의 폭력적 철폐가 불가피함을 선언한다. 공산당선언은 그랬다. 그러나 선언이 있은 지 25년도 안 되어 마르크스는 독일어 판 서문에서 그 시행 방안이 크게 수정되어야 함을 밝힌 바 있다. 다시 100여 년이 지난 오늘 생산력의 비약적 발전으로 노동자가 대량소비의 주체로 떠올랐다.

자본가가 스스로 노동자를 행복하게 하고도 자신을 버틸 만큼 왕성해진 것이다. 그러나 안품팔 청년은 아직도 저임지대가 상존하며 시간이 갈수록 고착화되고 있는 현실을 목도하고 궁극적인 마르크스의 과학성을 쉽게 부인하지 않는다. 나아가 2조 달러(2,500조 원)의 금융자본이 생산과 연결되지 않고 투기시장을 떠돌고 있는 작금의 세계 시장경제는 곧 노동자에게 재앙을 안길 것만 같다. 갑자기 죽음을 앞둔 마르크스의 기도가 들린다.

"저는 지금 깊은 회한에 빠져 있사옵니다. 연전에 아내가 죽었을 때 몸에서 기운이 다 빠져나가는 것 같다고 소리칠 정도로 쇠약해진 저는 결국 평생을 반려자로 동지로 옆을 지켜준 아내의 장례식도 참석을 못했사옵니다. 3개월 전에 맏딸을 보내야 했사오며, 지난 달에는 제 늑막염이 폐렴으로 악화됐다는 진단을 받았사옵니다. 요 며칠 동안 저는 죽어가고 있사옵니다. 지금 난로 가에서 외투를 뒤집어쓰고 누군가의 자장가를 듣고 있사옵니다.

계절은 분명 봄일 터인데 날씨는 을씨년스럽고 한 점의 용서도 없는 추위가 의자에 웅크리고 누운 나의 온몸을 정신없이 파고들고 있사옵니다. 속으로 천 번이고 만 번이고 부르짖으면서도 차마 한 번도 입 밖으로 내지르지 못했사온 하나님 소리. 꼭 가난이 시려서가 아니었사옵고 먼저 간 아들 딸 손자들이 불쌍해서가 아니었사옵니다. 아버지 어머니 윗대들은 모두 한다하는 유대교 랍비들이었사오니 하나님을 잊고 살기가 여간 괴롭지 않았사옵니다.

하나님! 이제 죽음의 문턱에서나마 하나님을 마음껏 부르고 있사옴에 미풍 같은 희열이 온몸에 서리는 듯하옵니다. 갑자기 하나님을 부정하고 하나님을 저주하고 살아온 60년의 세월이 한꺼번에 밀려와 그나마 가녀린 숨을 틀어막고 있사옵니다. 40년 넘게 거의 병적으로 나를 지원해준 엥겔스가 올 시간이 또 되었사옵니다. 저는 그와 마지막 시간을 함께 하기가 괴롭사옵니다. 마지막까지 그의 도움을 받으며 죽어가고 싶지가 않사옵니다.

제 곁에 막내딸이 있는 것만으로 위안을 삼고자 하옵니다. 어릴 때 예수님은 어떤 사람이냐고 물어 온 적이 있었사옵니다. 목수의 아들은 어린이를 무척 사랑했고, 그것 때문에 부하고 권세 있는 자들에게 죽임을 당했다고 증오했사옵니다. 저는 자식들을 다 죽일 정도로 가난했사오나 그런 증오심으로 이를 악물고 도서관을 뒤져가며 진리탐구에 목말라 했사옴을 알량 맞은 자랑으로 여기고 여기까지 온 것이 이제는 후회스러울 때가 되었사옵니다.

예수님을 증오하다니! 사실 제가 그렇게도 소중히 여기옵는 논리를 스스로 허무는 일이었사옵니다. 집안 형편이 말이 아니어서 깨지고 해지고 찢어진 것뿐인 가재도구가 먼지에 싸여 나뒹굴었지만 저희 내외는 손님이 올 때마다 빈티를 내지 않고 정중히 맞아들여 정성껏 대접하면서 흥미로운 대화를 나누었으나 결론은 늘 증오심을 잃지 말자였사오니 예수님도 이에 묻이시고 말았사옵니다. 헤겔적인 절대정신을 뛰어넘으려다 빠진 함정이었사옵니다.

최고 존재 앞에서 그 가호로 기승을 부리던 프랑스 왕권도 50년 전 다시 그 가호에 의하여 쓰러졌다니 맹랑한 소리로 들렸사오며, 이를 변증법에 의하여 합리화하려는 당대의 논리는 더 참을 수 없었사옵니다. 이승의 고통을 저승에서 보상받는다는 종교의 설득은 저를 격분케 했사옵니다. 종교를 아편이라고 갈파한 헤스의 외침이 귀에 솔깃했사옵니다. 헤스는 후에 시온주의를 창설했사오나 저는 약해지면 안 된다고 하나님을 계속 추궁했사옵니다.

가톨릭으로 개종한 아버지의 자유주의가 저로 하여금 하나님을 거역케 하온 것은 아니었사옵니다. 오히려 유대인의 진정한 해방을 위해 하나님께 매달리고 싶었사옵니다. 그러나 하나님이 가슴을 차고 올라오실 때마다 나중에 뵙자며 짓눌렀사옵니다. 자본론을 쓰면서부터는 또 어쭙잖은 명성이 저를 가로막았사옵니다. 그러나 위독한 맏딸에게 달려가자마자 막내딸이 자살을 시도한다는 소식으로 돌아서야 했을 때는 정말 절망이었사옵니다.

제가 고등학교를 졸업하면서 '어느 젊은이의 직업 선택에 관해 고찰' 해 보았사오나 직업이란 어느 사회적 관계 속에서 결정되는 것이지 마음대로 독립된 영역에서 인류에 봉사할 수 있는 길을 택할 수 있는 것은 아니라는 사실을 발견했사오며, 특히 제가 유대인이라서 어차피 전문 직종 속으로 들어가 기계같이 움직일 것이 뻔했사옵니다. 제가 사회 기성질서에 고부고분하지 않을 것이라는 예감 때문에 저는 더 모든 것이 못마땅하옵고 불안했사옵니다.

저는 유대인에게 내리신 하나님의 벌을 곰곰이 생각했사옵니다. 하나님의 반대를 무릅쓰고 왕정을 택한 것이 죄악이었사오며, 왕들이 매일매일 하나님의 말씀을 들으려 하지 않은 것은 더 큰 죄악이었사옵니다. 왕권에 매달려 백성을 돌보지 않으면서도 하나님을 무기로 백성에게 충성을 강요했사옵니다. 왕권을 보호하기 위해서는 전쟁도 불사하였사옵고, 그때마다 하나님의 자식들은 하나님의 명령하심으로 알고 목숨껏 싸웠사옵니다.

백성의 생명 재산을 보호하기 위해 싸운 때도 있었사오나 그 많은 전쟁과 주검을 피하는 방법이 없었던 것은 아니었사옵니다. 결국 유대가 쪼개지고 망했을 때 백성들은 자기들을 괴롭히던 세력들이 사라진 것을 환영했사옵니다. 10만 명 이상의 귀족이 포로로 끌려갔사오나 진정한 회개는 없었사옵고 모두 돌아와 옛 예루살렘의 영화를 꿈꾸었사옵니다. 다시 왕국을 건설하는데 백성의 피땀이 동원되었사오며 하나님 나라를 믿으면 박해를 받았사옵니다.

하나님께서 예수님을 보내주셨사옵니다. 다 잘못되었으니 뉘우치라 하셨사옵니다. 천국이 가까워졌느니라 뉘우치면 길이 보인다고 하셨사옵니다. 예수님께서는 최후의 만찬에서 자기의 죽음을 양식으로 해서 율법과 의례에서 벗어난 왕과 귀족을 쓰러뜨리라 하셨사오며, 자기의 흘린 피로 꺼림칙한 죄책감을 깨끗이 씻어내고 과감하라고 하셨사옵니다. 죄 때문에 왕권이 망하고 구원의 날에 왕권이 회복되시리라는 선지자의 말씀과 퍽 다르셨사옵니다.

불행에 빠진 이웃을 돌보는 것은 어머니의 사랑과 이웃의 사랑을 경험하면서 자연스레 만들어지는 사람의 본능이라 굳이 힘들게 권할 필요가 없사오나 많은 불행이 왕권과 왕권을 누리는 귀족들로부터 연유되고 있음에 상도하올 때 예수님의 가르침은 그 불행의 근원을 제거하라는 말씀으로 어겨지오며, 예수님이 손수 십자가를 지시오면서 사람들로 하여금 각자 십자가를 지고 자기를 좇아 행하라 하심으로서 그 실천 방안을 밝히셨사옵니다.

그러나 피의 항전으로 50년도 안 되어 성전이 완전 소실되었사오며, 다시 50년도 못되어 모든 백성들이 예루살렘에서 쫓겨나 노역장으로 끌려가기에 이르렀사옵니다. 하나님은 하나님 이외에 누구에게도 속박을 받지 않는 자유인으로 유대인을 낳으셨기에 유대인은 모든 억압과 싸워왔사오며, 그렇기 때문에 많은 유대인들이 억압을 피해 이방으로 진출했사옵니다. 그러나 고향에서 일어나는 피의 저주가 밖을 떠도는 이스라엘을 괴롭혔사옵니다.

이스라엘은 도처에서 박해를 받았사옵고 어렵게 터 잡은 이스라엘도 하나님의 아들이라 우쭐대는 바람에 사방에서 미움을 받기는 매한가지였사옵니다. 예수님의 가르침을 따라 억압받는 민중을 사랑하고 그들과 연대하여 자기 한 몸을 불살랐다면 많은 영웅담이 이스라엘을 따뜻하게 맞이할 것이었사옵니다. 허나 오히려 예수님을 메고 교회로 들어가 예수님이 억압을 허락하셨으니 고통을 참아야 번영과 평화가 온다고 예수님을 배반하였사옵니다.

예수님의 말씀만으로 하나님나라를 세우기에 세상은 너무 멀리와 있사오며, 모든 죄악이 하나님의 이름으로 저질러지옵기에 하나님을 되찾아 섬기기 위해서는 때 묻은 하나님을 버려야 한다고 생각하게 되었사옵니다. 사랑보다는 증오심을 일으켜 억압의 사슬을 끊어야 한다며 공산당선언을 집필했사옵니다. 계급대립의 심화 확대로 조성된 휘발성을 이용하려면 꼭 그래야 할 것 같았사옵니다. 하나님을 위하는 길이라면 아무도 들으려하지 않았을 것이옵니다.

저는 지금 세상에 없는 부모님과 애들 사진을 품속에 묻고 있사옵니다. 만감이 교차하오나 이것만이 소중하게 느껴지옵니다. 블랑키가 비밀결사에 의한 폭력혁명을 주장할 때 저는 사유재산 폐지를 공개적으로 주장하고 이를 지원할 세계 조직을 이끄는 것이 더 현실적이라고 선동했사옵니다. 저로 인해 희생된 많은 생명들, 특히 파리 코뮌 붕괴를 전후해 희생된 3만 명의 부릅뜬 눈은 처참 그 자체이옵니다. 저를 용서할 자 가족 이외는 없을 듯하옵니다.

결과적으로 예수님을 따르려다 예수님을 배반하고 말았사옵니다. 특히 자기는 죽지 않고 남만 싸우라든가 싸움과 죽음의 의미를 채 알지도 못하는 민중을 죽게 하온 것이 더 그러했사옵니다. 저와 비슷한 연세에 예수님은 많은 사람들이 의아해하는 데도 하나님과 대화를 나누며 홀로 십자가를 지셨사옵니다. 자기와 같은 마음으로 십자가를 질 수 있는 사람들만 자기를 따르게 하셨사옵니다. 예수님은 먼저 자기를 향해 폭력을 쓰셨사옵니다.

생각이 이에 이름에 혀를 물고 싶사옵니다. 숨을 쉬지 않으려 안간힘을 쓰옵니다. 막내딸이 지켜보며 훌쩍이니 안타깝사옵니다. 제 증오심을 누그러뜨리려고 은밀히 애쓴 그 애만은 애비의 신산한 죽음을 아는 듯하옵니다. 하나님. 제 부녀를 긍휼히 여기사 저를 빨리 데려가주시옵기 바라옵니다. 엥겔스가 올 때가 되었사옵니다. 아래층에서 하녀와 얘기를 나누는 소리가 들리는 듯하옵니다. 그가 오기 전에 어서이옵니다.

몽롱하지만 그를 만나면 저는 면목 없어 다시 하나님을 외면할 듯하옵니다. 평생 동지요 후원자인 그에게 저는 제 허물이라도 남겨야 한다는 생각이 들었사옵니다. 저로 인하여 그마저 절망에 빠뜨리면 제 마지막 가는 길이 아니라고 생각하옵니다. 제가 아무리 하나님 말씀을 잘 들었사와도 그이만큼의 하나님 사랑을 받을 수 없었기에 또한 그는 물질적 도움뿐 아니라 정신적 아니 그 이상의 영혼까지를 제게 바친 그래서 더욱 제 죄가 무겁사옵니다.

그가 올라오기 전에 마지막으로 뼈아픈 고백을 들여야 할 동지가 또 하나 있사옵니다. 파리에서는 동지였사오나 인터내셔널에서 우리는 적이었사옵니다. 바쿠닌은 소수 부르주아가 쥐고 있는 권력을 노동자들이 차지하는 순간 그들은 노동자 머리 위에 올라앉을 것이라며 저의 신조인 프롤레타리아 독재를 반대했사오며, 저는 그를 참지 못하고 조직의 이단자로 낙인을 찍어 축출했사옵니다. 자유분방한 그를 귀족적 낭만주

의로 몰아붙였사옵니다.

또 한 사람 다윈을 잊을 수 없사옵니다. 과학이 실은 하나님의 숨결을 찾아가는 과정이온 데도 과거의 시대가 종교의 이름으로 너무 오래 헤맸사옵기에 저는 그 역방향으로 달려야 제자리로 올 수 있다는 생각에서 심하게 과학적이고자 했사옵니다. 뉴턴에 심취했사오며 마지막에는 다윈을 존경했사옵니다. 진화론으로 적자생존으로 원군을 얻었기 때문이었사옵니다. 그는 루터가 농민과의 제휴를 거부하듯 저를 불쾌해했사옵니다. 매우 아쉬웠사옵니다.

그러나 저는 지금 과학적으로 죽지 못하고 있사옵니다. 마지막까지 살려고 애쓰는 대신 스스로 죽음을 택하려 하옵니다. 물질의 최고 결합 형태인 저는 그 결합력이 이완됨을 느끼면서도 굳이 물질로 환원되는 순간을 피하려 하지 않사옵니다. 노동자들의 희생은 많은 노동자를 골병에서 건지기 위함이오나 사유재산을 죽음으로 모는 저는 스스로 죽어야 노동자를 위한 길이 될 것이옵니다. 저의 마지막 소망을 엥겔스가 올라와 짓밟지 말게 하시옵소서!"

안품팔 청년은 꿈에서 깨어난 듯 다시 제자리에 섰다. 마르크스가 뉘우치고 있듯이 사유재산의 폐지는 성급한 결론인가. 그게 지나친 증오심 때문인가. 부르주아는 지난 200년간 자신의 모습대로 세계를 창조했고 과거 2000년과 맞먹는 변화를 이루어냈다. 세계 단일시장과 생활의 전일적 시장화 상품화였다. 어느 하나를 빼놓고도 지탱될 수 없는 이 거대문명을 어떻게 폐지한단 말인가. 안 청년은 중얼거린다. 인간의 한계가 여기까지란 말인가.

7 나라종 나리

법대 원로 교수가 길러낸 총리들을 불러모은다. 공직이란 나라의 종이요 국민의 머슴인데, 국민의 가려운 데를 긁어주는 것이 아니라 자꾸 긁어간다. 공직을 지내면 다 부자가 되지 않나. 이걸 막을 정치도 이 핑계 저 핑계로 이에 편승하니 백년하청 아닌가.

국무총리를 네댓 명이나 길러낸 원로 교수는 하도 답답해서 어느 날 이들을 죄다 불러모았다.

"이놈들아! 내가 그렇게 가르친 게 아닌데 너희들이 정녕 법치의 의지가 있느냐?"

"선생님, 무슨 말씀인지 알겠습니다. 그러나 그렇게 하루아침에 되는 일이 아니지 않습니까?"

"이놈들아! 정부가 수립된 지가 언제인데 그런 소리를 하느냐. 너희들이 학교 다닐 때보다 오히려 후퇴하고 있지 않느냐."

"꼭 그런 것만은 아닙니다. 억울한 사람이 줄어든다든지…"

"이놈들아! 재판소가 생긴 게 언제냐. 대조선국 법률 1호가 재판소 설치법 아니더냐. 벌써 100년이 넘었다. 그런데 검찰은 땅에 떨어지고 재판은 기가 죽어 있으니…"

“선생님, 어떤 정치적인 사건 말고는 공정하게 처리되고 있습니다.”

“바로 그게 문제야. 도둑과 살인은 옛날에도 엄히 다스렸느니라. 권력이 저지르는 범죄를 위하여 삼권분립이 있는 게 아니냐.”

“그것도 차차 나아지고 있습니다.”

“나아지기는? 오리발이 몇 개냐? 송사리는 몇 마리고 복권은 또 몇 장이냐. 권력이 법을 안 지키면 국민이 법을 따르겠느냐. 범인을 늘게 해놓고 아무리 재판을 공정하게 한들 무슨 소용이 있느냐. 원천을 막지 못하면 다 허사가 되느니라. 거기다가 무전유죄란 또 무슨 소리냐?”

“국민의 수준이라는 것도 있지 않습니까. 그 수준만큼의 정치가 있다고들 하는….”

“국민의 수준이 어때서 국민 타령이냐. 5·10선거가 가장 공정한 선거였단 말 못 들었느냐.”

“이런 국민을 협잡판에 끌어드린 게 누군데…. 정치판을 개판으로 만든 게 국민이란 말이냐.”

“선생님, 풍토가 다르지 않습니까. 문화나 역사 같은 것 말입니다. 법만 가지고 되는 게 아니지 않습니까.”

“그렇기 때문에 법치가 더 중요하다고 하지 않았느냐. 자유와 평등과 정의를 지향하려면 국민에게 공정한 게임을 보여줘야 하는데…, 풍토가 이 지경이 돼 가지고는 어디서 국민의 자발적 창의와 그 경쟁력이 나오겠느냐.”

“선생님께서도 로마법 2천년에 함무라비법 4천년이라 하지 않으셨습니까. 우리 법도 오래되었지만 형법에 머물지 않았습니까. 이제부터가 시작입니다.”

“또 그 소리인가 시간이 걸린다는…. 그러나 너희들이 생각하는 것보

다 국민은 더디지 않아. 지금 국민은 서양 사람들 꼭대기에 앉아 있는
데… 정치인은 여전히 충성하고, 굴종하고, 아부하고, 변절하지 않느냐.
그리고는 권력을 잡으면 부귀영화를 누리고 전횡과 횡포를 일삼지 않
느냐. 정치인들이 사기열전이나 삼국지를 읽어서야 되겠느냐.”

“그래도 역시 국민이 문젭니다.”

“허허! 또 국민 타령. 권세 노름이나 하는 녀석들 말고는 국민 모두는
민주주의가 법치에서 출발한다는 것을 잘 알고 있다. 권력이 법을 지키
면 언제든지 따를 준비가 되어 있어.”

“공정한 정치만 가지고 국민을 움직이기가 쉽지가 않습니다.”

“그렇기 때문에 더 정치를 잘해야 하지 않겠느냐. 국민들 수준만큼의
정치가 있다는 생각은 거꾸로 된 생각이야. 정치 수준만큼의 국민이 있
는 게야.”

“그래도 현실 정치에서는 점점 돈이랑 이권이 따릅니다.”

“그게 정치가 국민의 신망을 잃고 있는 증거 아닌가. 공약을 남발하
고 사약을 늘어놓으니 결국 불신을 증폭시킬 뿐이지.”

“선생님, 결국 무엇이 먼저냐 하는 문제 아닐까요? 일단 정권을 잡고
나서 정치를 잘해나가는 그런 과정을 거칠 수밖에 없지 않습니까?”

“국민을 망가뜨리고 나서 정치를 잘할 수 있는가. 최소한도 돈 싸움
이나 패싸움, 거짓말 싸움은 안 되네. 지역 문중과 동창이 다 동원되지
않는가.”

“그래도 하느라 하고 있습니다.”

“하나를 건드려도 핵심을 건드려야지. 아무리 수재들이 명문대로 몰
려도 나와서 겉돌면 무엇 하겠는가. 꼭대기가 더 잘해야지. 몸을 사리고
핑계를 대서야 되나?”

“방울을 달기는 달아야 되겠는데…. 그러나 선생님?”

“뭘 꾸물거리나? 바로 지금이야.”

“공직자 재산 형성에 대하여는 말을 아끼겠네. 재산이 일부 공개되기는 하나 눈 가리고 아옹일세. 직계 존비속을 포함해 전부 공개하고, 취득 경위와 납세 여부도 밝혀야 하네. 자신 없으면 공직을 떠나야 해.”

“공직자들에게 충분한 보수를 못주고 있습니다.”

“그게 무슨 소리. 공직자가 월급을 모르고 들어갔단 말이냐. 다 알고 들어갔으면 감수해야지. 월급을 부수입으로 보충해서 남만큼 살아야 사기가 올라간단 말이냐.”

“현실적으로 비슷한 또래들과는 균형이 맞아야 유지될 수 있는 측면이 있습니다.”

“그래서 도둑질로 보충해야 한다. 그러니 투명한 재산 공개가 어렵다 이거지.”

“공무원도 애들 먹이고, 입히고, 가르치고 노후 준비도 해야 하는 고민이 있습니다. 일부러 손을 벌리는 것은 좀 뭣하지만 주머니에 찔러 넣는 것은 어쩔 수 없이 받아도….”

“그걸 말이라고 하느냐. 리크루트를 바꾸는 방법은 왜 생각 못하느냐. 특수직이나 전문직은 대학교수 자격으로 뽑아 비슷하게 대우하고, 일반직은 1년 정도의 정신교육 과정을 거쳐 선발하되 주거비와 학비, 연금 등의 혜택을 주는 방법도 있지 않느냐.”

“거기까지는… 오랜 채용 관습도 있고 해서….”

“얼마 전 기술부장관이 보고한 내용도 모르느냐? 국제 경쟁에 살아남기 위해서는 기술 혁신뿐인데, 지금의 수준은 크게 보아 아직도 조립가공과 생산기술이라는 것….”

　"서울 공대생 3분의 1이 사법시험을 준비하고, 수석 합격도 물리학 박사 과정에서 나왔다니…. 판관에 대한 명예욕도 문제지만 초임봉이 일반직은 고사하고 사기업의 두 배가 넘는 것은 더 문제다. 변호사 경력 5년이라야 판검사가 된다면 어느 정도 균형이 잡히지 않겠느냐. 전반적으로 주입식 교육이 문제지만 이공계의 실험실습장 비율이 일제 때보다 못하다니 참으로 한심하다. 전반적으로 업종 간이나 직종 간의 보수를 조정하는 등 우수 기술인력 확보에 역점을 둬야…"

　"할 일이 너무나 많습니다. 자연 우선순위를 두게 되는데…"

　"그러면 지금은 어디에 우선을 둔단 말이냐? 기득권 보호나 전례답습 등 뭐 이런 것을 따지면 그것은 개혁이 아니다. 개혁은 개혁이 우선순위를 정한다. 공직을 맑게 하지 않고는 다른 개혁은 효과가 없다. 1순위에 올려야 하는데…, 내가 보기에는 지금까지 변죽만 울렸다. 공직자의 부정은 대민관계뿐 아니라 내부에서도 예산 낭비와 유용으로 국고가 줄줄이 새지 않느냐. 뭘 발명하고 망설이느냐."

8 위서본 박사

군사부는 늘 하늘의 이치를 따르라 했다. 상명하복이었다. 하늘에 올라본 제자들은 하늘의 질서가 자유 평등임을 알아챈다. 열역학상 그 원리가 땅에도 있음을 안 위 박사는 과학적 시민운동에 나선다. 그 출발은 오랫동안 우리의 눈을 가린 관존출 셋길의 차단이었다.

　　　　　　　　　　　최후의 심판을 들이대도 하나님의 뜻이 땅에서 이루어지기는 힘들다. 역사가 죄인을 심판하고 있지만 산 사람들이 정신을 차리기엔 역부족이다. 의인이 나타나 오리(汚吏)를 일망타진하는 설분도 명예와 부에 대한 심리적 갈등을 안겨줄 뿐 합격과 당선을 축하하는 꽃다발과 솔문은 여전하다. 하객이 보내는 청탁을 먹고서야 영화를 누릴 수 있는 권력이다. 탈락한 백성의 신음소리가 합격과 당선에 쏠리다 다시 소외의 골짜기로 내몰리길 반복한다.

　사람들이 공권력을 넘보고 그에 빌붙어 부귀를 누리지만 이들에게는 자주 귀곡성이 들린다. 이들은 불안한 나머지 환락으로 도피한다. 부귀에서 탈락한 사람들은 숫제 공동체를 가꿀 의욕을 잃는다. 산업사회와 정보사회를 이끌 창의력은 어디서 나오는가. 창의력이 결핍된 경제가 더 나아갈 수 없음을 IMF 사태는 명백히 입증했다. 저부가 대량생산

체제의 말로였다. 문맹을 벗어난 사람들을 단순히 한 줄로 세워 도달하는 수준이란 그런 것이었다.

부정부패의 해악은 이렇게 엄청난 것이나 더 엄청난 여론 조작에 묻혀 잘 보이지 않는다. 영성연구가 폰티코스는 좌절과 분노와 탐욕 속에서는 창의력이 자랄 수 없음을 오래 전에 갈파했다. 억울한 세상, 눈꼴 틀리는 세상이라고 생각하는 사람이 늘어나서는 안 된다. 우리 경제는 억울한 사회가 갈 수 있는 임계점에 와 있다고 해야 한다. 예부터 양반들은 하늘의 도를 잘 살펴라, 항상 위를 잘 모셔라 했다. 성현들도 다 그리하라고 가르쳤다.

그런데 실제 위에 올라가 본 제자들은 그것이 세세무궁 부패특권을 유지하는 꼼수였음을 알아낸다. 하늘은 명령하고 복종하는 세상이 아니요 자유 평등의 세상이었다. 상극상쟁이 아니라 상생협동이요, 시기가 아니라 사랑이었다. 권력이 누리는 부귀영화는 천상의 질서를 지상에 구현하라고 주어진 사람의 욕망을 오용한 것이기에 언젠가는 그 부작용으로 인해 정화될 것이었다. 서양에서는 이미 공화국이었으나 동양에서는 아직도 미망을 못 버린다.

특권이 귀족의 것이었던 서양과 달리 누구나 귀족이 될 수 있는 과거 제도는 인재들을 끊임없이 부귀영화로 유혹했다. 민주화라지만 심지어 운동권 또 요즘의 시민운동도 그 꿈을 뿌리치지 못한다. 옛날 할아버지는 아들에게 "이놈아! 공부 못하면 쌍놈 된다" 하셨다. 다음 할아버지는 아들에게 "이놈아! 공부 못하면 똥장군 진다" 하셨고, 우리 아버지는 "이놈아! 공부 못하면 실업학교에 간다. 전문대학이라도 나와야 노동자를 면하지" 하셨다.

나는 아들에게 "너 대학 못 가면 대학 나온 놈 딱까리 돼야 한다"

하다가 또 "너 서울대학 못 가면…" 언제부터인가 대저 학문은 수양이 아니라 일하지 않고 먹는 방편이었다. 대저 교육은 두뇌 훈련이 아니라 노동자를 부려먹는 자리로 오르는 길이었다. 그러면 국민의 다수를 차지하는 노동자란 무엇인가. 노동자란 공부도 못하고 또 누가 부려야 겨우 움직이는 동물인가. 누가 말했다. 노동자란 말귀 알아듣는 동물이라고.

또 누가 말했다. 자본주의란 노예 없는 노예제도라고. 그러나 일하는 사람이 중심이 되는 세상은 그렇게 절망할 것도 아니다. 고려 초기만 해도 지방 호족들이 역내 농민들을 다스리고 있었다. 다스린다는 것은 주민들로부터 조세를 징수하여 그 주민을 보호하는 비용에 충당하는 행위이다. 농업 생산에 지장이 없도록 수해를 방지하고, 농민의 생명과 재산을 방위하는 것이다. 저 배수 전문가나 의료 전문가, 전투요원들 그리고 이들을 지휘하는 막료들….

중앙 권력으로서의 국가는 이들 공동체 간의 군사 동맹체적 성격을 띠고 출발했다. 그러나 외침이 빈번해지자 왕권 강화가 급속도로 진행되었는데, 이는 전략적 이유라기보다 유교의 가부장적 교리가 그런 안보 상황을 만들었다고 해야 옳다. 과거제도의 도입으로 유학자들이 대거 관직에 들어오자 말로만 행세하는 애국자가 몸으로 때우는 애국자를 밀어낸 셈이었다. 자연히 문무 간의 갈등이 고조되는 한편으로 유생들의 생계를 지원하는 노예노동은 강화되었다.

국가란 민복을 위하여 있을진대 그 복지사업을 하겠다는 녀석들이 왜 이리도 많고, 그 수고비를 따내려고 이 나라 수재들은 왜 이리 아귀다툼인가. 마치 붉은 악마의 함성 같다. 자본주의를 한다면서 반칙이 판치는 시장경제가 호황을 누리는 것도 다 이 탓 아니겠는가. 어느 세월에 공정한 경쟁을 기대하겠는가. 차차 나아진다지만 달리 손을 안 쓰면 부지하세월이다. 심판이 반칙을 선언해야 하는데 돈을 먹고 봐주거나 안 봐준다.

반칙을 해서라도 돈을 벌려는 욕심이 왜 안 생기겠는가. 안 먹었다고 잡아떼지만 대통령이 수천 억, 감독 대감이나 공정 대감이 수십 억 먹는 나라가 아닌가. 그래도 많은 나라가 부러워할 정도로 성장한 나라가 한 국이다. 외국 빚에 허덕이다가 IMF 사태로 죄 팔아 갚고, 또 더 빌려 쓰고 있지만 밖으로는 잘 안 나타나 있다. 차차 갚으면 되지만 여간 해서 갚을 힘이 생기지 않는다. 기름 값 몇 달 올랐다고 금세 적자 나는 경제이니 말이다.

고마진 수출을 해야 하는데 만 개의 연구소 가운데 팔십 퍼센트가 박사 한 명 없으니 자연히 저마진의 모사품 만들기에 급급하다. 정성껏 이라도 만들어야 하는데 돈 독 오르기는 매한가지인 노동자를 다그치 기만 한다고 될 일인가. 백성도 체면이 있고 자존심이 있다. 여기서 창 의력이 샘솟는다. 국민 모두가 협잡에 능하면 창의력은 사라지고, 있는 창의력도 협잡을 이기지 못한다. 도둑질 요령은 창의력이 아니다.

고마진 창의력은 하루아침에 안 된다. 저마진은 임금대란과 노동대 란, 일자리대란을 몰고 온다. 선진국이다 신자유주의다 외쳐봤자 일을 당하고 나면 주저앉는 길밖에 달리 없다. 저마진 일자리를 늘리고 고마 진을 깎아 저마진에 보탠다면 한껏 높아진 국민의 눈높이를 어찌 감당 하겠는가. 어쨌거나 부정부패의 척결 없이는 나라의 발전이 올바른 방 향으로 가기는 더 이상 불가능하고, 이제는 오히려 퇴보하게 될 것이라 는 결론이 점점 우세하다.

위서본 박사는 노심초사 끝에 한 줄기 희망을 발견한다. 시계추는 밥을 주지 않으면 멈춘다. 그러나 에너지 시계는 밥을 주지 않아도 움직인다. 에너지 양자가 서로 다른 높이로 그네를 타다가 서로 다른 높이로 이동하기 때문이다. 그 불연속적 움직임이 양자도약이다. 도약이라 하지만 새로운 에너지가 발생하는 게 아니라 도약 전후를 합하면 평형상태가 된다. 삶의 에너지도 열역학적 평형에 이르는 과정이다. 그 의미를 알기에 사람은 신질서를 모색한다.

그것은 어떤 형태의 공동체다. 크게는 하나님의 나라고, 작게는 가족 공동체라 할 수 있다. 그 입장권은 바로 '욕망의 절제'다. 자유와 평등을 향한 인간의 노력이 시작되는 물리현상이다. 열역학을 전공하는 위서본 박사는 오늘도 멍하니 아인슈타인연구소 창밖을 내다본다. 200여 년 전 이 곳에 터 잡은 프린스턴 대학 옆으로 하나님의 전당이 보인다. 위 박사의 연구 범위는 점점 하나님을 향한다. 양자역학과 엔트로피는 그 징검다리가 아닌가.

지금 위서본은 한국의 정신사를 이끈 인재들이 왜 단 한 번의 양자도약도 없이 모두 연속사관을 갖고 질질 끌다 자멸하였는가를 따지는 것이다. 몇 번의 비상은 있었다. 그러나 도약은 비상과 다르다. 전후를 가르는 중간 단계가 없기 때문이다. 동양에서 왜 자유와 평등을 위한 도약이 없었는가. 위서본은 모든 인재들이 경쟁시험을 통해 권력으로 몰려갔음을 주시한다. 모두 귀족이 되려했으니 귀족을 때려잡을 에너지가 남아있을 리 없었다.

특히 부패특권의 에너지 준위는 온 국민의 잠열(潛熱)에 의하여 지탱되고 있으니 세세무궁 만년창창이었다. 먼저 족보였다. 가문의 특권적 역사가 자녀들을 관존민비로 내몰면서 '한국 남성'은 어려서부터 영광스러운 똘마니(지배자)로 키워진다. 과거제도가 이를 이끌어왔다. 혈통에 의하여 귀족이 되는 서양에서는 평민수재들이 귀족이 되는 길은 없었다. 평민이 귀족이 되려면 오직 반란뿐이었다. 마침내 프랑스 혁명이라는 대도약을 일으킨다.

근대화는 이렇게 지배복종의 청산에서 비롯된다. 그러나 이 나라 인재들은 부패특권에 사로잡혀 세계를 상대할 당당한 나라가 세워질 찰나에 분단의 비극을 불러들였다. 그리고 남과 북은 각각 금영(金營)과 병영(兵營)으로 달려갔다. 그러나 곧 한계에 부딪혔다. 북은 병력 우선으로 백성이 굶어죽고, 남도 저마진 모방경제로 신세대에 걸맞은 일자리를 차려줄 수 없게 되었다. 북은 화약고로 변하고, 남은 인민 욕구를 틀어막을 수 없어 전전긍긍한다.

북은 자폭하거나 항복하든지 양자택일의 기로에 서 있기에 논외로 하자. 그럴수록 남의 금영은 한시바삐 민영화해야 한다. 지금도 창의력이 넘친다고 하지만 강식약육에 분주하면 창의력은 고갈된다. 생산성을 높이려면 적은 재료로 많이 만들어야 하고, 같은 시간에 여러 개를 만들어야 한다. 고부가 고만족을 위해서는 국민 통합과 참여가 필수다. 3D는 짜게 주고, 임시직은 반만 주고, 환경 투자는 대충하고서는 안 된다.

흔히 중국과 비교하지만 우리도 한때 전기불이 소원일 때가 있었다. 지금은 훨씬 밝고 찬란해야 한다. 멈추거나 내려가면 잡히고, 후퇴하면 노동대란과 농민대란이 불을 보듯 뻔하다. 온 국민을 생산성에 매달리도록 하려면 먼저 관존을 없애야 한다. 그 명복사회는 개인의 창의를 죽이고, 그 부패 악취는 정성을 식힌다. 관존은 모든 인재를 합격과 당선과 부패놀음에 빠뜨리고 생산성을 외면하게 한다. 민존 없으면 누가 이공계를 가겠는가.

우리는 자동차와 손전화에 현혹될 수 있다. 그러나 혁명 10년 만에 공업 생산력을 세계 2위로 끌어올린 소련도 망하기 전까지 무기 몇 개는 미국을 앞지르지 않았는가. 북이 미사일과 핵무기로 선진국이 되겠는가. 우승컵을 수없이 안았다 해서 브라질이 선진국인가. 민영화가 차츰 여러 분야로 확산되고 있다고 하나 그 반대로 가고 있는 징후는 여러 곳에서 발견된다. 왜 이 나라의 반기업, 반시장, 반부자 정서가 중국을 뺨치겠는가.

관존을 뿌리 뽑는 방편은 먼저 완전한 민영국으로의 전환이다. 배달 겨레가 세우는 첫 번째 나라라는 각오 없이는 안 된다. 국민의 마음 속에 있는 왕가의 흥망성쇠와 고관대작의 출세록을 불태우고 새로 화전을 일구어야 한다. 온 국민의 통곡과 기도가 있어야 한다. 위 박사가 보기에 민중의 기폭력은 동양이라 해서 약하지 않았다. 어디서나 반란을 몰고 왔다. 다만 권력을 잡을 대신, 이를 철폐하겠다는 지도자의 출현이 늦었을 뿐이다.

관직을 미리 나눠주고 권력을 잡으려 했던 청나라 말의 태평천국이나 부국강병을 내건 일본의 귀족 연합(명치유신)도 동시대를 산 링컨의 꿈을 거꾸로 꾼 셈이었다. 다만 조선의 동학은 인간해방이란 면에서 진일보 한다. 그 후 기독교가 들어왔으나 아직도 한국의 인재들은 의와 공도보다는 부패특권에 사로잡혀 있다. 위서본 박사는 관존을 쓰러뜨려야 민존의 길이 열린다고 생각한다. 그는 과학의 길을 접고 귀국한다. 과학적 시민운동의 길을 모색하기 위해서다.

부패특권에 시달려 온 백성을 대신해서 시민운동 세력이 직접 나서 권력을 준엄하게 꾸짖어야 한다. 역사의 교훈이라고 하지만 공직자들의 막힌 귀를 뚫기에는 너무나 약하고, 하나님의 심판도 이제나저제나 아득하기만 하기 때문이다. 조선조만 해도 개혁 세력이 있었지만 그들은 성리학을 무기로 새로운 특권을 요구했다. 더러는 약사발을 받쳐 들고 왕명이 바뀌기를 기다리기도 했다. 그러나 그렇게는 백성을 위한 정치가 이루어지는 게 아니었다.

긴 세월 많은 인재들은 달리 묘수를 찾지 못하고 종당 간에는 당쟁이라는 패싸움까지 벌였다. 물극즉변(物極即變)이라더니 나라가 망하고서야 정답을 알아냈다. 백성을 주인으로 하는 공화국이었다. 그러나 관성의 법칙은 역사에서 더 준엄한 듯하다. 권력을 넘보는 함성이 온 천하를 진동시킨다. 공화국을 세우고 그 청소부가 되기를 자임한 백범은 어디에도 없다. 사람의 힘으로는 될 일 같지가 않았다. 하나님을 우러른다. 이 땅은 하나님 땅 아니오리까.

현실 권력은 늘 그래왔지 않은가. 빌라도로 대표되는 부패특권 세력, 그들이 싸대는 고난으로부터 백성을 구원하다 죽임을 당한 예수는 부활의 카리스마로 다시 사람들을 불러모으고 신앙 공동체를 만들어 잘못된 주권을 심판하기에 이른다. 그 하나님의 자녀들이 골고다를 쳐다보며 죽음을 각오한 발걸음을 내딛는다. 부패특권을 몰아내고 진정한 백성의 공화국을 세우려고 눈을 부릅뜨신다. 그 날이 와야 이 나라의 많은 순교자들이 눈을 감을 것이다.

예수냐? 빌라도냐? 빌라도를 타도하기 위하여 일어서지 않는다면 그것은 예수를 죽인 공범자요 적그리스도다. 오순절 베드로의 첫 설교 대목이다. 그때 복음 전파가 극히 어려웠던 시기에는 교회공동체였다. 지금은 시민운동이다. 그 디아코니아(섬김)가 공권력에 들어서야 한다. 빌라도는 부귀를 위하여 백성을 죽일 수 있는 권력이지만, 예수는 사랑하기 위하여 스스로 죽을 수 있는 권력이다. 악인을 심판하고 의인을 구원하는 예수의 권능이 샘솟는다.

대소 권력을 쥐고 축재한 자는 권비다. 석개오는 가진 것의 반, 뺏은 것의 네 배를 물어내고야 용서를 받았다. 권력의 비호를 받은 재산은 이를 비호한 권력에 더 문제가 있다. 재산을 모으는 것은 어느 시대나 백성의 본업이기 때문이다. 과학적 시민운동은 공권력을 바로 세우기 위해 먼저 권비가 되려는 출셋길을 차단해야 한다. 반칙 문화를 조장하며 많은 사람을 실의와 좌절에 빠뜨리는 출세 떼를 쫓아내야 한다. 예수님이 앞장서신다. 자신감을 갖자.

9 기중난 영감

경제개발에 참여했다가 독재로는 한계가 있다고 판단한 기중난이 탑골에서 정치 실험을 시작한다. 신군부에 놀란 그는 다시 문민·국민정부에 실망하고 백두대간을 종주하며 시름을 달랬다. 앵자산에서 한 줄기 광명을 발견한 노년의 기 영감은 뜻을 모아 기도회를 갖는다.

가 . 탑 골 에 서   천 진 까 지

기중난 영감의 텃밭은 탑골공원이었다. 탑골공원이 완전 보수에 들어 간 후 신변 잡담이나 고릿적 무용담을 즐기는 패들 그리고 옛날 얘기를 그럴 듯하게 꾸며대는 축들은 가까운 종묘공원으로 옮겨갔으나 나라를 걱정하고 정치의 잘잘못을 따지는 영감들은 뿔뿔이 헤어졌다. 더 이상 애국이니 정치니 하는 넋두리가 먹혀들지 않고 공소하게 들릴 정도로 세태는 변해가고 있었다. 민주화도 시들해졌고 통일도 배부른 외침이 되었다.

어릴 때 기중난은 두렁바위(堤岩里) 만행을 보고 듣고 자란 아버지 밑에서 민족의 자유와 독립을 위해 몸 바치리라 좁은 가슴을 태웠다. 해방 후 서울에서 중·고등학교를 다니면서도 내내 민족은 그 곁을 떠나지 않았다. 대학에서는 이승만 독재와 북진 통일에 반대하고 나서며 서서히 정치 지향생이 되었다. 4·19를 거치며 그는 민족적 민주주의에 희망을 걸었다. 5·16 쿠데타 세력이 청년분과를 맡아달라고 제의했을 때 그는 깊은 고민에 빠졌다.

청년 기중난은 경제개발 5개년 계획을 짜는데 뛰어들어 열심히 일했다. 그러나 역시 독재는 부패하고 있었고, 군사·문화적 외형 성장은 안으로 인권 탄압과 자유와 창의 말살, 밖으로 외채 누증과 경제 종속을 강화함으로서 국민경제를 끝없는 차입경영과 고비용 저효율의 나락으로 몰고 갔다. 나라 전체가 물량성장의 허구성에 속아 유구한 역사를 자랑하는 한국지성조차 박수를 치며 자기들의 명예, 자기들의 소득, 자기들의 일자리를 높이고자 허질러 다녔다.

중년 기중난은 성장지상에 맞서다 공직을 버리고 탑골을 찾았다. 런던의 하이드파크를 생각했다. 한 10년을 떠들고 나면 무엇인가 손에 잡힐 역사가 만들어지지 않겠는가. 주로 민주화요 자유화요 기술화였다. 그러나 80년의 신군부는 그 희망을 송두리째 앗아갔다. 또 다른 10년이 무거운 억압으로 다가왔다. 그리고는 문민시대가 되었다. 그러나 부정부패와 전례답습에 젖은 지성인들은 이미 시대에 걸맞은 청사진을 내놓을 수 없는 자폐증에 걸려 있었다.

노년 기중난은 실의에 빠졌다. 예상했던 대로 환란이 왔다. 그러나 김 도령의 대중경제론은 무용지물이었다. 오히려 대중의 밥줄을 끊는데 앞장서야 했다. 그랬어도 부정부패만 척결했으면 중간이나 갔다. 그러나 대통령은 부정부패의 뿌리를 정확히 몰랐고, 나아가 논공행상과 맥락을 같이 하는 부정부패는 애써 외면했다. 자기들이 해야 할 정치개혁을 뒤로 하고 애꿎게 독선 부패 관료가 내놓은 행정개혁에만 매달렸으니 성공할 수 있겠는가.

결과적으로 준비 안 된 대통령이 되고 만다. 이는 6·15 선언조차 제대로 평가받을 수 없게 만들었고 보혁 갈등만 증폭시켰다. 사실 남북화해가 아무리 화려한 구호라 해도 50년 반공 보루가 그렇게 쉽게 무너질 성질의 것은 아니었다. 기중난 영감은 생각했다. 이 나라 지도자들의 인생설계가 바뀌지 않는다면 이제 농업의 파탄 속에 수많은 실업자가 땅을 칠 것이고, 우리의 공동체는 결국 선진에서 탈락할 것이다. 새로운 지도자를 키워야 한다.

조선의 명예와 재산을 몽땅 팔아 무관학교를 세운 이회영 선생과 오로지 기개와 적성(赤誠)으로 나라를 세워 스스로 그 청소부가 되려 했던 김구 선생, 그리고 두 분의 총체적 상징인 상해임시정부의 건국이념을 본받을 새로운 인재를 양성해야 한다. 기 영감은 주유천하를 결심했다. 500년 조선사를 되씹어 보는 300일 장정이었다. 절망하며 기도하며 깨달으며 태백산맥을 훑어내려 갔다. 우당과 백범의 장탄식이 들려왔다.

해방된 조국에서 소위 한다 하는 지도자들이 나라를 찢어 가질 만큼 욕심을 부릴 줄은 몰랐다. 정녕 나라가 갈라지면 피비린내 나는 대살육전이 벌어질 것이었다. 분단을 지켜 본 김구가 떠난 지 1년도 안 되어 예상은 현실로 다가왔다. 두 선생은 외치고 계시다. '예수님이 죽어 사랑이 넘치는 사회를 만들어 나가시듯 우리는 권력을 고난으로 짊어질 새로운 인재를 양성하리라.' 두 분 다 예수를 믿었으나 하나님나라에서도 두 분의 소원은 더 절절했다.

기중난의 태백산맥은 나라의 역사였다. 최근에만 해도 조선의 많은 인재들은 귀족공화국이었다. 사상적·지역적·가문적 갈등을 한 보따리에 싸기에는 힘겹게 임정을 이끈 김구의 품으로도 이겨 내기 힘들었다. 해방으로 더 치솟은 부와 명예욕은 백성의 공화국을 가로막았다. 빌라도의 형통과 예수의 고난을 멈추기에 하나님의 심판과 구원은 너무 멀리 계시다. 평화와 사랑과 한솥밥 공동체를 꿈꿔온 조선족은 얼마를 더 기다려야 하는가.

권력에 대한 제동은 종교에서 비롯되었다. 군권(君權)과 신권의 대결이었다. 그러나 오늘날에도 교황청은 있지만 불황청은 없다. 그렇게 동양을 석권했던 불교였지만 권력을 누르기는커녕 권력을 옹호했다. 반면 서양에서는 가톨릭에서나 신교에서나 종교적 권위는 현실 권력을 견제하고 그와 우열을 다투었다. 특히 칼뱅은 자유와 평등이 신의 선물이며 국가권력이라도 하나님 말씀을 거스를 수 없다고 주장했다.

루소에 이르러서는 종교적 이유에서가 아니라 역사적 원시공동체에서 인간의 자유와 평등의 최고를 발견하고, 권력은 다만 자유와 평등을 누리려는 인민들이 그 충돌과 알력을 피하기 위하여 편의적으로 만들어 낸 조정기관이라는 것이었다. 여기에서 인민주권과 의회주의와 그리고 가능하다면 직접 민주주의가 인간을 다스리는 기본 틀이 되어야 한다는 대명제가 나온다. 실로 인간 구원의 이상은 이때부터 개화하기 시작했다.

비슷한 시기에 은둔의 나라 조선에서도 이벽 선생이 서학으로 자유와 평등에 쉽게 접근하고 있었다. 선생이 태어난 이듬해 루소는 『불평등 기원론』을 썼고, 7년 후에 다시 『사회계약론』이 나왔다. 이벽 선생의 5대조는 병자호란(1637) 때 인질로 잡혀간 세자와 함께 심양과 북경에서 8년간 서양 문물을 접하고 돌아왔다. 세자가 친청으로 몰려 거세되었을 때 이벽 선생의 가문도 몰락했으나 선생은 방대한 서학 서적을 탐독한 끝에 이 땅에 천주학을 확립한다.

선생의 나이 25세였다. 여전히 수재들은 입신양명에 매달리고 있었다. 시험 정보를 얻을 수 있는 길목마다 둥지를 틀고 경학에 여념이 없었다. 특히 남한강가의 사찰들은 고시촌이었다. 그 가운데 하나가 양평의 주어사. 거기에는 벼슬을 버리고 낙향한 남인 거유 권철신의 자제들이 모여 있었다. 그 말사인 천진암에서도 남인 출신 정(丁)씨 형제들의 글소리가 드높았다. 선생은 먼저 눈보라 치는 야밤에 천진암을 찾아 촛불집회를 갖는다(雪中夜至 張燭談経).

약용은 16세, 형 약종은 18세, 그 형 약전은 21세. 대선배로서 강학을 지도하던 권철신은 43세였으며, 모두들 당시의 진보파인 실학에 경도되어 있었다. 선생은 좌중을 압도하는 변설로서 하늘에 오르는 길(上天道)을 강론했다. "아태조(我太祖)가 나라를 구한다고 역성혁명을 일으킨 지도 400년. 권력을 둘러싼 골육상잔과 사색당쟁 그리고 왜란과 호란까지 겹쳐 백성은 도탄에 빠져 있다. 그간의 당상관이 한둘이 아닌 터에 또 과거공부란 말인가."

꼭 프랑스 혁명 10년 전이었다. 남녀의 귀천 없이 천주만 공경하면 복을 받고 하늘나라로 갈 수 있다는 가르침은 무엇인가. 변화를 갈망하던 당시의 시대분위기에 불을 당겼고, 희미하게나마 자유와 평등이 싹트기 시작했다. 양반과 관속들에 시달렸던 민생이 고개를 들었고, 남정네에 눌려 지내던 부녀자들이 손뼉을 쳤다. 죽음을 마다하지 않고 또는 죽음을 피해서 산 속으로 기어들었다. 다만 출세 지망생들에겐 권력은 아직도 속박의 원천으로 보이지 않았다.

그만큼 군사부일체는 철밥통이었고, 이에 맞서는 어떤 권위도 상상할 수 없었다. 그래서 지식인들은 곧잘 땅을 버리고 하늘로 오르려 했다. 오랜 풍류사상이었다. 현묘지도(玄妙之道)를 따라 죽림으로 도피하기 바빴다. 이에 당당히 맞섰던 이벽 선생. 그는 강론 6년 만에 문중의 압력으로 두문불출하고, 최치원의 글귀를 절명시 '어려서 우연찮게 하나님을 뵙고(糸入中天) 서른이 다 되어 그 도를 깨우치다(錦還天国)'에 담아 자진(自尽)하고 만다.

강학회가 파한 후 일부 양반들은 다시 과거공부에 몰두했다. 약전과 약용 형제도 대과에 급제한다. 그러나 천주교는 힘없는 백성에게 엄청난 변화를 몰고 왔다. 선생 사후 100년간 수만 명이 박해받고, 수만 명이 순교한 끝에(1886) 종현(명동)성당의 착공이 허락된다. 당시 심산유곡에 흩어진 신도 1만 5000명(서울 800명)이 지게꾼과 광주리, 행낭 것들이 되어 동학란·갑오경장·을미사변·아관파천을 뚫고 올라와 몇 달씩 노력 봉사를 했다. 준공에 12년이 걸렸다.

만민평등사상은 홍경래난 등 여러 민란으로 이어지고 신교가 들어오자 더욱 거세졌다. 전덕기의 상동청년회, 안창호의 신민회에 이르러 드디어 권력을 해체하고 이를 백성에게 돌릴 궁리가 샘솟으니 공화제였다. 그러나 이미 나라는 기울었다. 자유·평등 세력은 광복운동에 나섰으나 중구난방이요 무책이 상책이었다. 오랫동안 부패특권을 부추긴 만동묘의 유교이상주의에서 무엇이 나오겠는가. 비분강개요 사회주의요 무정부주의였다.

언제나 특권을 향해 달려가는 인재들의 행렬이 붐볐던 조선과는 달리 시험으로는 귀족(武士)이 될 수 없었던 일본에서는 여러 분야에서 수재들이 두각을 나타냈다 농민 쇼에끼(昌益)가 성인강도론을 들고 나와 권력을 규탄했다. 계급사회(私法盜亂)로부터 무계급사회(自然活眞)로 이행하기 위한 방책을 제시했다. 일하지 않는(不耕貪食) 무리를 대표하는 성인(聖人)을 타도하고 일하는 다수(直耕直織)의 협동체(정부)를 내세웠다.

　가부장적 충신이었던 조선의 인재들은 어디까지나 군주제였다. 이수광이 1614년『지봉유설』로 서양문명을 소개한 이래 조선 실학은 몰락 양반과 서족·중인들에 의하여 발전되어 갔으나 대부분 개량(煩瑣) 유학을 벗어나지 못했고 누구도 군주에게는 대들지 못했다. 중국도 겨우 청말(淸末)에 캉유웨이가 유교를 국교로 하는 입헌을 논했을 뿐이었다. 뒤늦게 서양을 배우고 돌아온 가난뱅이들이 공화제를 이끌었으나 프랑스 혁명 100년이 훨씬 자나서였다.

　부패특권은 뿌리가 깊었다. 공화국이라 해도 조선의 인재들은 귀족 공화국을 꿈꿨다. 일본이 물러가자 그들은 결국 나라를 찢어 가졌다. 관살(官煞) 맞은 원혼들이 구천을 떠돌며 탈법과 편법을 부추기고, 잘난 만큼 잘 살아야 한다는 관속들의 직업관은 여전히 손을 벌리게 했다. 하나님의 말씀을 따르려는 백성의 공화국은 멀어져 가지만 세계화로 덮어씌우며 잘도 뭉쳐간다. 해봤자 강약부동으로 농업과 중소기업이 다 떨려나는 큰 재앙이 될 것이다.

　강자만 사는 나라는 도처에 위기를 양생한다. 왜정 때도 강자는 잘 살았고, 북도 강자는 잘 살지 않는가. 굴종하는 다수는 결국 반란을 일으키고 사회는 늘 불안하다. 불안은 결국 승자를 위협할 것이다. 인류 공영은 물 건너가고 세계평화는 위협받는다. 해결의 길은 민존이요, 이 때 백성은 바로 만백성이요 힘없는 다수다. 동양에서 다수를 위한 정치를 주장했던 맹자는 당초엔 경서 축에 들지도 못할 정도로 오랜 경계인이었지만 기실 이룬 것은 없었다.

　이러저런 생각 끝에 기중난이 당도한 곳은 천진암이었다. 한 줄기 선연한 빛이 하늘로 뻗어 있었다. 경학을 공부하다 스스로 하나님을 영접

하였기에 교황청에서도 세계 유일무이의 자생성지로 지정하였다니 실로 놀라운 일 아닌가. 입만 열면 공맹이요 눈만 뜨면 소중화인데, 그 비좁은 틈을 어찌 비비시고 하나님이 들어오셨단 말인가. 하늘 아래 첫 천국을 세우려함이 아니시겠는가. 기 영감은 먼저 얼음물(氷泉)로 세수를 하고 네 분 성인 묘를 참배했다.

다산 선생이 최연소로 이 곳 강학회에 참여하셨다고 하니 감전된 듯 온몸이 저려왔다. 공직에 있을 때 처음 간행된『목민심서』를 읽고, 선생의 시대를 뛰어넘는 공직관에 매료되었었다. 공직을 물러난 뒤에 곧바로 선생의 고택을 찾았을 때만 해도 선생이 천주교와 맺은 인연을 잘 알지 못했었다. 유배 만년에 완성한『목민심서』가 실로 신약경전이란 생각이 들었다. 해배 후에도 이를 꼭꼭 감추려 할 분위기였으니 선생을 배교로 모는 것은 천부당하다 하겠다.

부패특권 안에 있다 밖으로 나온 사람에게 안에 있을 땐 뭐했노 할 수도 있으나 극명한 참회이기에 많은 사람에게 경종을 울릴 수 있었다. 다만 오늘까지도 그 흙탕물이 도도히 흐르고 있으니 한심하기 그지없고 회의와 착종이 가라앉질 않는다. 배신자가 될 수도 있고 또 달리 전과자로 몰릴 수도 있을 선생이셨으니, 선생의 특권 탈락은 그 방대한 비판적 저술을 남기기 위한 하나님의 역사 같기만 하다.

천진암의 발견은 그걸 말하고 있는 게 아닐까. 그러나 한편으로 아랑곳 없이 부패가 굴러가니 이를 까뒤집는 것은 국민들에게 언젠가 부패가 끝날 것이라는 헛된 희망을 안겨주어 오히려 부패특권을 참고 견디게 함으로써 그 지탱을 도울 뿐이라는 역설도 만만치 않다. 서투른 헌책보다 체념이 낫지 않을까. 체념은 비탄을 낳고 비탄은 오히려 혁명을 낳는다고 하지 않는가. 그러나 기 영감에게 천진암은 한껏 부푼 희망으로 가까이 다가왔다. 서둘러 탑골의 정치 영감들을 불러모아야 한다.

남한강가에 널려 있던 암자를 고시촌으로 만들었던 선비들을 이끌고 이제 탈 권력의 봉사정신으로 충만한 새 인재를 양성해야 한다. 천진암이 그 앞장을 서지 않는가. 기독교가 교리로 들어와 실학철학에 심취한 최고 인텔리로 하여금 교회를 설립케 하듯 쓴맛 단맛 다 본 영감들이 한 목소리로 신질서를 내지르면 어찌 하늘이 열리지 않겠는가. 봉제사가 생명이던 시절 신분에 관계없이 이를 버리고 숨져 간 그 많은 순교자들이 우리를 음호할 것이다.

기복적 요소는 어느 종교에나 다 있으니 그것만 가지고 기독교가 숱한 탄압을 무릅쓰고 신속히 전파되었다고는 할 수 없다. 분명히 이 시대에 큰 변화를 주시려함이 틀림없다. 이제 하나님이 우리에게 주신 개혁과 진보의 계시를 실천하는 일만 남아있는 게 아닐까. 기중난은 지금 탑골을 잃고 방황하는 정치 영감들을 만날 자신감이 생겼다. 몇 마디 말만 건네면 모두들 큰 생광으로 여기고 따라나설 것으로 자신했다. 그만큼 그의 탑골은 단단했다.

영감들은 한때 증오의 논리로 무장했으나 증오는 아무리 과학으로 포장해도 또 다른 갈등을 낳고, 결국 아무런 진보도 이룰 수 없음을 깨닫고 다시 의로운 길을 찾아 나섰던 차였다. 모든 사람이 최선을 다해 일하고, 그 성과를 공정히 나눔으로서 항상 창조에 목말라하는 그런 세상을 그리던 영감들이었으니, 그 이상미가 이제 기독교에 응집되어 개화할 수 있다면 마다할 이유가 없었다. 온 인류의 모범으로 꽃피울 극상의 기회를 놓치려 하겠는가.

부정부패 청산은 진정한 자유와 평등과 박애의 전제이며, 그것 없이는 구원도 근대화도 선진화도 불가능하다고 믿었던 영감들은 좌절과

절망과 망상 끝에 모두 죽었다고 포기한 의인을 자처하고 나서며, 지혜
와 재산과 체력을 있는 대로 바치고 죽음을 마다 않기로 작정했던 것
아니었나. 이제 하나님이 그 의인을 부르시니 흔쾌히 응할 것이다. 서로
오래 만나지 못했어도 그만큼 고민하고 다졌기에 지금쯤은 모두 비슷
한 결론에 도달해 있을 것이었다.

칠십이 다 된 구부정 영감은 오늘도 구시렁거린다. 인재를 키워야 할
터인데 어떻게 하면 좋겠는가. 청춘을 노래하고 장년을 자랑하며 영글
만큼은 영근 삶이지만, 이제야 말로 남은 십 년을 달리 살다 그 끝에서
당당하게 죽음을 만나야 할 것 아닌가. 누군가 삶을 돌아보고 자식들이
물려받을 앞날을 걱정해야 한다. 안 그러면 부패가 판치는 세상은 수그
러들지 않을 것이고, 자식들은 타성에 젖어 물 텀벙 술 텀벙 한심한 세
상을 살 것이다.

살만큼 살고 알만큼은 아는 원로들이 지나치지 말고 고민해야 한다
고 구 영감은 생각한다. 이 나라의 잘난 사람들은 대체로 공권력을 넘본
다. 인재들이 모략과 술수로 권력을 다투면 대다수 국민은 박수를 보낸
다. 자신들이 활극의 주인공으로 착각한다. 국민 스스로 동물왕국을 건
설한다. 누가 권력의 최면으로부터 사람을 해방하고, 황폐한 이 땅 위에
백성들이 거처할 푸른 숲을 가꾸겠는가. 세상을 바로보고 대들 아들딸
들을 탄생시켜야 한다.

어디서 좋은 짝을 구하랴. 어디서 진주를 줍고 다이아몬드를 캐랴.
해란강가에서 자란 여인, 할아버지가 독립군으로 최후를 마친 집안이면
좋다. 쉽지 않을 것이다. 누구도 그걸 알아주지 않고, 누구도 그걸 자랑
하지 않으니까. 하나님을 믿으면 더 좋겠다. 죽을 때까지 하나님의 칭찬
받을 일을 찾아다니다 만나는 사이면 좋기 때문이다. 구 영감은 고부랑

영감을 만나 뜻을 같이 하고 조선족이 많이 사는 구로역에 내린다.

"우리가 잘못 온 건 아녀" 하면서 많은 영감들이 구로정에 오르고 있었다. 옛부터 늙은이들이 모여 나라 걱정을 한 곳이다. 어느 새 정치 영감들이 많이 와 있었다. 기중난 영감도 수소문 끝에 구로정에 합류했다. 이심전심이라고 할까. 여러 말이 필요 없었다. 오는 3월 1일 조선조를 이끌어 온 가짜 군자들, 아직도 한국을 이끄는 이들을 단죄하고 그들의 군자론을 불사르기로 한다. 제2독립선언이었다.

나 . 기 도 의   힘

영감들은 천진암을 향했다. 100일 기도를 드리고 일제히 일어나 솟아나는 샘물에 씨를 뿌릴 것이다. 아희들을 건져내어 반석 위에 올려놓을 것이다. 기중난 영감이 앞장섰다. 천진 계곡을 오를 때 깨어난 물소리가 요란하고 연둣빛 꽃망울이 나뭇가지를 맴돌며 영감들을 반갑게 맞이했다. 가짜 군자들을 잡도리 할 때 많은 영감들이 침침한 눈물을 흘리며 야윈 주먹으로 만세를 부른 것이 어제런 듯 기 영감을 설레게 했다.

바로 뒤에 장인귀·차법대 영감, 그 뒤에는 안나리·신방패·모리천 영감, 그 뒤로는 민총계·한우리 영감, 또 그 뒤로는 고루주·사랑남 영감, 그리고 마지막으로는 피괄어 목고추 영감이었다. 계곡 중턱에 이르자 멀리 앵자산이 천진암 양 옆으로 각선미를 뽐내며 환한 웃음으로 열두 영감을 맞이하고 있었다. 용두봉미(龍頭鳳尾)요 황운기호(皇運騎虎)에 단학비상(丹鶴飛翔) 아닌가. 벌써 영감들의 정기는 단전으로 무게를 잡는다.

열두 영감들은 용소(龍沼)에 이르러 상탕에 세수하고 중탕에 몸을 씻고 하탕에 발을 씻는다. 새 옷으로 갈아입은 영감들은 빙천을 뒤로 하고 가부좌를 튼 채 좌정했다. 모두들 산란(散亂)을 버리고 선정(禪定)에 들어갔다. 이윽고 기 영감이 기도문을 읽는다.

"하나님 아버지. 조선이 국권을 일본 제국에 헌납하자 500년 조선 지혜와 조선 교범의 가치가 소진되었음을 깨달은 이회영 선생은 조선의 명예와 재산을 모두 팔아 무관학교를 세웠고, 한미(寒微)에서 기신한 김구 선생은 나라를 세워 그 청소부가 되기를 다짐하였습니다. 두 분의 뜻을 받들고 오직 봉사하는 마음으로 나랏일을 맡을 새로운 인재들을 양성코자 뜻을 같이한 열두 늙은이가 엎드려 100일 기도를 올립니다."

기도회를 마친 영감들은 나라의 동량들을 많이 얻었으나 키울 일이 걱정이었다. 기중난 영감의 제의에 따라 각 영감이 계자훈 하나씩을 지어내기로 했다. 먼저 장인귀 영감이 나섰다.

"새 나라는 장인이 귀한 나라다. 자식들을 장인으로 키워야 한다. 어느 분야에서나 전문 지식과 전문 기술을 가진 자들의 세상이 되어야 한다. 특히 첨단기술을 닦기 위해 공대를 보내야 한다."

차법대 영감이 거들었다.

"옳아요. 법대 출신과 유명대 출신들은 이제 쉬어야 해."

안나리 영감은 한술 더 뜬다.

"공무원은 종인데 나리 행세하는 녀석들은 쫓아내야 한다. 자식들을 그런 일에 앞장서도록 키워야 한다. 뇌물이나 술대접, 어떤 청탁도 배척해야 한다. 그렇게 해서 되는 사업은 하지도 말며, 또 그렇게는 사업을 키울 생각도 말아야 한다."

신방패 영감도 급하다.

"나리뿐 아니라 한통속으로 돌아가는 신문·방송도 쳐내야 한다. 사설은 주청(主淸)인데 광고는 작탁(作濁) 아닌가. 관변에 붙어사니 호랑이를 가장한 여우로다.”

모리천 영감은 그것보다 더 급한 게 있다고 한다. 모리(謀利)를 천시해야 한다는 것이다.

“모리는 부정부패의 온상이며 인성을 파괴한다. 싸게 사서 비싸게 파는 짓, 공해산업이나 유해식품, 전월세, 고리대금, 각종 투기 등을 멀리하고 부가가치를 창출하는 영리(營利)에 힘쓰도록 해야 한다. 이윤은 소비자의 아름다운 격려금이 되어야 한다. 더 좋은 제품, 더 기찬 서비스를 만드는데 써야 한다. 오직 격려금을 올리려고 복잡하게 소비자를 속여서는 안 된다.”

민총계 영감은 다수의 민초들이 잘 살아야 한다고 했다.

“적어도 그들의 불편(食苦·學苦·病苦)은 없애야 한다. 아무리 팔자 늘어지게 잘 늙었어도 희희낙락하지 말고 늘 삼고를 보살피고 죽어야 한다.”

한우리 영감은 북한은 오랜 동안 우리와 같은 공동체라고 했다.

“남과 북은 외세에 의하여 찢겨진 것이다. 미·소가 아니라 영·미가 분할 점령했다면 벌써 통일되었을 것이다. 미·소 적대가 끝났으니 우리의 적대도 끝내야 한다. 한 번 공동체는 영원한 공동체를 꿈꾼다.”

사랑남 영감은 역시 사랑만이 접착제라고 주장했다.

“이웃을 사랑하는 자세야말로 공동체의 가장 요긴한 덕목이다.”

고루주 영감도 한 수 거든다.

“자기가 가지고 있는 재산이나 지식, 기술을 골고루 나누는 데서 사랑이 꽃핀다.”

다음은 피괄어 목고추 영감이다.

"피 끓는 아희들을 키워야 한다. 권력에 기신거리지 말고 항상 맞서야 한다. 불의를 보면 덤벼들고 향수로 치장한 오리들을 잡아내야 한다. 그런 인재들이 스크럼을 짜야 한다."

기 영감이 정치 얘기를 꺼낸다.

"새 정치는 별난 군자(君子)가 아니라 보통사람 가운데 기중난 사람이 맡아야 한다. 모인 중의 한 사람이면 족하고, 그 위로 군림한다는 생각을 버려야 한다. 좌상이라는 말이 옛날부터 있었다. 면장이 모여 군수를 뽑고, 군수가 모여 도지사를 뽑는 식이다. 지역 사정을 잘 알고 매사를 정직하게 이끄는 사람을 키워야 한다. 국회의원도 그런 사람을 시켜야 한다. 선거 혁명이라 하는데 선거 방식부터 고쳐야 한다.

우편으로 자기를 소개하고 라디오나 TV에 나와 소신을 밝히도록 하면 그런 사람이 뽑힐 것이다. 내각수반도 국회에서 뽑아 그때그때 책임을 물으면 제왕적 통치는 사라질 것 아닌가. 지난 날 그 야단법석을 떨고 정치인을 뽑아서 잘한 게 뭐 있는가. 정치만 바로 서면 다른 분야는 서로 얽혔다가도 쉽게 풀린다. 못된 사람들이 부패특권을 틀어쥐고 있어 더 어렵다. 봉사할 자신이 없는 자식들은 공직을 넘보지 못하게 해야 한다."

영감들은 서로 옳거니 하며 결의를 다진다. 그러나 더 할 일은 없는가. 글로써 남겨 정의를 위해 방황하는 자에게 길을 밝혀야 한다. 그렇다면 또 하나의 발분저서 아닌가. 발분저서가 왜 약한가. 다산의 역작『목민심서』도 발분저서였으나 후진들에게 더없는 지침서가 되고 있지 않은가. 지금은 금서가 아니니 우리들의 소망이 많은 사람들에게 읽힐 것이다. 우리는 나아가 올곧은 생각을 실천하려는 자식들을 물심양면으로 지원할 수도 있지 않은가.

한 가지 더 중요한 일을 놓쳐서는 안 된다. 다시 기도다. 틈만 나면 기도를 드려야 한다. 기도는 2대 신부 최양업이 수운선사에게 권할 정도로 하나님을 향한 첫 관문이다. 그리로 들어가면 응답(應答)을 받을 것이니 모두 한 소리로 정성을 들이면 뜻을 이룰 수 있지 않겠는가. 동학도 기도에만 의지하였다면 그 큰 희생을 막을 수 있었을 것이다. 하나님은 꼭 들어주실만한 소원은 들어주신다고 했다. 욕심과 원망을 버리고 의를 구하면 주실 것이다.

그런 사람을 키워야 한다. 희생을 감수하는 사람, 사업을 하나님 심부름으로 여기는 사람, 나누는데 기쁨을 찾는 사람 그런 사람이 어디 없나. 산을 내려온 영감들은 반기는 사람이 없는 비어 있는 집으로 들어선다. 부취(扶醉)할 치자도 환영할 수처(瘦妻)도 없었다. 혼자 잘난 체하고 다닌다는 핀잔뿐이다. 되지도 않을 일 누가 알아주랴. 일이 되는 것 같아도 떠들어서가 아니라 될 때 되는 것. 집안 건사나 잘하고 병 없이 살다 갈 궁리는 안 하고.

자식 손자들의 영롱한 눈빛을 바라보면 재산 있는 것 하나도 허투로 쓰지 말고 아끼고 아껴주고 싶어진다. 그 애들 장래가 내 장래 아닌가. 더러 나가서 품위 있게 먹고 마시는 재미는 또 어떠한가. 시중드는 아희들을 노련하게 바라보는 낙낙함은 무엇에 비하랴. 세상도 힘 센 사람, 꾀 많은 사람이 이기는 법이다. 이긴 자의 부귀영화가 무엇이 나쁘랴. 그것 없으면 누가 아귀다툼을 하랴. 오늘도 걷는다마는 진 자의 탄식도 또한 즐거움 아니겠는가.

개똥밭에 굴러도 이승이 좋다고 했다. 여러 가지 악기가 다양한 소리를 내며 조화를 이루는 세상은 얼마나 듣기 좋은가. 한두 가지 악기가 불협화음을 내도 자연스럽기는 매한가지다. 자연의 조화가 그렇지 않은

가. 그래서 시인은 모든 것을 아름답게 오묘하게 신비하게 묘사하며 그들만의 심미안을 뽐내고 있다. 문학이 그렇고 예술이 그렇다. 어디서 패배자의 신음소리가 들리는가. 설령 있다 해도 다시 장엄한 합창 속으로 스며든다.

문명을 도전과 응전이라 하지만 열악한 환경 아래서도 죽치고 사는 사람이 많다. 아마존의 원시림, 동남아의 열대림, 사바나와 열사의 나라, 툰드라 혹한지대 등 응전의 대가라 하기엔 너무도 열악한 문명이다. 그래서 문명은 하나님의 영역이다. 다 같이 원시에서 출발했지만 하나님이 그 거대한 구상을 요리조리 실천하신다고 봐야 한다. 우리는 이를 진보로 보고 우리 시대에 걸맞은 사명을 찾아 나선다. 단순한 이기의 개발이 아니라 자유와 평등의 대의다.

우리는 자주 우리만 못한 문명과 비교하며 이만하면 됐다고 자만하거나 더 나가려는 노력을 제주(制肘)하는 경우를 본다. 모두 패자를 배려하자는 논의를 잠재우려 함이다. 큰 승자와 큰 패자가 없는, 작은 승자와 작은 패자가 많은, 승자가 패자를 쓰다듬는, 그리하여 수치보다는 감사를 이끌어내는 사회가 돼가는 과정을 진보로 보는 것이다. 보수란 진보를 부정하는 것이 아니라 인정하되, 다만 그 조급성을 경계하는 포지셔닝이 되어야 한다.

영감들에게 영감들의 부모들이 겪은 조선은 가장 실감난다. 대여섯 살 때 의병이 쳐들어온다 해서 장독대에 숨었다. 또 행진하는 독립군을 따라가며 어른들이 음식 대접을 하던 일로 기억이 이어진다. 지금의 말로 의병이요 독립군이지 그때는 똑같이 무서운 도적 떼였다. 지방 갑부들은 종들을 풀어 용마루를 지키게 하고 화승총을 쏴대며 도적을 물리쳤다. 서울진공 총대장이 부친상을 당해 물러나자 허위 장군이 뒤를 이어 분투하다 처형당한 후였다.

의병을 곱씹어 본다. 강약부동인데 누구의 어떤 승리를 원했었는가. 의병이 없어 나라가 망할 것도 아니고, 의병이 있어 나라가 구해질 것도 아니었다. 1492년 콜럼버스가 신대륙을 '발견'한 이래 서양인들이 벌 떼같이 달려들었을 때 인디언들도 대항전을 벌였다. 5000만 명이 죽었다. 처음은 옥수수나 감자·면화·담배 재배법을 배우며 동맹을 맺기도 했다. 이때 선진은 탐욕의 탈을 썼다. 토벌대장 세리던은 "좋은 인디언은 모두 땅 속에 있다"고 했다.

의병을 칭송하기보다 인디언은 씨를 말려야 한다는 뜻이었다. 탐욕이라 해도 아프리카 연안은 무역이었다. 내륙으로 들어갈수록 황금에 눈이 먼 살육이 피를 뿜었다. 탐욕이 문명이고 문명은 강식인가. 인종적 우월성을 얘기한다. 말콤 X는 피부색으로 갈라섰다고 한다. 원래 흑인이 먼저였으나 탐욕이 탈색을 시도해서 백인이 되었고, 이후 유색인종은 백인의 사냥감이 되었다는 것이다. 문명이란 이렇게 우여곡절을 겪으며 진보한다.

1466년은 정음 반포의 해다. 서양에서 멀지 않았다면 벌써 '발견'돼 코리아 인디언이 되었을 것이다. 실제로 1866년 셔먼 호가 서울로 잘못 알고 대동강을 거슬러 오르다 불살라졌다. 이때 '발견'되었다 해도 인디언은 면할 수 있었다. 이미 신대륙의 원주민이 모두 땅 속에 묻혔고, 아프리카가 증오로 가득 찼으며, 필리핀도 초토화 된 후였으니 배부를 만큼은 되었을 터였다. 1769년에 발견된 뉴질랜드는 원주민의 항복을 받아내고 겨우 공존의 은혜를 베풀었다.

강자들이 서로 치고받으며 끝내 양차대전에서 서로 5000만 명을 땅에 묻었다. 이리도 긴 피보라가 이 땅을 흥건히 적실 때 하나님은 어디에 계셨는가. 하나님을 믿게 하시려고 예수님을 보내시지는 않았다. 인간 욕망의 극치인 왕을 허락하시고 다시 그 욕망을 내려놓게 하시려고 예수를 보내셨음을 알게 된다. 그러나 2000년 가까이 예수님을 두려워하지 않고 번창일로를 걸어 온 제국(帝國)에 편승하기 바빴던 예수님의 제자들을 이해하기 어려웠다.

물거품이 된 메이플라워 서약은 더 마음을 무겁게 했다. 침략군을 따라다니며 전도에 전념했던 형제들도 그 간난을 이겨 낸 고통만큼 값지다고 하기 어렵다. 기원전 600년 예루살렘에서 건너온 인디언들에게 부활한 예수님이 나타나셨음을 믿으면서도 말일성도들은 그들의 신앙동산에 흑인의 접근을 막았고 유색인종을 백안시했다. 무엇이 하나님의 뜻이며, 탐욕 대신 사랑을 주신 예수님의 가르침은 언제 빛나는가. 아니면 예수님도 단순한 우상인가.

아니 하나님은 원래 없다. 환상을 좋아하는 사람들의 환상일 뿐이다. 우승열패 적자생존인데 정도이상(正道理想)이란 없다. 반란을 막으려는 절묘한 고안에 불과하다. 그러나 하나님이 계시다는 믿음, 그리하여 진보는 반드시 있다는 신념으로 추한 문명사를 딛고 우리는 여기에 서 있지 않은가. 다음 세대는 더 좋은 환경에서 살게 해야 한다. 약자란 보살피라고 주신 하나님 심부름이 아닌가. 인디언과 흑인을 비어두신 하나님의 뜻을 깨닫는데 사람의 지혜가 너무 느리다.

불행한 사람은 행복한 사람을 시험하시는 것 아닌가? 가난이란 넉넉한 사람을 덜게 하시려고 마련하신 바구니 아닌가? 느린 것은 하나님이 아니시다. 사람의 잣대로 하나님을 조바심내서는 안 된다. 철없이 불구자와 박약아를 놀려먹던 기억이 아프다. 약한 자를 괴롭히면서 날 괴롭히는 강자는 미워했다. 공부 못하면 다들 내게 무릎 꿇을 것을 그리며 머리를 싸맸다. 이웃을 배려하고 약자를 붙들려는 마음은 없었다. 그러나 자라면서 공동체를 배운다.

공동체는 서로 편리해서 만드는 것이요, 서로 편리한대로 살다보면 만들어지는 것이지, 어떤 공동체를 정해 놓고 만드는 것은 아니라는 주장을 아래로 보게끔 철이 든다. 베트남에 대한 융단폭격을 사과만 했어도 제2, 제3의 탐욕을 자제하는 계기가 될 수 있지 않았을까. 자유라지만 많은 사람들이 공동체를 지향하는데 국가권력은 왜 이렇게도 잔인한가. 신자유주의를 내세워 약자를 궁지로 몰고 있으니, 그늘진 구석에서 빛을 바라는 눈망울이 보이지 않는가.

하나님은 경쟁을 좋아하시지만 탐욕은 싫어하신다. 경쟁도 미워하신다고 믿는 사람은 하나님의 사랑이 경쟁과 탐욕 사이에 진을 치고 있음을 착각하는 것이다. 하나님은 물로 불로 징벌하시다 차츰 계명으로 막으셨다. 오래 참으시는 하나님은 마침내 예수를 보내신다. 예수님이 십자가를 지고 탐욕의 근원인 권력에 대들어 피를 흘리신 자리에 인민주권과 공화제가 싹튼다. 그러나 모든 사람이 하나님의 은혜를 받게 되기까지 갈 길은 아직도 멀다.

영감들은 다시 집을 나와 구로정에 모인다. 무엇인가 잡힐 듯한 대안이 있어야 한다. 차법대 영감이 먼저 열을 올린다.

"인재들의 인생관을 바꾸어야 한다. 공대를 지망했다가도 법대에 와서 강의를 들으니, 법대 강의실과 도서실은 비법대생들로 만원이다. 개나리가 되려고 기를 쓴다. 영국에서 산업혁명을 일으킨 것은 귀족이 아니었다. 평민들이 귀족이 되려고 한 짓이다. 일종의 반란이었다. 그래서 문명이 많이 약탈적이고 권력은 다시 수탈적이었다.

우리는 시험을 통하여 누구에게나 귀족이 될 수 있었기에 수재들의 반란은 한 번도 없었다. 수재들은 양반이 되기 위하여 사서삼경에 매달렸다. 과거가 없어지자 한성영어학교로 뛰었고, 법관양성소로 개편되자 우르르 그리로 몰려갔다. 지금도 별반 달라진 게 없다. 다만 선거가 추가되었을 뿐이다. 그들이 주도한 발전, 소위 개발이란 특혜를 통한 재벌 형성과 모사품 대량생산 체제로 요약된다. 대기업만 잘 살고 나머지는 전부가 근근이 살아가는 세상을 만든 것이다.

이제 수재들이 수재답게 반란을 일으켜 유무상통의 신문명을 창조해야 한다. 약육강식을 누리는 특권을 철폐하고 특권 관료를 몰아내야 한다. 아랫목에서 밥 먹고 윗목에서 싸지 않는 한 관권과 부딪치게 마련이지만, 먼저 큰 특권과 만나는 자리에는 가지 말아야 한다. 특권 비리를 시민단체에 고발하는 등 시민운동과 긴밀히 연계해야 한다. 특권 관료들의 작폐로 인하여 고달파지는 민생과 다양한 방법으로 연대해야 한다.”

기 영감 옆으로 다시 영감들이 몰려온다. 노개탄 영감이 끼어든다.

“지난 시절 뜻있다는 사람들이 노상 개탄만 하다가 세월을 다 보냈지 않았는가. 다산 선생도 공직자들을 위한 전범을 만들며 울화를 달래기 바빴다. 그것도 공직을 쫓겨나와 한 일이다. 불온문서를 작성하는데 그쳐서는 안 된다. 탄식과 분노 사이로 똑같은 부패는 계속되고 있다. 선거를 전후해서 대부분이 범죄자가 되는 데도 그들은 부끄러움을 모르지 않는가. 정치자금이란 무엇인가. 영수증 써줬다고 되고, 영수증 없어도 뒤탈 안 나면 깨끗한 정치인가. 앞으로의 산업은 창의력이 판친다. 우리도 고분벽화나 석굴암, 봉덕사종에서 보면 얼개를 엮고 그림을 그리며 주물을 붓는 재주가 탁월했었다. 부패특권의 가렴주구가 그 싹을 도려 낸 것이다. 서양문명이 들어올 때까지 우리의 특권은 고작 지게나 쟁기, 고무래로 농업에 드러누워 있었다. 농법개량이나 수리시설, 전제

개혁을 외면하고 가렴주구였다.”

옆에서 민운동 영감이 거든다.

“그래서 시민운동밖에 없다는 거 아녀. 안 해본 게 이것 밖에 없으니. 부패특권을 몰아내지 않으면 모든 일에 열심이 나지 않아. 생산성이 주저앉는 거지. 특권에 빠져 젊은이들 마음에 드는 직장을 마련해줄 생각을 안 하니 염세주의와 기세주의가 판치네.”

장난리 영감이 목청을 돋운다.

“시민들이 깨어나 한바탕 난리를 쳐야 하네. 허나 젊은이들에게만 맡겨선 안 될 것이 또 다른 욕심으로 번지기 때문일세. 원로들이 꿇아야 한다.”

기중난 영감은 가만히 오랜 구상을 만지작거린다. 나실인의 집이었다. 영감들이 한데 모여 기도할 수 있는 집이다. 여생을 하나님께 바치기로 한 영감들 아닌가. 천진암 근처면 더 좋겠다. 기도하고 토론하고 시민과의 소통을 위해 사이트를 연다. 집단행동에도 참여한다. 우리 것을 집어삼킨 세계경제가 카지노 금융으로 비틀대고 있는 것도 큰 걱정이다. 바로 가려 해도 역시 신권력이 들어서야 한다. 천만번 고쳐먹어도 공직을 바로세우는 일이 급하다.

다 . 천 지 인 합 일

영감들이 각자 약조대로 궁행(躬行)에 들어가면서 한 달에 한 번씩 만나 서로의 성과를 헤아려 보기로 했다. 첫 모임이 있던 날 깔끔하게 차려 입은 노신사가 불청객을 자처하며 아무렇지도 않게 구부정 영감과 고부랑 영감을 따라 들어선다. 영감들에게 한문을 가르치는 두날개 선생이었다. 선생이 처음 의병의 후예라 했을 때는 모두 숙연했으나 25년 미전향 장기수라 하니 대부분의 영감들은 벌레 씹은 얼굴이었다.

고부랑 영감이 선생을 소개한다. 제천 명문가에서 태어나 사서삼경을 섭렵한 선생은 스무 살이 다 되어 상경했다. 신학문을 배우다 우연히 『사회발전사』 한 권을 읽고 곧바로 사회주의 운동에 뛰어들었다. 권력 생각은 없었고 그저 노동자 농민을 위해 열심히 일하자는 결심뿐이었다. 늦둥이로 태어났지만 그의 몸 속에는 의병 막료였던 아버지의 피가 흐르고 있었다. 독학으로 완성된 그의 공산주의 이론은 그 누구에게도 꿇리지 않을 정도로 단단했다.

제천은 오래 전부터 난세를 편히 지낼 수 있는 터전으로 꼽혀 왔기에 많은 세도가들이 눈독을 들였고, 도인과 도사들의 출입도 만만치 않은 고장이었다. 해방이 되었을 때 심산유곡에 숨어 살던 도사들이 상투를 틀고 도포자락을 휘날리며 제천 땅 암수굴(雌雄窟)로 모여들었다. 후천개벽을 믿는 강증산의 후예들과 정도령의 출세를 믿는 유생들이 대부분이었다. 이들은 차력(借力)과 둔갑술(遁甲術)로 많은 사람들의 눈길을 사로잡았다.

아침에 서울로 떠나 저녁에 돌아와서는 축지법을 과시했다. 1946년 늦은 봄, 서울 남산에서 조각(組閣)을 선포하려다 신장(神將)이 동하지 않자 다음을 기약하며 뿔뿔이 헤어졌다. 장년의 두날개는 모든 것이 가소로웠다. 축지법으로 무엇을 할 수 있단 말인가. 겨우 제천서 서울, 서울서 공주 아닌가. 이에 비하면 사회주의 건설은 하나의 역사 법칙이요 온 세상이 이를 필연으로 받아드릴 날이 오고 있지 않은가. 그는 희망과 자신에 벅차 있었다.

그는 군정의 공산당 탄압이 시작되자 근신에 들어갔다. 6·25를 맞아

월북했고, 10년 만에 당 중앙의 부름으로 받고 남파되었다가 접선 실패로 체포되었다. 그러나 전향은 어려웠다. 청춘을 바친 항일운동이요 혹독한 고문을 견딘 사회주의 아닌가. 거기다가 그는 북에도 아내가 있고 두 아들이 있었다. 어느 가족이나 소중하기는 매한가지였다. 헤어지던 날의 애잔했던 아내의 모습, 막 말을 배우던 아들과 겨우 태어난 둘째의 얼굴이 아른거렸다.

수감 중 면회 온 가족들이 여러 번 전향을 호소했지만 그의 마음은 처연하기만 했다. 노모가 와서 대성통곡할 때는 가슴이 찢어지는 듯했다. 그 모습 그대로 꿈에도 자주 나타나셨다. 그때마다 그는 크게 울었다. 처음 통일되면 기꺼이 물러나겠노라던 북의 아내가 아희들을 떠올리며 호적에 올려달라고 흐느낄 때 그는 처음으로 크게 울었었고, 아기자기하게 살만큼 되었을 때 남에 내려가라는 지시가 떨어져 아내와 부둥켜 안고 또 크게 울었었다.

고 영감의 설명은 어느 새 열변으로 끝났다. 이번만이 아닌 듯 달변이었다. 두날개 선생은 겸연쩍은 듯 말문을 열었다.

"교도소에서 10여 년 간 사회주의를 지켰다. 그러나 차츰 미제의 식민지 남반부가 연이어 개발계획에 성공하고 인민생활이 활기를 띠고 있음을 알게 되면서 깊은 고뇌에 빠졌다 고향 마을에 모여들었던 축지법을 나도 모르게 믿었던 게 아닌가. 축지법을 황당하게 여긴 나의 축천법(縮天法)도 기실 또 하나의 축지법이었다. 나의 번민은 미칠 듯이 책을 읽게 만들었다. 양의 동서를 넘나들며 여러 가지 생각들을 파악하고 비교했다. 동으로 가면 서에, 서로 가도 동에 이른다. 하늘은 동서로 갈려 있지 않다. 높은 정신, 큰 지혜, 큰 생각은 동·서양이 같다. 공자는 아는 것과 모르는 것을 정확히 아는 것이 진실로 아는 것이라 했고, 소크라테스는 내가 오직 아는 것은 모른다는 것이라 했다. 솔론은 도를 넘지 말라 했고, 논어는 지나친 것은 모자람과 같다고 했다.”

미수(米壽)를 바라보는 두 노인이 하늘과 땅, 좌와 우, 남과 북, 생과 사, 동과 서를 가로지르며 탐구와 천착, 침잠과 회의, 회한과 좌절 끝에 토해내는 희망의 얘기에 영감들은 그럴 듯이 솔깃해진다.

“대접받고자 하는 대로 남을 대접하라는 기독교의 황금률은『논어』나『중용』에도 나온다. 남이 싫어하는 것을 행하지 말라고도 했다. 이것들이 죄 허망한 것은 아니다. 그런 것들이 기초가 되어 새로운 율법이 세워지기 때문이다.”

자기를 소개해준 고 영감에 화답하듯 두 노인은 이렇게 대충 자기의 전향서를 낭독했다. 그리고는 호기(好機)왕자 생떽쥐베리와 그를 만나기 위해 대서양을 건너던 콩쉬엘로의 수기를 읽었다고·했다. 선상에서 전개되는 남미의 사치는 혀를 내두를 지경이었다. 파리의 보석과 향수를 자랑하는 여인들이 우글거렸다. 죽은 자의 이빨로 보철을 하는가 하면, 비만치료를 받으며 지루한 항해를 잊기 위해 변해 가는 몸매를 자랑했다.

나이 먹은 부인들이 더 극성을 부리고 코와 눈 성형에 열을 올렸다. 관세를 덜 내려고 매일매일 새 옷을 입고 나와 헌옷을 만들었다. 1930년 대공황 직전이었다. 사람의 욕심은 이런 것인데 어떻게 이것을 죄악시하고 막는단 말인가. 사회주의도 좋고 공산주의도 좋으나 누구도 이런 향락을 골고루 누리게 할 수는 없을 것이었다. 사람의 본능적 욕심에 기초한 자본주의가 몇 번의 고비를 넘겼지만, 아직도 번창하는 것은 그 기초가 튼튼하기 때문이다.

다만 문학과 예술과 철학은 물론이요 모든 문명의 이기(利器)까지 사

람의 생각이란 끊임없이 적립되고 바뀌어 나간다. 무어나 시몽의 이상
향, 프루동과 바쿠닌의 무정부가 그랬고, 또 공산주의도 있었기에 자본
주의도 강해졌다. 해방 공간에서 많은 사람들이 친일을 증오했고 또 단
정(單政)을 반대했다. 많이 죽었고 많이 북으로 갔다. 또 많이 남아 시장
경제와 민주를 일구어냈다. 옳다는 것은 무엇인가. 결국 결과 아닌가.

두 선생은 북한이 남침을 했으니 용서하기는 쉽지 않을 것이라 했다.
그러나 1950년으로 돌아가면 GNP 50 달러도 안 되었던 남한도 북한도
미·소의 꼭두각시였다. 소련이 무기를 대주고 남침하라 했다. 북한은
북침이라 우기지만 언젠가 사과할 것이다. 그러나 다그쳐서는 안 된다.
낙원을 건설한다고 반 백 년을 설친 땅 아닌가. 지금 사회주의는 고작
빵이었다. 그것조차 참담하게 무너지고 남은 것은 알량한 자존심뿐이
다. 그걸 가지고 무얼 하겠는가.

그들은 축지법을 고쳐먹지만 선생은 다 끝났다는 생각이다. 다만
유럽은 다른 민족끼리도 통합한다고 법석을 떨며, 미국은 다른 인종
과도 손을 잡는다. 세계화는 지금 어떤 모습으로 진행되고 있는가. 누
가 밑그림을 그리는가. 미국인가 아니면 그 배후에 정말 세계 권력을
꿈꾸는 프리메이슨이 있는가. 문명의 충돌을 기독교와 이슬람으로 보
지만, 두 가지는 같은 뿌리에서 나왔다. 그래서 선생은 진정한 문명
충돌이 동·서양 간에 일어난다고 본다.

그러나 아직은 세계화 시대다. 이는 메이슨의 오랜 꿈이다. 9·11은 그
꿈을 공격했다. 그 수법은 아마데라스(동방의 빛)의 도코타이(自殺特攻
隊)다. 제정 러시아의 예언자 블라바츠키는 아마데라스가 중국에 있다고
했지만, 사실은 천자(天子)의 나라가 아니라 천황(天皇)의 나라다. 일본
의 신정군국(神政軍國)이 한때 대동아를 꿈꾸며 또 다른 세계 군국 메이

슨에 대들었고, 지금 이슬람군국들이 이를 모방하여 메이슨과 싸운다.

싸움은 중국의 중재로 화해에 들어설 것이나 중국은 세계 질서를 꾸밀만한 역사적 밑천이 없다. 한국이 이를 대주어야 한다. 조선족만큼 오랫동안 사랑과 평화를 지켜온 나라가 없기 때문이다. 세계를 비추기 위해서는 아마데라스가 군국의 옷을 벗고 조선으로 건너와야 한다. 그래서 조선반도의 통일은 조선이 세계평화의 발전소가 되는 필수적 기반공사다. 다만 조선의 꿈을 세계에 펼치려면 그 꿈이 야무져야 한다.

조선 꿈의 원천은 평화로운 농사마을에 있다. 이를 상징하는 밝은 달(박달)이 하늘 높이 떠 있다. 그 공동체가 산업사회의 공동체로 탈바꿈해야 한다. 프리메이슨이 세계화의 과제를 중국에 넘기면 통일조선이 문명의 충돌을 막으며 세계화를 정착시키게 될 것이다. 대한의 임무는 무겁다. 이스라엘 뿐 아니라 대한민국도 시시하지 않게 태어났다. 미국이 남한을 해방시킨 때로부터 잉태된 것이다. 많은 고난 끝에 그 개벽의 시기가 무르익고 있다. 준비를 서둘러야 한다.

노인은 다급하다. 기중난 영감이 천진암 기도회를 묻는다. 고·구 영감으로부터 잘 들었겠지만 어떻게 보고 있는지가 궁금했다. 들고 나갈 공동체가 무너졌으니 무엇보다 그 복원이 우선이다. 빈부 격차요, 청년 실업이요, 지역 불균형이다. 그러나 조선조식(朝鮮朝式) 공직자 가지고는 아무것도 안 된다. 영감들이 제대로 짚었기에 오늘 여기에 온 것 아닌가. 선생은 개벽의 문을 찾은 듯 실로 감개무량한 표정이었다. 영감들 모두 주름살이 달아올라 여생의 결의를 다진다.

누가 이 일을 할고. 누가 이 일에 앞장 설고 자나 깨나 돋보기를 끼고 사방을 두리번거리던 두날개 노인. 100여 년 전에 진인(眞人)을 기다리던 암수굴의 도사들과 무엇이 다르랴 할 수도 있지만, 노인의 호루스(광명 또는 全視眼)가 피 말리고 뼈 깎으며 찾아낸 천진암에서 노인은 안도하듯 또 애원하듯 기중난 영감을 대견하게 바라본다. 눈시울에 눈물이 가득 채워진다. 나머지 영감들이 두 노인의 충정을 읽어가며 마른 주먹에 힘을 준다. 순간 천진암이 멀리 암수굴을 향해 잔잔한 추파를 보내고 있었다.

10 소리로 양*

늘 진리탐구에 목말라했던 양은 법대에 들어와서도 법철학이었다. 정의보다는 권력욕에 사로잡힌 동료들을 외면하고 숫제 예술적 천재들, 특히 특출한 음악가들의 삶을 천착하기 시작했다. 진리란 정의요, 정의란 천지조화요, 음악이란 그 기법이니 조화사회의 꿈 아닌가.

높은 커트라인과 천하의 수재들이 모인다는 다소의 공명심에 이끌려 법과대학에 입학하긴 했지만, 소리로 양은 언제나 모든 것을 알고 싶었지 한 번도 무엇이 되려고 열망한 적이 없었다. 사실 비슷하게 철학적 탐구심이나 예술적 탐닉열에 이끌린 젊은이들에게 법대는 넉넉한 공간으로 느껴지던 시절이었다. 그래서 1학년 교양과목 특히 철학개론과 문학개론·정치외교사·문화사들은 무척 구미에 당겼다. 그리고 전공이라 할 법철학과 헌법학·경제학도 강의를 들을 만했다.

다만 실정법을 중심으로 한 2학년부터는 실망과 절망에 빠지는 학생이 많았다. 그녀의 말대로 1학년부터 고시에 열올리는 환자들이 즐비했으니 학교는 숫제 학원으로 전락하는 기분이었다. 그녀는 도서관으로

---

* 여섯 차례에 걸쳐 《한마당》지에 실린 한 여류작가의 저서에 대한 서평을 형상화한 것이다.

도피해서 끊임없이 지적 갈증을 달래고 있었다. 그 때 가장 생기를 얻을 수 있었던 것은 예술적 천재들 특히 특출한 음악가들의 삶이었다. 침묵하고 있던 존재의 저 밑바닥에서 불현듯 생명의 수줍은 태동이 시작되는 걸 느낄 수 있었다.

그것은 하마 꺼져버릴지도 모르는 미동이었지만 점차 자라나 생각지도 않았던 놀라운 형상을 빚어낼 것 같은 환상에 빠지곤 했다. 그녀는 보들레르를 읊조린다. "안개 자욱한 생활을 억누르는/ 저 권태와 드넓은 번뇌를 뒤로 하고/ 맑고 빛나는 들을 향해 힘찬 날개로/ 나아갈 수 있는 몸은 행복도 하다/ 이승의 모든 것을 볼 수 있고 사랑할 수 있다는 것은 얼마나 엄청난 은총일까." 그녀는 다시 보들레르를 잇는다. "나는 돌의 꿈 모양 아름답다."

그녀는 치열한 인생을 살기로 결심한다. "삶에 대한 절망 없이는 삶에 대한 사랑도 없다"는 카뮈의 선언으로 시작된 그녀의 진리탐구는 내내 그녀의 생명선이었기에, 그녀는 관심이 가는 대로 여러 분야에 걸쳐 호기심을 갖고 천착하기를 주저하지 않았다. 철학이면 철학, 음악이면 음악, 미술이면 미술 어느 것 하나 그녀가 빗겨간 창조의 신화는 없다. 법대생들이 세상을 주름잡고 어지럽히는 세태를 무척 비꼬아보는 그녀의 자존심도 서서히 고개를 들었다.

법은 정의라지만 정의란 무엇인가. '진리는 나의 빛' 모든 대학의 모토다. 정의는 진리고, 진리는 전 지식인의 존재 이유다. 그런 정의를 내동댕이친 법대생들이 수두룩한데 그녀가 법의 정의를 천착하는데 일생을 바치지 않았다고 말할 수 있는가. 정의를 내세우지는 않았지만, 그가 부지런히 탐구한 진리는 곧 정의이기에 그는 법대생으로 전혀 손색이 없었다. 어느 권력의 시녀보다 '자랑스러운 법대인'으로 추천되어야 옳았다.

진리는 하나님과의 대화였다. 헨델은 극적 가능성을 한껏 고양시키며 그 대화로 오라토리오 <메시아>를 완성했다. 이래 50년간의 침묵을 깨고 나타난 하이든의 <천지창조>. 하이든은 노년에 이르러서도 완전히 죽지 않고 음악 속에 살아남기를 바랐다. 확실히 보통사람들과는 다르게 살다 간 음악의 천재들이 보낸 만년과 죽음을 통해 그들의 음악적 창조의 원천을 들여다볼 수 있다. 그만큼 음악가는 하나님의 의중을 음악으로 들어내는 데 철저했다.

아니 태초에 말씀이 계셨지만, 말씀의 태초는 소리였고 곡조였다. 모차르트, 슈베르트, 멘델스존, 쇼팽 등이 너무 일찍 완전한 음악적 표현에 성공하고서는 마흔도 안 된 나이에 때 이른 죽음을 감수해야 했다. 그러나 바흐 65세, 헨델 74세, 하이든 77세, 베르디는 거의 90세까지 살면서 창조적 에너지를 과시했다. 하나님은 예술가의 수명과 창조를 조종하시며, 사람의 언어가 아닌 악기의 소리로 하나님나라의 궁극적 아름다움을 설명하신다.

그것은 사랑이었다. 하이든은 <천지창조>에 전력투구한 후 2년 만에 작곡한 <사계>가 또 대성황을 이루자 "결국 사계가 나를 파멸시켰다"고 술회하면서 70세에 자신의 자유의지로 그의 창작을 접었다. 하지만 베토벤은 넘치는 의욕을 가슴에 품은 채 무덤으로 가야 했다. 슈만은 <환상곡>을 작곡한 26세 이래 그 활동을 중단한 것을 매우 아쉬워했으며, 베르디가 80세에 내놓은 <팔스타프>는 그의 과거를 거짓으로 단정할 만큼 새로운 창조였다.

음악가를 따라가다 보면 창조란 얼마나 위대한 것인가. 또 하나님의 비밀을 찾아내는 창의력이 어떤 조건에서 샘솟는가 하는 것을 느끼게 한다. 하나님의 말씀은 말씀으로 설명하는 어떤 이론과 논리보다 악기에 담아 나오는 하나님의 말씀이 먼저였다고 할 수 있다. 그 말씀은 사람들이 말귀를 올바로 알아들을 수 있도록 은혜를 베푸신 다음에만 전해질 수 있는 말씀보다 훨씬 폭넓은 하나님의 지혜로 울려 퍼졌다.

소리질 뿐이 아니었다. 몸질이나 몸짓은 또 어떤가. 거기에 니진스키가 있었다. 소리로 양이 인생의 막바지에서 지나온 날을 되돌아볼 때 영혼의 깊은 우물 속에서 메아리 되어 올라오는 이름들인 베토벤, 니체, 키에르케고르, 파스칼, 들라크루아, 두제 그리고 그 끝이 니진스키였다. 흔히 천재와 광기는 사이좋은 이웃이 된다고 하지만, 과도한 상상력과 극단적 과민이 특징인 예술가들은 종종 광증의 희생자가 되는 경우를 발견한다. 고흐나 니체가 그랬다.

1889년에 태어나 10년간 명성을 떨치다가 30세에 홀연히 정신병을 얻어 30년간 투병 끝에 사망한 천재 발레리나 니진스키. 흔히 그의 생애는 10년은 자라고, 10년은 배우고, 10년은 춤추고 그리고 30년은 암묵 속에 가려졌다고 말한다. 그 암묵 속을 도약했던 니진스키의 광기는 그 발병 전후 6주간의 그의 일기로 우리 앞에 소개될 수 있었다. 그는 하나님의 사랑과 그 아름다움을 온몸으로 말하려는 열정으로 정신과 육체가 모두 연소되었다고 했다.

이는 명성의 절정에서 암묵의 신비로 사라지면서 니진스키가 필사적으로 기록한 「영혼의 자서전」이다. 아무도 니진스키의 일기 같은 걸 남기지 않았다. 니체 최후의 고백서도 발광하기 직전에 쓴 것은 아니었다. 그래서 니진스키의 일기는 예술 사상 유일무이한 기록이 된다. 일기에서, 니진스키는 삶을 반추하며 자신의 벌거벗은 내면을 숨김없이 드러내 보여 전설로 남은 천재 예술가의 인간적 모습과 그 정신적 고통의 실체를 짐작할 수 있게 해준다.

소리로 양은 논리에만 매달리는 사람들의 잠재적 심미안을 부드럽게 일깨우며 말한다. 지휘의 역사에선 위대한 작곡가는 거의 모두 위대한 지휘자였다. 바그너와 리스트는 이 같은 전통의 마지막 거장이라 할 수 있다. 그러나 이후의 지휘자들은 작곡가가 아니라 모두 해석의 분야에 종사한 전문가들이었다. 다른 사람들의 창조를 재창조하는데 전념했던 것이다. 다만 구스타프 말러는 작곡가이자 지휘자라는 명성을 되살린 매우 예외적 인물이었다.

연주자는 화려한 연기로 열광을 불러모은다. 그러나 엄밀히 말해 그 것은 예술이 아니라 눈부신 기교다. 사람들은 마치 서커스처럼 연주자가 구사하는 최고의 기민성과 아슬아슬한 묘기를 즐기려 극장을 찾는 것이다. 그러나 진정한 기예는 작품의 완벽한 해석을 위한 수단이며, 빼어난 기교적 숙달이야말로 작품과 융합되어 그 절묘한 예술성을 북돋는다. 소리로 양도 유려한 문장과 아름답고 섬세한 표현으로 그 사랑의 아름다움을 연주하는 셈이다.

그녀는 지금 기진맥진하다. 반세기가 넘는 세월을 혼신의 노력을 다해 연주했기 때문이다. 그러나 지금도 문학예술을 담론으로 삼으면 그의 목소리는 한층 맑고 카랑카랑하다. 그녀를 지탱해 온 왕성한 작가정신이 되살아나는 것이다. 무한 탐구심은 오늘의 소리로 양 자체다. 그녀의 골격이요 육부라 할 만하다. 그는 독신으로 지내지만 후회는 없다. 누구에게나 결혼과 맞바꿀만한 가치를 발견하면 그렇게 하라고 서슴없이 권한다.

그녀는 삶이 때로 미지근한 목욕물에 깊숙이 잠겨 있는 것 같은 권태로운 상태라고 느낀 적이 있었다. 끝없는 자기혐오와 저항할 수 없는 염세관에 괴로워했다. 정열도 호기심도 꿈도 희망도 없이 재와 같은 무기력 속에 살아가는 산송장의 삶을 체험하기도 했다. 그녀는 그것을 아

무엇도 사랑하지 않는 지옥이었다고 탄식했다. 황금 두레박으로 한없이 퍼올려도 고갈되지 않을 것 같던 내면의 샘은 아주 메말라버리고 차디찬 빙하가 흐르는 듯했다.

그녀는 벗어나려고 몸부림쳤지만 모든 것이 후회였고 그 배후에는 권태였다. 보들레르가 하품 속에서 세계를 삼킬 수도 있는 놈이라고 말한 그 권태였다. 그러나 밤이 되어 집집마다 점멸하는 불빛을 보고 몸을 추슬렀다. 삶은 절대로 미워할 수 없는 것, 저 불빛이 삶의 신호등이요 해독되기를 강요하는 삶의 암호가 바로 저 속에 있다는 것을 깨닫고 불현듯 잊어진 가슴의 고동이 되살아나고 삶이 또다시 한 번 아름답고 매혹적으로 투영돼 옴을 느꼈다.

이 설렘이 죄다 내 것이며 내 심장인가. 그녀는 고귀한 데서나 누추한 데서나 삶의 리듬과 신비를 발견하고 순간적으로 가슴 저릿한 감동에 몸을 떤다. 그녀는 아직도 삶을 사랑하고 있음에 틀림없다. 생에 대한 집착이 사라지고 온갖 정열이 증발했다 해도 지긋지긋하게 기다리며 돌 속에서 꽃을 피워 내리라 절규했다. 지치고 피곤한 영혼에게 자연은 언제나 친절한 법이다. 그녀는 산책에 나선다. 누구의 발길도 닿지 않는 희고 순결한 새벽길이다.

희부옇게 터 오는 미명의 빛깔 속에서 아스라이 피어오르는 자욱한 안개를 뚫고 차고 신선한 금속성 공기가 뺨에 와 닿았을 때 알 수 없는 어떤 힘이 불쑥 솟아올라 가슴 속까지 와들와들 떨게 한다. 심장이여! 한 번 더 살아서 날 뛰거라 외친다. 그녀는 이렇게 몇 번을 쓰러지며 일어나곤 했다. 그리고 오늘 80을 바라보는 그녀는 쇠잔한 기도를 올리며 하나님께 감사하는 나날을 보낸다. 하나님은 하나의 생명도 소중하게 만변조화의 은총을 내리신다.

제3장. 제사장 왕국의 좌절과 희망

1 마지막 제사장 사무엘의 기도

가 . 하 나 님 을   뵙 기 까 지

　　　　　하나님! 여호와 하나님! 저의 어머니께서 하나님께 서원하시기를 아들을 낳게 해 주시면 그의 평생을 여호와께 드리고 삭도를 그 머리에 대지 아니하겠나이다 하셨기로 제가 젖 떨어지자마자 하나님의 성막에 들어갔으며, 엘리 제사장님의 잔심부름을 하며 하나님께 드리는 제례와 제단관리를 익혀나갔사옵니다. 성년의 예를 올리고부터는 400여 년 전 모세 할아버님이 기록해 놓으신 책들을 읽으며 차츰 하나님께로 다가갈 수 있었사옵니다.

　어려서부터 하나님이 하늘 높이서 사람을 굽어보시며 사람의 운명을 좌우하고 계시다는 생각은 어렴풋이 지니고 있었사오나 하나님이 어떻게 생기셨으며 왜 거기에 계시며 세상을 어디로 이끌고 가시는가 하는 것은 짐작이 가지 않았사옵니다. 모세 할아버님께서는 하나님께서 하나님 형상을 따라 또 하나님 마음에 드시도록 사람을 만드시고, 그로 바다의 고기와 공중의 새와 육축과 온 땅과 땅에 기는 모든 것을 다스리게 하셨음을 일깨워 주셨사옵니다.

또 하나님께서는 세상 만물을 먼저 창조해 주심으로서 사람들이 이를 이용하여 마음껏 번창할 수 있도록 축복해 주셨사옵니다. 오직 사람에게만 하나님의 말귀를 알아듣도록 하심으로서 사람들이 하나님의 뜻을 헤아려 하나님께 칭찬받는 길을 찾게 하셨기에 사람들은 하나님의 뜻을 거스르면 꾸중을 들을까 불안해하고 하나님이 노하시면 벌을 받을까 두려워하게 되었사옵니다. 그렇기에 하나님은 천지창조를 마치신 뒤 크게 만족하셨다고 하셨사옵니다.

처음에 사람들은 어리고 우둔해서 하나님의 말귀를 잘 알아듣지 못하고, 혹 알아듣더라도 행동으로 옮기기는 쉽지가 않았다고 하셨습니다. 오랜 동안 귀를 기울이고 깊이 생각한 끝에 길을 떠나지만 마음만큼 걸음이 따라주지 않아 실의에 빠지는가 하면 잘못 알아듣고 여기저기 헛걸음치는 경우도 허다하셨지만 하나님께서는 하나님께로 다가오는 길을 쉽게 하시기보다 어렵게 찾아오는 사람들의 땀을 귀히 여기신다 하셨사옵니다.

하나님께서는 하나님의 뜻대로 걸어감이 얼마나 어려운 것인가를 보여주실 요량으로 그 심부름할 사람을 택하시어 뚫린 길과 막힌 길 그리고 지름길과 둘레길을 가게 하시고는 이를 자세히 적어두시어 많은 사람들이 이를 거울삼아 자세히 살펴나가도록 하신바 있사온데 저희 조상님 아담, 노아, 아브라함 할아버님이 그 중에 드셨다고 하셨습니다. 하나님께서는 저희 시조 할아버님을 따로 내시면서까지 그 어려운 일을 맡기셨다고 하셨사옵니다.

하나님께서는 먼저 다른 사람과 달리 흙으로 저희 시조 아담 할아버님을 지으셨습니다. 하나님이 가라사대 빛이 있으라 하심에 빛이 있었고, 천하의 물이 한 곳으로 모이고 뭍이 드러나라 하심에 그대로 되었으며, 땅은 씨 맺는 채소와 각기 종류대로 열매 맺는 과목을 내라하심에 그대로 되었고, 땅은 생물을 그 종류대로 내되 육축과 기는 것과 땅의 짐승을 종류대로 내라 하심에 그대로 되었듯이 처음 사람은 말씀으로 지으셨사옵니다.

세상에 처음 사람이 태어났을 때는 환경에 따라 수렵을 하기도 하고 채취를 하기도 하고 경작을 하기도 하였지만, 하나님이 지으신 절기에 따라 땅을 일구고 씨를 뿌려 거두는 모습을 하나님께서 퍽 마음에 드셔 하셨기에 흙으로 만드신 아담 할아버님을 아직 경작할 사람이 없는 지역으로 보내사 농사를 짓게 하셨습니다. 사람들도 차츰 하나님 말씀을 순종하며 서로 이웃하고 살기엔 농업이 가장 좋은 생업이라는 생각을 갖게 되었사옵니다.

사람들이 가정을 꾸리고 살게 된 뒤에도 오랫동안 어머니를 따라 가계가 이어지는 경우가 많았으나 하나님께서는 아버지 중심에 뜻을 두시고 아담 할아버님의 갈비뼈로 이브 할머님을 만드셨습니다. 하나님께서 사람을 내실 때 하나님을 닮은 자혜는 주시지만 영생을 주시지는 않으셨음으로, 저희 자손들도 대를 이어가며 하나님 말씀 따라 하나님 시키시는 길을 찾아가는 유구한 발걸음을 내디뎠사옵니다.

하나님을 터득하기에 사람의 지혜는 늘 아둔하고 더뎠사옵니다. 서로 손잡고 농사를 지으며 무리를 벌여나가고 있을 때 하나님께서는 여러 가지 시련을 주시며 사람들을 담금질하셨사옵니다. 가뭄과 장마, 벌레들이 농사일을 어렵게 했사오며 논밭이 잘려나가고 송두리째 없어지며 초장으로 변하기도 하였사옵니다. 농사만을 고집하는 사람이 많았지만 더러는 양치기에 힘쓰자고도 했사오나 하나님께서는 환경 변화에 현명하게 대처하길 바라셨사옵니다.

그러나 서로 감정이 틀어지자 마침내 가인이 동생 아벨을 죽이기까지 했사옵니다. 낯선 땅을 떠돌던 가인의 후손들은 모두 육축이나 풍각쟁이 또는 대장질을 하며 하나님의 꾸중을 잘 소화해냈사옵니다. 고향 땅을 지키던 아담 할아버님의 후예들은 차츰 여호와 하나님을 알게 되셨사옵고, 하나님 마음에 꼭 드시는 에녹은 하나님이 데려가셨사옵니다. 에녹의 증손 노아는 의인이요 당세의 완전한 자라 늘 칭찬받으시며 하나님과 동행하고 계셨사옵니다.

하나님께서는 사람들이 기름진 음식을 곁들여 활기차게 일할 수 있도록 육축을 권면하셨으나 포만해진 사람들이 육덕·육욕·육락에 빠져 영혼이 사람으로부터 사라지니 여호와께서는 사람 지었음을 크게 한탄하셨사옵니다. 특히 사냥질로 먹고사는 족속들이 내려와 약탈과 겁탈을 일삼으니 여호와께서는 이들과 이들이 즐겨 먹는 모든 짐승을 지면에서 쓸어버리시고 의로움을 아시는 노아 일족만을 남겨 하나님이 뜻하시는 세상을 다시 만들어 보시려 하셨사옵니다.

사십 주야 일백오십일 동안 비가 내려 물이 창일하니 방주에 피해 있던 노아 일행만 목숨을 건질 수 있었사옵니다. 하나님이 주시는 사명을 두렵게 느낀 노아 할아버님은 바로 하나님께 감사를 드렸사옵니다. 하나님께서 맨 처음으로 땅에 내신 채소와 곡식과 과일나무는 멸하지 않으셨으나 수확철이 멀었음으로 정결한 짐승으로 먼저 번제를 올렸사옵니다. 만족해하신 하나님께서는 다시는 사람으로 인하여 땅을 저주하지 않으리라 언약하셨사옵니다.

노아 할아버님이 농사를 시작하여 포도나무 재배까지 성공하시자 오랜만에 가족들이 모여 포도 축제를 열었사옵니다. 가족이 마을을 이루고 서로 협력하여 일하고 즐기는 것은 하나님이 천지를 창조하신 뜻이었기 때문이었사옵니다. 그러나 노아 할아버님의 작은아들 함과 그 아들 가나안은 가족들이 농사만 바라보고 살면 뒤떨어진다고 하셨사옵니다. 약탈을 일삼는 유목민과 맞서야 하며, 또 저자에 나가 부를 쌓고 권력을 세워야 한다고 하셨사옵니다.

노아 할아버님은 타이르셨사옵니다. 힘자랑을 해서는 안 된다, 내줄 만큼 내주고 달래야 한다, 터무니없으면 온 가족이 목숨 걸고 싸워야 한다, 힘에 부치면 피해 다니며 하나님을 기다려라 하셨사옵니다. 함은 할아버님이 망령들었다고 하면서 벌거벗고 잠든 할아버님을 형 셈과 아우 야벳에게 조롱까지 하셨사옵니다. 노아 할아버님은 격노하시어 특히 어린 가나안을 심히 저주하셨사옵니다. 홍수에서 살리신 하나님께 더 없이 죄송하고 면목이 없으셨사옵니다.

노아 할아버님이 씨족 마을을 고집하신 것은 아니었사옵니다. 여호와께서는 이미 환경 변화와 생업 발전에 따라 의롭게 사는 방편을 궁리하라 하셨사옵니다. 그것은 어디서나 이웃을 가족같이 돌보는 것이었사옵니다. 피붙이도 아닌 데 또 별의별 사람이 많은데 생사고락을 같이 하기는 쉬운 일이 아니었사옵니다. 부자가 되고 권력자가 되었다고 되는 일도 아니었사옵니다. 오히려 그것은 이웃을 괴롭히는 일이었고 많게는 괴롭혀야 얻을 수 있는 일이었사옵니다.

하나님은 언제나 이웃 간의 화목을 바라고 계시옵기에 아담 할아버님을 내시고 노아 할아버님을 살리셨사옵니다. 그런 하나님은 오직 여호와뿐이시옵니다. 다른 신들은 잘되게 해 달라고, 다접다산케 해 달라고, 고기를 많이 잡게 해 달라고, 많은 사람을 거느리는 권력자가 되게 해 달라고, 잘 살게 해 달라고 비는 것을 좋아하지만 여호와께는 늘 다하지 못함을 뉘우치고 이웃을 더 돌보겠다고 다짐해야 칭찬하시옵니다.

그러나 노아 할아버님 자손들은 뿔뿔이 헤어져 하나님의 뜻이 아니라 자기들 뜻대로 살았사옵니다. 함 할아버님의 손자 니므롯은 세상에 처음 난 영걸로서 시날 땅에 대제국을 세웠사오며 앗수르로 나아가 큰 성 레센을 쌓았사옵니다. 마침내 사람들이 방자하옵게도 성과 대를 높여 하늘에 오르려 하자 여호와께서는 직접 내려오셔 이를 허무셨사옵니다. 가나안 자손들은 시돈에서 가사까지 또 소돔을 지나 라사까지 흩어져 살면서 하나님을 잊었사옵니다.

셈 할아버님의 자손들은 아마도 하란으로 이주해 사신 듯하옵니다. 셋째아드님의 손자 에벨 때에 우르까지 내려오셨고, 그 고손이 아브람을 낳으셨사옵니다. 아브람 할아버님은 힘이 판치는 세상, 권력이 백성을 괴롭히는 세상, 힘을 달라고 권력을 얻자고 신들에게 매달리는 세상, 그들의 소원을 들어주는 잡신 우상들이 우글거리는 세상이 견딜 수 없으셨사옵니다. 여호와 하나님을 모시려고 이 곳까지 오신 에벨 할아버님이 자꾸 나타나셨사옵니다.

육식으로 힘을 자랑하며 힘을 더 달라고 잡신들에게 매달리며 매일매일 점성술에 취해 사는 갈데아 인들 사이에서 이웃의 아픔을 딛고 일어서기보다 이웃의 아픔을 자신의 아픔으로 보살피는 의로운 삶을 살게 해 주십사고 늘 여호와께 기도드리신 에벨 할아버님을 잘 알고 계신 아브람 할아버님이셨사옵니다. 아브람 할아버님께 불연 듯 선조님들의 고향이신 하란이 떠오르셨사옵니다. 거기서 다시 가나안으로 내려가면 하나님을 뵈올 듯하셨사옵니다.

하란으로 가 머무는 동안 여호와께서 너는 본토 친척 아비 집을 떠나 속히 가나안으로 들어가라 하셨사옵니다. 가나안을 통과한 아브람 할아버님은 세겜 땅에서 처음 하나님을 뵙고 단을 쌓았으며, 벧엘 동편 산에 장막을 치시고 처음으로 여호와의 이름을 부르시며 기도하셨사옵니다. 그러나 가나안의 기름진 들판은 이미 원주민 차지였고 넓은 초장도 그들이 육축을 하고 있었음으로 아브람 할아버님은 기쁨도 잠깐 삶의 터전을 잡으시려 고전하셨사옵니다.

마침 기근이 심했음으로 한동안 우거하려 애급으로 내려가셨사오며, 거기서 아내로 인해 많은 가축과 재물을 얻으시고 다시 벧엘로 올라오셨사옵니다. 함께 하셨던 조카 롯도 많은 재물을 얻으셨음으로 동거할 땅이 모자라 할 수 없이 서로 떨어져 사시게 되셨사옵니다. 그 후 남북 아홉 왕이 충돌한 싸움에서 롯 일가가 잡혀가시니, 아브람 할아버님이 집에서 훈련시킨 장정을 이끄시고 구해오심으로서 에벨 곧 히브리 자손의 우애를 다지셨사옵니다.

아브람 할아버님은 가나안 땅에서도 여호와 하나님을 섬기는 히브리 사람임을 크게 자랑으로 여기셨사옵기에 조카에게 변고가 생겼을 때 어떤 사람이 도망쳐 나와 바로 아브람 할아버님께 알릴 수 있었사옵니다. 또 탐욕과 육욕이 관영한 가나안에서 여호와를 믿고 그 의를 행하시니 여호와께서 비옥한 토지와 많은 장정들을 주시어 은혜를 베푸셨사옵니다. 특히 롯을 되찾아오셨을 때 살렘 왕 멜기세덱께서 떡과 포도주를 가지고 축복해 주셨사옵니다.

왕께서는 우상의 땅 가나안에서 큰 부락을 이루시고 백성들에게 하나님의 뜻인 정의와 평화를 가르치고 계신 하나님의 제사장이셨사옵니다. 멜기세덱께서 지극히 높으신 하나님이여 아브람에게 복을 주소서 하시니 아브람 할아버님께서는 하나님의 명을 직접 받들어 백성을 다스리는 제사장 왕을 뵙게 된 것을 크게 기뻐하시오며 전쟁에서 얻으신 것에서 십 분의 일을 바치셨사옵니다. 땅 위의 하나님이신 제사장 왕은 할아버님의 소망이셨사옵니다.

멜기세덱께서 축복해 주심에 여호와의 말씀이 더 뚜렷한 모습으로 할아버님께 임하시어 네게 큰 상을 내리리라 다짐하셨사옵니다. 할아버님께서는 대를 이어가며 하나님을 모시도록 아들을 낳게 해 달라고 간청하셨사옵니다. 여호와께서 염려하지 말라 너희가 크게 번성하리라 하시니 할아버님께서는 이를 굳게 믿으셨사옵니다. 여호와께서는 그 믿음이 곧 의로움이라 칭찬하셨지만, 할아버님은 금방 어떻게 무엇으로 확인하오리까 초조해 하셨사옵니다.

여호와께서는 제를 올리도록 할아버님을 진정시키시고 아모리 족속의 탐욕과 황음이 한창에 이르러야 멸망하리라 하셨사옵니다. 그때까지는 아브람 자손들도 영향을 받아 이방에서 종살이 할 것이며, 400년이 지나서야 다시 약속의 땅 가나안으로 돌아올 것이라 하셨사옵니다. 시간이 걸려도 어딜 가나 자손과 권속들에게 의와 공도를 가르쳐 지키게 하라 당부하셨사옵니다.

하나님께서는 아브람 할아버님께 아들을 낳게 하시고는 수많은 자손들의 아비가 되도록 이름을 아브라함으로 고쳐 부르시고 여호와 앞에서 더 떳떳하고 완전하게 되라 하셨사옵니다. 여호와께서는 가나안 중 죄악이 극치에 이른 소돔과 고모라를 먼저 진멸하셨사옵니다. 거기엔 의인이라곤 롯 일가밖에 없으셨기에 할아버님은 이번에도 하나님께 간구 드려 롯의 목숨을 건지셨사옵니다. 다만 자녀들이 죄악에 물들어 히브리 족의 위신을 잃으셨사옵니다.

여호와께서는 사람의 탐욕을 키우는 잡신과 우상이 만연한 세상에서는 먼저 오직 한 분의 하나님이 계시다는 것, 그 하나님은 의로우시다는 것, 그 말씀을 따라 의를 행하면 축복을 받을 것이라는 믿음이 제일이라 하셨사옵니다. 여호와께서는 천금 같은 아들 이삭을 번제에 바치라고 할아버님의 믿음을 시험하셨사옵니다. 이삭을 결박하여 칼을 들고 잡으려 할 때 여호와께서 이를 말리시고 할아버님이 여호와를 경외하심을 크게 칭찬해 주셨사옵니다.

할아버님께서는 가나안에 들어오신 지 25년에 이삭을 낳으셨고, 다시 40년이 지난 140세에 그 자부를 간택하시게 되셨사옵니다. 멀리 하나님의 제사장을 왕으로 모시는 거대한 하나님나라가 보이셨지만, 우선은 히브리 사람만이라도 서로 어울려 하나님께 제를 올리는 것이 긴요하셨기에 곧바로 동생 나홀이 지키고 있는 고향 하란으로 사람을 보내 그 손녀 리부가를 이삭의 신붓감으로 데려오심으로서 히브리 순혈을 지키려 애쓰셨사옵니다.

이삭 할아버님도 우여곡절 끝에 아들 야곱으로 하여금 외삼촌의 두 딸과 결혼시켜 그들과 그들의 두 시녀에게서 열두 아들을 얻게 하심으로서 가나안과는 피를 섞지 않으시려 애쓰셨사옵니다. 꼭 그래야만 믿음의 일가가 쉽게 이루어지는 것도 아니셨고 또 계속 그럴 수도 없으셨지만 기초를 잘 닦아야 한다는 생각이셨사옵니다. 이스마엘과 에서 할아버님도 그래서 버림받으셨사오며 다나 할머니를 더럽힌 세겜 성을 도륙낸 것도 그 때문이었사옵니다.

그러나 하나님은 자꾸 멀리 계시고, 하나님의 지혜는 아브라함 자손들에게 쉽게 잡히지 않으셨사옵니다. 리브가 할머니가 아들 야곱을 편

애하셔서 분란을 일으키신 것이나, 야곱 할아버님이 요셉 아드님을 좋
아하시어 형제들에게 따돌림을 당하도록 하신 것이나 다 큰 화근이었
사옵니다. 여호와께서는 알게 모르게 이스라엘을 깨우치시고 계시옵지
만 필요하실 때는 단호하셨사옵니다. 이삭 할아버님이 흉년을 피해 가
나안을 등지려 하실 때 그러하셨사옵니다.

세겜 성에 대한 약탈이 지나쳤을 때 여호와께서는 이스라엘의 모든
권속들이 지닌 이방신상과 행운 장식들을 땅에 묻고 깊이 참회하도록
하였사오며, 이스라엘 할아버님의 맏이 르우벤이 상피를 냈을 때는 장
자권을 박탈하도록 하셨사옵니다. 아브라함과 이삭과 야곱 할아버님이
다 부를 이루었사오나 이삭과 야곱 두 할아버님의 말년은 곤비하였사
오니 많은 가나안 처첩과 그 자녀들 때문이라 여겨지오며 하나님께서
는 어디에서도 보고 계심을 일깨워 주셨사옵니다.

지나친 혈통 위주의 장자 상속 남성우위 등으로 이스라엘은 가족의
번창과 우애가 힘들었으며, 특히 가나안을 제치고는 자녀들의 혼맥을
잇기가 매우 어려웠사옵니다. 여호와께서 너로 큰 민족을 이루게 하리
라 기회 있을 때마다 다짐하시오나 이스라엘은 그 방편을 찾지 못해
방황했사옵니다. 흉년으로 세 번째 가나안을 등질 때 이스라엘 열두 아
들의 가족 66명 중 자부는 계수되지 않았사오며 딸과 손녀 각 한 사람만
이 거론될 정도였사옵니다.

대가족이긴 하였사오나 오로지 여호와 하나님만 믿으셨던 아브라함
할아버님의 유지는 자주 흔들렸사옵니다. 가나안으로 가는 길에 하나님
이 나타나시어 애급에 내려가길 두려워 말라 하셨지만 이스라엘은 사
실상 피난 행렬이었사옵니다. 변두리 고센 땅에 자리 잡은 것도 히브리
사람과 식사를 함께 하면 부정을 탄다는 애급의 관습과 양치기를 가증

이 여기는 애급 인의 정서 때문이었사오니 요셉의 위세가 아니었으면 모두 견디기 힘드셨을 것이옵니다.

이스라엘이 고센 땅에 터 잡은 지 70년에 요셉 할아버님이 돌아가셨으나 17년을 함께 지내신 야곱 할아버님의 장례식이 가나안에서 거창하게 거행된 바에 비하면 요셉 할아버님은 가족장으로 조촐하게 치러졌사옵니다. 또 요셉 할아버님으로 인하여 땅을 빼앗기고 노예가 된 애급 인들의 원망과 분노가 차츰 번져나가면서 이스라엘은 점점 궁지에 몰렸을 것으로 짐작되오며, 특히 유세를 부리고 애급 인을 능멸했다면 더 참당했을 것이었사옵니다.

이스라엘은 430년간 애급에 살면서 20세 이상 장정만도 60만을 넘을 정도로 번창하였사오나 레위 족은 한 달 넘은 사내 모두가 겨우 2만을 웃돌았으니 레위께서 순혈을 지키시려 무던히 애쓰신 보람이었사옵니다. 여호와께서는 레위 사이에 태어나신 모세 할아버님으로 노예상태에 빠지신 이스라엘을 구원하게 하셨고, 또 그 형 아론으로 하여금 하나님께 올리는 제사를 전담케 하셨음은 먼저 혈족 내에 믿음을 세우시려는 하나님의 깊은 뜻이었사옵니다.

실상 이스라엘 가운데서 아브라함 할아버님만큼의 믿음은 오래 가위 눌려 있었사옵니다. 매일매일 여호와 하나님께 드리는 그 많은 간구함 못지않게 진정 하나님이 바라시는 의로운 삶을 꾸리고 있는지 자주자주 되돌아봐야 할 것이었으나 이스라엘은 오히려 하나님께로도 모자라 다른 신 곧 이방신과 이방신상을 섬기며 일상의 소원에 매달리기 바빴사옵니다. 모세 할아버님조차 하나님 뵙기를 두려워하셨고 여호와 하나님을 모르고 계셨사옵니다.

모세 할아버님 형제분이 장로들께 하나님의 말씀을 전하시고 백성

앞에서 여호와께서 보여주신 대로 이적을 행하시니 그제야 백성이 믿고 하나님을 경배하셨사옵니다. 그러나 잠깐이었사옵니다. 바로가 간역을 강화해서 고역이 심해지심으로 백성들은 모두 모세 할아버님을 원망하셨사옵니다. 우여곡절 끝에 애급을 탈출하였사오나 애급이 추격해 오자 애급 사람 섬기는 것이 광야에서 죽는 것보다 낫다며 모세 할아버님을 더욱 원망하셨사옵니다.

여호와께서 바다를 가르시어 이스라엘을 구하시니 모두 환희작약 하였사오나 얼마 안 가서 물을 얻지 못하자 백성들은 다시 투덜대기 시작했사옵니다. 여호와께서 직접 백성을 시험하시려고 여호와의 법도와 율례를 지키고, 여호와 좋아하는 의를 행하면 복을 내리리라 하시면서 종려가 무성한 열두 샘물로 백성을 인도해 주셨사옵니다. 그러나 백성들은 다시 견디지 못하고 애급에서 배불리 먹던 때를 그리워하며 고기와 떡을 달라고 아우성쳤사옵니다.

이스라엘이 시내 산에 장막을 쳤을 때 모세 할아버님께서 여호와 하나님의 부르심을 받잡고 산에 오르시어 하나님께서 백성에게 분부하시는 말씀을 빠짐없이 들으시고 내려오시어 백성들에게 그대로 전하셨사옵니다. 하나님께서는 하나님의 말씀을 잘 듣고 하나님과의 언약을 잘 지키면 하나님의 귀한 사랑을 받고 제사장 왕국에서 하나님을 받들고 행복하게 살게 될 것이라 하셨사옵니다. 백성이 일제히 호응함에 여호와께서는 크게 만족하셨사옵니다.

여호와께서 모세 할아버님께 말씀하시는 것을 멀리서 들도록 백성들을 산으로 부르셨으나 백성들이 여호와를 직접 보고 싶어 다가오니 하나님께서 크게 꾸짖으시고 하나님을 눈으로 보는 자는 정녕 죽으리라 하셨사옵니다. 보이는 신을 네게 있게 하지 마라, 우상을 만들지 마라,

무엇이든지 형상을 만들어 섬기지 마라 하셨사옵니다. 하나님의 미움을 사면 3, 4대에 걸쳐 화를 입을 것이며, 하나님을 사랑하고 계명을 지키면 천대까지 은혜를 베풀리라 하셨사옵니다.

그러나 하나님의 말씀은 곧 백성들의 기억 속에서 가물거렸사옵니다. 하나님께서 백성을 가르치려고 친히 쓰신 율법과 계명을 받으러 모세 할아버님이 하나님의 산에 올라가 40 주야를 머무는 동안 백성들은 제 사장 아론을 압박하여 각인이 지닌 금붙이로 송아지 형상을 만들게 하고 이를 새 이스라엘 신으로 모시며 먹고 마시고 뛰놀았사옵니다. 여호와께서 격노하였사오나 모세 할아버님이 매달려 겨우 뜻을 돌이키시게 하셨사옵니다.

산에서 내려오신 모세 할아버님은 분을 삭이지 못하시고 방자한 이스라엘이 원수에게 조롱거리가 되게 했음을 개탄하셨사옵니다. 할아버님께서는 스스로 백성을 징치하시어 하나님의 속죄를 받으시려고 하나님께 가장 충성스러운 레위 족으로 하여금 각각 형제와 친구와 이웃을 도륙내게 하셨사옵니다. 그래도 여호와께서는 분이 가라앉지 않으시와 언젠가는 그 죄를 벌하리라, 또 이대로 동행하다간 이스라엘을 진멸할까 염려된다 하셨사옵니다.

우상을 섬기는 것은 하나님께서 제일로 금하시는 계명이었사옵니다. 하나님은 계명과 율법을 어길 때마다 독한 역병을 내리셨사옵니다. 그래도 백성들은 자주 하나님을 의심했사옵니다. 심지어 여호와께 가장 충실한 레위 가운데서도 무리를 지어 모세 할아버님 형제분께 반기를 드니 여호와께서 땅의 입을 열어 삼키게 하셨사옵니다. 여호와의 규례와 법도를 지키면 살리라 하셨음에도 불만을 터뜨리자 여호와께서 불로 진을 사르기까지 하셨사옵니다.

또 고기를 못 먹어 애급에서와 같은 음탕한 짓을 할 수 없다고 울부짖자 여호와께서 큰 재앙을 내리셨사옵고, 요단을 건너기 전 모압 여인들과 놀아났을 때는 염병으로 수만 명을 죽게 하셨사옵니다. 결국 애급을 나온 60만 보병은 다 죽고 새로 된 장정이 요단을 건넜사옵니다. 아말렉을 파하신 뒤 여호와께서 전쟁의 승패가 하나님께 달렸음을 분명히 밝히셨음에도 가나안을 정탐한 족장들이 겁을 먹었을 때 여호와께서 겁쟁이는 다 진멸하리라 예언하신대로였사옵니다.

여호와께서 일찍이 아브람 할아버님께 "정녕 알라! 네 자손이 이방에 내려가 사백 년 동안 그들의 노예가 되리니, 그 후에야 내가 네 자손을 이끌어 내리라. 그때까지는 가나안의 죄악이 극에 달할 것이며 내가 그 땅을 멸하고 내 언약대로 이스라엘을 번창하게 하리라" 하셨사옵니다. 여호와께서는 사백 년이 지나도 하나님께 대한 믿음이 멀리 보이는 이스라엘이었사오나 다시 희망을 거시고 모세 할아버님으로 하여금 이들을 구원하도록 역사하셨사옵니다.

이스라엘이 애급에 머무는 동안 많은 타락이 있었사옵니다. 장로도 제사장도 계셨사오나 이방신을 섬기며 우상을 깎아 절하셨사옵니다. 애급 인을 닮아 음란하고 문란했사오며 외아들을 바칠 정도로 하나님을 믿으신 아브라함 할아버님은 잊혀져 갔사옵니다. 하나님께서 땅을 주리라, 아들을 주고 큰 민족을 이루게 하리라 하심은 다 할아버님이 대대손손 여호와의 가르침을 따라 의와 공도를 행하게 하심이었사오나 이스라엘은 은혜받기에 급급했사옵니다.

자기의 욕심을 위하여 용하다는 신이나 우상 앞에 예물을 바치는 이방인들과는 달리 이스라엘은 옳은 일을 좋아하시고, 의로운 사람에게만 복을 주시는 여호와 하나님께서 직접 손으로 만드셨사옵니다. 여호와께서 바라심은 이스라엘이 아무리 어려워도 하나님의 지으신 뜻을 따르는 것이온데, 일찍이 에서가 장자권을 빼앗기고 또 요셉이 형제들에게 화를 당하고, 르우벤 유다 형제분이 상피를 저지른 것은 모두 이를 경홀히 여긴 징조이었사옵니다.

그래도 여호와께서는 그런 이스라엘을 이끄시고 제사장 나라를 위한 주춧돌을 놓으셨사옵니다. 하나님은 하나님의 잣대로 역사하고 계시오나 사람들이 자기들 잣대로 하나님을 의심하며 어리석음에 빠져 있사옵니다. 하나님은 40년간 이방신과 우상을 절대 섬기지 말고 오로지 의의 하나님 여호와만을 믿으라시며 꾸준히 백성을 일깨우고 계시옵니다. 이제 백성들이 그 의와 공도를 위한 계명과 규례를 지키면 곧 제사장 나라가 된다고 하셨사옵니다.

하나님의 언약을 궤에 넣어 모실 지성소를 구분하여 성막을 짓고 그 증거 궤위에 속죄소를 두어 거기에서 하나님이 내리시는 말씀을 모세 할아버님이 듣도록 하셨사옵니다. 여호와께서 아론 할아버님께 제사장 직분을 맡기시면서 모세 할아버님을 하나님같이 받들라 하셨기에 제사장들은 모세 할아버님을 하나님의 제사장으로 모셨사옵니다. 하나님의 제사장만이 하나님의 분부 말씀을 받잡고 이를 백성에게 가르칠 수 있게 하셨기 때문이옵니다.

여호와께서는 모세 할아버님으로 하여금 아론 할아버님 자손 뿐 아니라 모든 레위 인을 회막 앞에 나오게 하시고, 그들에게 이스라엘 온 회중을 모아 여호와 앞에서 안수케 하심으로서 아론과 그 아들들의 제사장 직분 행하심을 도와 여호와를 섬기게 하시되 25세부터 25년을 봉사케 하시고, 그 뒤에도 다른 일을 하지 말고 그 형제와 함께 성막에서 모시는 직무를 지키라. 이는 레위를 택하여 성결케 함으로서 대대로 제사장 일을 맡김이라 하셨사옵니다.

모세 할아버님께서 돌아가시기 전에 여호와께서 신에 감동된 여호수아를 지명하시와 모세 할아버님으로 안수케 하시고 이스라엘의 목자를 삼으셨사오며, 또 제사장이 우림의 판결법으로 여호와께 여쭈어 이를 확정짓게 하셨사옵니다. 여호와께서 여호수아 할아버님께 '내가 모세와 함께 있던 것 같이 너와 함께 있을 것임이라. 오직 네게 명한 율법을 다 지키면 어디로 가든지 형통하리라' 하심으로서 제사장 왕국의 기틀은 완성하셨사옵니다.

이제 왕국에서 살 백성들이 무엇을 하며 어떻게 살아감이 가하올지 밝혀주시면 나라는 하나님의 뜻을 받잡는 백성들로 충만할 것이옵기에 여호와께서는 백성들이 무교절·초실절·수장절을 지키며 농축산에 바탕을 둔 가족 마을을 이루게 하였사옵고 이들이 따라야 할 중요한 열 가지 계명을 내리셨사옵니다. 무엇보다 창조주이신 여호와를 유일신으로 모시고 우상을 섬기지 말라 하였사오며, 여호와의 말씀을 따르면 천 대까지 은혜를 받으리라 하셨사옵니다.

여호와께서는 이스라엘이 번창할 수 있도록 인도해 드리시려는 젖과 꿀이 흐르는 땅은 물이 풍부한 애급과 달리 비를 흡수하는 산과 골짜기가 많아서 세초부터 세말까지 여호와께서 한시라도 보살피시지 않으시면 아무것도 거둘 수 없다 하셨사옵니다. 여호와를 청종하고 사랑하면 철 따라 이른 비와 늦은 비를 내리실 것이옵고, 육축을 위한 풀도 나게 하시려니와 꼬임에 빠져 빗나가면 하늘을 닫아 한 사람도 살아남지 못하게 하시리라 하셨사옵니다.

여호와께서는 백성들이 즐겨 내는 십일조와 여러 가지 제물로 운영되는 제사장 나라가 내우외환으로 감당할 수 없는 위기에 빠질 수 있음을 유념하시고 강력한 권력을 행사할 왕 제사장을 허락하셨사옵니다. 성소를 지키며 하나님의 말씀을 듣고 백성을 다스리는 제사장과 대제사장 대신 백성들이 새로 부담하는 십일조로 세워지는 왕조는 하나님을 오직 하나뿐이신 왕으로 모시는 제사장 나라와 멀리 빗나가기 쉬웠사옵니다.

여호와께서는 왕이 잘못에 빠지지 않도록 여러 가지를 신칙하셨사옵니다. 왕은 반드시 여호와께 여쭈어 택함 받은 이스라엘이어야 하며, 왕궁을 사치스럽게 꾸며서는 안 되고 또 처첩을 많이 거느려 열락에 빠지거나 은금을 탐내서도 안 된다 하셨사옵니다. 성소에 보관된 율법을 베껴 늘 옆에 두고 실천할 것이며 형제보다 낫다는 생각으로 우쭐대지 말라 하셨사옵니다. 좌로나 우로나 치우치지 않고 율법을 지키면 왕권이 장구하리라 하셨사옵니다.

모세 할아버님을 앞세워 마련하신 하나님나라, 제사장 나라는 이렇게 완벽하고 장구하게 세워졌사오나 하나님께서는 목이 곧은 이스라엘이 가나안에 들어서자마자 타락할 것을 크게 걱정하셨사옵니다. 여호와께서 그렇게 여러 번 당부하시고 백성들도 누누이 그 청종을 맹서하였사오나 이스라엘도 여느 종족과 같이 탐욕스럽고 완악하며 참람하고 천자하기 쉬웠기에 여호와께서는 모세 할아버님 형제분을 죽이시면서까지 백성들의 준행을 다그치셨사옵니다.

그러나 송구스럽게도 가나안에 들어선 이스라엘은 곧 흔들렸사옵니다. 모세 할아버님이 하나님께 간구 드려 세우신 사령관 여호수아 할아버님까지만 해도 언약궤를 모시고 요단 강을 땅으로 건너 가나안을 정복해 들어갔사오나 나머지 열국은 이스라엘이 모든 계명을 따를 때까지 하나님이 이를 지켜보시며 이방신을 섬기고 우상 앞에서 음란하게 굴며 이방인과 피를 섞는 등 한심한 작태에 대하여 준엄한 고통을 안겨 주셨사옵니다.

더러 정신을 차리면 사사를 세워 구원해 주시고 또 배반하면 이방인의 손에 넘겨 가혹한 탄압을 받게 하셨사옵니다. 그러나 이미 레위가 우상을 둔 신당의 제사장이 되고 또 그 우상을 모세의 증손과 그 아들들이 섬기기에 이르렀사옵니다. 언약궤는 처음 길갈에 모셔졌다가 실로에 이르러 비로소 성소에 안치되셨사오나 때로는 언약궤가 우상화되어 다른 데로 모셔져 나갔고, 또 패전을 만회하려고 전장으로 모셔갔다가 빼앗기기까지 했사옵니다.

돌아가실 때까지 눈이 흐리지 않으셨고 기력 또한 쇠하지 않으셨던 모세 할아버님은 마지막으로 이스라엘에게, 하나님은 말씀이시며 율법이시니 말씀과 율법을 왕으로 받들라 하셨사옵니다. 백성을 사랑하신 여호와께서는 백성들의 소원을 다 들어주시고 싶으셨지만 의와 공도를 행하는 것이 먼저라고 하셨사옵니다. 이스라엘을 구원하신 것도 의롭기 때문이 아니라 죄악에 빠진 가나안을 몰아내기 위함이시니 그 자리를 차지하고 의롭게 되라 하셨사옵니다.

400년을 지켜보시고 40년을 의로운 길이 무엇인지 가르치셨지만, 이스라엘은 지금까지 다시 400년을 헤매고 있사옵니다. 족속끼리도 다툼이 있었고 종당 간에는 대가 끊길 정도로 한 지파를 도륙내기도 하였사옵니다. 실로의 성소를 마지막으로 지키고 계셨던 엘리 할아버님은 대대로 택함을 받은 제사장 직분을 온전히 수행하지 못하고 계시옵고, 아들 제사장들은 제물과 수종을 드는 여인에게만 관심을 기울여 여호와 하나님을 크게 실망시키고 있사옵니다.

저 사무엘 지금 엘리 제사장님을 보좌하고 있사오나 실로 몸 둘 바를 알지 못하옵니다. 한때 하나님께서 복을 비는 백성에게 복을 주사옵고, 정성을 바치는 백성에게 그 소원을 들어주시오면 편하실 터인데 하는 생각을 한 적이 있었사옴을 고백하옵니다. 하나님께서 하나님나라를 세우시기 위하여 천지를 창조하셨고, 이를 위해 선보이신 제사장 나라는 백성들이 많은 어려움을 딛고 완성해야 할 첫 단계 기반임을 터득하는 데 긴 시간이 걸렸사옵니다.

실로 이스라엘은 여호와 하나님을 배반하지 않았사옵니다. 하나님을 청종하옵고자 안간힘을 썼사옵니다. 사방에서 소망을 비는 소리가 자자한 가운데 의를 앞세우시는 하나님보다 복을 주겠다는 이방신이 더 솔깃하게 다가왔사오나 하나님을 닮도록 사람을 창조하신 하나님의 뜻이 더 삼삼하고 쟁쟁하게 저희를 정다심 시키셨사옵니다. 여호와께서 특히 이스라엘을 그렇게 창조하시온 줄 백성 모두는 잘 알고 있사옵니다.

다만 천지변화와 길흉화복을 주재하시는 창조주 하나님! 의와 공도 행함을 기뻐하시는 여호와 하나님을 믿는 백성들에게 열 가지 단맛을 버리고 한 가지 쓴맛을 씹는 용기를 더해 주시옵소서. 농사를 지으며 서로 돕고 사랑하고 용서하는 마을로부터 목자·악사·공인·장인·상고들이 수다히 어울려 사는 성읍에 이르기까지 하나님나라를 늘릴 지혜를 주사옵고, 하나님을 모신 결사 성전으로 악을 물리치되 때로 한 발 물러섬의 소중함을 알게 하소서.

나. 제사장이 되고 나서

저는 성소를 찾는 이스라엘의 서원을 하나님께 여쭙는 일에 소홀함이 없도록 늘 엘리 제사장님의 잔심부름을 다하고 있사온데 철이 들면서 불연 듯 여호와 하나님을 찾아뵙기로 마음먹고 드디어 여러 가지 어리석은 의문들을 깨우쳐 받게 되었사옵니다. 성소뿐 아니라 도성에 차려진 제단들이 이스라엘의 만족스러운 구심점이 되지 못하고 있는 현실이 너무 안타깝사와 매일매일 하나님나라를 완성하기 위한 분수에 넘치는 간구를 드리고 있사옵니다.

여호와의 말씀이 희귀하와 이상을 흔히 뵈올 수 없는 시절이었사오나 저는 여호와 하나님의 말씀이 너무 간절하옵기에 제사장님께 여쭈어 지성소에 들어가 기도할 수 있도록 허락을 받았사오며 기진맥진할 때까지 여호와께 매달렸사옵니다. 그런 가운데 어느 순간 저를 부르시는 소리가 들렸사옵니다. 처음에는 제사장님이신 줄 아옵고 달려갔사오나 수삼 차 되풀이하여 부르사와 하나님의 음성이시옴을 알아챘사옵니다.

여호와께서는 애굽에서 이스라엘을 인도해 내실 때부터 레위에게 제사장 직분을 위임하시고 대대로 그 직분을 누리도록 하셨사옵니다. 하오나 제사장들의 타락이 극에 달한 작금의 사태를 굽어보신 여호와 하나님께서는 이를 결연히 끊으시고 새로이 여호와께 충실한 제사장을 세우사 그를 왕으로 삼으리라 하셨사옵니다. 실로 온 이스라엘이 귀를 의심하옵고 놀라 숨조차 쉴 수 없을 만큼의 우뢰 같은 말씀을 내리셨사옵니다.

여호와께서 처음 아론 할아버님으로 하여금 하나님의 산에서 모세 할아버님을 맞이하도록 하사옵고, 모세 할아버님은 여호와께서 자기에게 부탁하여 보내신 모든 말씀을 아론 할아버님께 고하도록 하신 이래 두 형제분은 늘 함께 여호와께서 명하신대로 행하셨사옵니다. 또 여호와께서 온 백성의 목전에서 시내 산에 강림하실 때도 두 형제분만 하나님 앞으로 나아오게 하셨사오며, 아론 할아버님과 그 자손들께만 제사장 직분을 행하게 하라고 분부하셨사옵니다.

애급을 나온 이스라엘이 모압 여자들과 음행을 일삼으며 그들의 신들에게 절을 올릴 때 여호와께서 크게 진노하사 놀아난 이스라엘을 진멸하셨사옵니다. 그러나 아직도 일부는 두려워 떨고 있는 이스라엘 앞까지 여자를 끌고 들어오니 제사장 아론 할아버님의 손자 비느하스가 이들을 작살내어 하나님의 진노를 돌이키시게 하셨사옵니다. 여호와께서 비느하스에게 평화의 언약을 주사옵고, 그와 그 후손이 영원한 제사장 직분을 수행하도록 재차 다짐하셨사옵니다.

여호와께서 직접 기름부으신 제사장님은 오직 모세 할아버님이시온데, 여호와께서 제게 자주 나타나시고 오직 여호와의 말씀으로만 말씀하게 하시와 온 이스라엘에게 제가 하나님의 제사장 됨을 알게 하시오니 몸 둘 바를 찾을 수 없었사옵니다. 레위가 아니 온 제게 꿈도 꿀 수 없는 영광을 주시옴에 오직 막중하고 황공할 따름이오며, 저희 어머니 한나께서 하나님께 찬양을 드리시고 서원을 드리신 바에 조금도 어긋나지 않기를 맹세 올렸사옵니다.

다만 전쟁에 패한 백성 자신들이 여호와를 일심으로 섬기지 못한 죄를 뉘우치지 않고 오직 여호와의 언약궤만을 의지하여 궤를 진중으로 모셔가길 원했을 때 언약궤가 또 하나의 우상으로 떠돌림을 당하시어서는 안 되신다고 마음 속으로 발만 동동 굴렀사옴을 사죄드리옵니다. 이미 이스라엘이 베냐민을 도륙낼 때 하나님의 궤가 벧엘에 모셔졌사오며, 비느하스 제사장님께서도 거기 계셨사오나 여호와께서는 제대로 응답하시지 않으셨사옵니다.

결국 진중으로 모셔간 궤가 황공하옵게도 블레셋에게 빼앗긴바 되었사오며, 엘리 제사장님께서 그 충격으로 쓰러지기까지 하시니 온 이스라엘이 하나님의 영광이 이스라엘을 떠나셨다고 대경실색하옵고 절망에 빠졌사옵니다. 제가 온 이스라엘에게 여호와께 돌아오려거든 이방신과 아스다롯을 버리고 궤가 어디 있던 오로지 여호와 하나님만을 섬기라 이르옵고, 온 이스라엘을 미스바에 모아 여호와께 범죄하였나이다 큰 소리로 뉘우치게 하였사옵니다.

제가 울부짖으며 여호와께 온전한 번제를 드렸사옵고, 여호와께서 이를 긍휼이 여기사 큰 우뢰를 발하여 블레셋을 물리쳐 주셨사옵니다. 제가 이스라엘을 다스리는 동안 내내 여호와 하나님의 손이 블레셋을 막아주시었사옵니다. 하오나 하나님이 시내 산에서 밝히신 제사장 나라는 탐욕에 빠진 이스라엘로 인하여 점점 시들어 갔사옵니다. 무엇보다 버팀목이 되셔야 할 레위가 하나님의 말씀을 온전히 가르치지 못하시고 타락하시었사옵니다.

이제 하나님의 말씀을 왕으로 받드는 이스라엘을 이루기 위해서는 엘리 제사장님의 아들 형제분이나 제 두 자식같이 혈연으로 사제나 사사가 돼서는 아니 되게 되었사옵니다. 하나님나라는 하나님의 뜻을 깊이 살피고 이를 실천할 요령을 터득한 사제들에 의하여 인도될 시기에 이르렀사옵니다. 저는 레위를 대신할 목자를 양성하기 위해 나욧을 개설하였사옵고 해마다 벧엘과 길갈과 미스바를 순회하오면서 이스라엘을 다스렸사옵니다.

그러나 장로들은 자신들의 문란을 뒤로 하고 강력한 징벌로 백성을 단결시켜 그 힘으로 이방인의 노략을 막아야 한다며 제사장 위에 왕을 세우길 원했사옵니다. 여호와께서는 이미 율법으로 왕 제도를 크게 경계하였사오나 400년이 지난 지금은 제사장들의 권위가 땅에 떨어져 있사와 왕과 귀족들의 부귀영화가 하늘을 찌를 것이 뻔하옵고, 이를 대는 백성들의 고혈이 진할 것이오라 번민의 나날을 보내옵다가 할 수 없이 여호와께 여쭙기로 하였사옵니다.

여호와께서는 "백성이 하는 애기는 너를 버림이 아니요 바로 나를 버려 자기들의 왕이 되지 못하게 함이라. 그들이 한두 번 나를 거역하였느냐, 다만 왕 제도의 폐단을 소상히 알리라. 차후 후회하고 부르짖은들 내가 일체 응답지 않으리라" 하셨사옵니다. 제가 백성들에게 여호와 하나님의 모든 말씀을 일렀사오나 백성들은 듣지 않았사오며, 이를 아신 여호와께서는 저에게 이르시되 그들의 말을 들어 왕을 세우라 명하셨사옵니다.

왕이 아무리 공의와 공도를 내세워도 어느 이방신이나 우상보다 가증스러움은 하나님을 왕으로 모시는 분명한 길을 놔두고 백성들로 하여금 헛땀과 헛목숨을 바치게 하올 것이 분명하옵기 때문이오며, 사제들이 백성을 위할 대신 왕을 도와 그 신하가 되고자 내달릴 것이옵기에 여호와께서는 이를 자청하는 백성들을 궁휼히 여기사 그 잘못을 스스로 깨우치길 바라시오며 우선 하나님께 충실한 몇몇 인재를 택하시어 왕을 삼도록 하셨사옵니다.

첫 번째 왕이 사울이셨사옵니다. 제가 하나님의 말씀으로 사울에게 기름을 부었사오며 미스바에서 온 이스라엘이 여호와 앞에 모여 사울을 왕으로 뽑고 왕 만세를 외쳐 불렀사옵니다. 다시 나라를 새롭게 하옵고자 이스라엘이 길갈에 모여 여호와 앞에서 왕을 세우고 화목제를 올리니 왕과 백성이 모두 한마음으로 기뻐하였사옵니다. 저는 백성들에게 왕을 구한 죄를 뉘우치라 이르옵고 왕을 허락하신 여호와께 감사를 드리게 하였사옵니다.

　저는 여호와께서 이스라엘을 자기 백성으로 삼으신 것을 기뻐하셨기에 그 크신 이름으로 인하여 자기 백성을 버리지 않으실 것이니 더욱 여호와를 섬기고 헛된 우상을 버리라 일렀사옵고, 제 자신도 백성을 위한 기도를 게을리하여 여호와께 득죄하는 일은 결단코 없을 것이오며 선하고 의로운 도로 백성을 가르치리라 맹세하였사옵니다. 또한 너희가 여전히 악을 행하면 너희와 너희 왕이 다 멸망하리라 강력히 경고하였사옵니다.

　하나님이 함께 하심으로 사울 왕은 가나안과의 싸움에서 여러 번 승리하였사오나 또 그만큼 하나님의 분노를 사기도 하였사옵니다. 싸움에 앞서 여호와께 번제와 화목제를 드려야 했사오나 제사장이 늦게 온다고 왕이 직접 번제를 올려 여호와의 계명을 명백히 어겼사옵니다. 여호와께서는 왕의 자질이 기본적으로 부족함을 개탄하시고 새로운 왕을 모색하셨사옵니다. 더하여 왕은 무단히 제사장을 전장에 끌고 다니며 궤도 함부로 동원코자 했사옵니다.

　또 무리한 작전명령을 자주 내리고 자기를 위하여 전적비를 세웠사오며, 결정적으로 숙적 아말렉을 칠 때는 모든 것을 진멸하라는 여호와의 말씀을 어기와 좋은 것을 남기고 시시한 것만 쓸어냈사옵니다. 여호와께서 격노하시니 여호와께 제사드리려 한다고 변명하였사옵니다. 제가 순종이 제사보다 낫고 거역은 사술이요 우상을 숭배함과 같음이라, 여호와께서 왕 세우심을 크게 후회하사옵고 결국 왕을 버리실 것이옴을 통보하였사옵니다.

　여호와께서는 새로 다윗을 고르사와 저로 하여금 기름을 붓게 하셨사옵니다. 왕은 하나님의 마음이 떠나오심을 근심하기 시작했사오며 또 여호와께서 부리시옵는 악신이 왕을 괴롭히니 번뇌가 깊어졌사옵니다. 특히 다윗이 골리앗을 격파한 뒤 백성의 신망이 그에게 쏠리자 왕이 다윗을 질투한 나머지 그를 죽이려 하였사오나 여호와께서 지켜 주시와 번번이 실패하였사옵고, 왕은 용맹을 다해 적과 싸우라며 그를 사위로 삼고 전사하기를 바랐사옵니다.

다윗이 승승장구하여 백성의 마음이 더 멀리 왕에게서 떠나자 왕은 다시 다윗을 죽이려 했사오나 이번에는 그 아내 사울의 딸이 다윗을 구하였사옵니다. 제가 다시는 왕을 만나지 않으리라 결심하옵고 라마에 돌아와 나욧에 전념하고 있사올 때 다윗이 찾아와 사울이 자기에게 한 일을 다 고하면서 억울함을 넘어 분노에 떨었사옵니다. 두 사람은 의논 끝에 나욧에 내려가 하나님의 뜻을 알아 모시옵기 위해 매일매일 기도와 묵상으로 보냈사옵니다.

여호와 하나님! 제가 하나님의 말씀으로 기름부었사온 두 사람이 상잔의 비극을 벌이고 있는 현실이 퍽 안타깝사옵니다. 다윗은 하나님의 축복도 잘 알지 못하는 어린 나이에 왕의 총애를 받았사오나 다윗에 대한 하나님의 은총이 더 크셨사옵기에 사울은 겁을 먹을 수밖에 없었사옵니다. 여호와께서 사울 왕을 놔두시옵고 다윗을 미리 다음 왕으로 뽑으셨사오나 우둔한 저로서는 하나님의 뜻을 헤아리옵기 매우 어렵사옵니다.

여호와께서 왕이 호화사치열락에 빠지지 않도록 율법서를 등사하여 늘 익히라 하셨사옵고, 그래도 백성이 성군을 만나기는 매우 어려울 것으로 내다보시옵고 오히려 왕의 종으로 전락하여 세역과 군역과 부역에 시달릴 것임을 걱정하셨사옵니다. 그런데 백성의 소원으로 왕을 가납하시오면서 백성이 속았아옴을 알고 여호와께 구원을 청하여도 응답치 않으리라 하였사오니, 백성이 힘을 모아 스스로 왕을 거부할 때까지 오랫동안 지켜보시려 하심이오니까.

또한 왕은 부귀영화의 극치라 탐욕이 불나방 같이 모이고 헤어지며 골육 간에도 서로 다투고 시기하고 염선하며 무리지어 치고 빠질 뿐 아니라 나아가 여호와 하나님을 무꾸리하듯 농락하며 아기봇을 우상으로 모시고 서로 조아릴 것이 뻔하옵사온데, 여호와께서 사울과 다윗을 세우심은 백성들이 왕의 실체를 통절히 체험하고 다시는 왕을 세우는 일에 쉽게 나서지 말도록 경계하시옴이 아니올지 저와 다윗은 번민 속에서 나욧의 밤을 밝혔사옵니다.

그러나 저희 둘은 하나님께서 하나님나라를 만드시기 위하여 이웃을 내 몸 같이 사랑하는 사람에게 복을 내리시고 계시옴을 추호도 의심하지 않았사오며, 비록 사람들이 빌고 바치는 사람에게 복을 준다는 다른 신들에 속아 하나님을 떠나더라도 언젠가는 잘못을 뉘우치고 반드시 의를 좋아하시는 하나님 곁으로 돌아올 것이옴을 굳게 믿었사옵니다. 다윗을 쫓아서 이리로 온 사울도 벌거벗었사옵니다. 그러나 누구나 나욧을 나가면 흔들리기 쉽사옵니다.

제가 사울에게 다윗을 죽이려 하지 말고 훌륭한 왕재로 키우라, 급한 일은 언약궤를 제자리에 모셔옴이라 하였을 때 그가 울부짖었사오며 누가 왕이 되던 여호와 뫼시기를 제사장같이 하라 타이를 때도 그는 심히 두려움에 떨었사옵니다. 다윗에게도 여호와께서 사울이 저지르는 악행을 교훈 삼도록 하심이니 왕이 되는 날에 사울의 공명심과 시기심과 허영심을 되밟지 말고 하나님의 제사장으로서 소임을 다하라 당부하였사오나 앞날을 장담하기 어렵사옵니다.

사람의 탐욕이 자라 윗자리에 오르기를 좋아하오며 더 나아가 낮은 자리를 거치지 않고 높은 자리를 차지하려 아귀다툼을 하도록 창조해 놓으신 하나님께서 그 오르고 차지하는 머리 위로 하나님의 공도와 공의를 불어넣으시오면 어느 세월에 하나님나라가 이루어지올지 하나님의 높은 뜻을 헤아리기 매우 어렵사옵니다. 하오나 여호와께서 겨우 허락하신 왕의 잘못을 끌어내릴 적임자는 백성 밖에 없사온데 그 백성의 힘은 무엇으로 또 어찌 키우오리까.

나욧으로 사제를 불러 모으옵고 하나님 제자가 되길 다짐하고 다짐받아 세상으로 내보내오며, 또 망가진 사제들을 불러들여 보수하옵기를 열두 번도 더 되풀이해야 될 줄 아오나 이를 허용할 왕이 오면 잘못이 적을 것이옵고, 잘못이 많은 왕은 허용치 않을 것이오니 저마다 왕이 되려는 백성들 가운데서 또한 왕에 속아 저마다 그 부하가 되려는 세상에서 왕을 부수는 어려운 길을 가려는 사람들을 어찌 구하오리까. 통촉하여 주시옵소서.

노아 할아버님 자손 중에도 니므롯이 있었사옵고, 아브람 할아버님은 우상을 섬기는 왕을 떠나오셨사오나 들어 선 가나안에도 이미 왕이 여럿 있었사옵니다. 할아버님은 열방 왕 대신 지극히 높으신 하나님의 제사장 멜기세덱을 축원하였사오며, 모세 할아버님은 제사장 나라의 헌법을 만드사와 이스라엘을 훈련시키셨사옵니다. 제사장 나라를 이끈 걸출한 지도자로 여호수아와 여룹바알과 베단과 입다 할아버님이 계셨사오나 누구도 왕 되길 원치 않으셨사옵니다.

지금 저는 하나님의 부름을 받잡고 있사옵니다. 상고하옵건대 이스라엘은 하나님을 믿사와 실로 일천 년을 왕 없이도 외적을 물리쳤사오며, 제사장과 사제들이 더러 문란하였사오나 곧 뉘우치고 하나님께 돌아와 백성을 다스렸사옵니다. 왕도 하나님을 섬기면 하나님나라가 될

것이오나 권력의 속성이 이를 멀리하옴을 하나님의 말씀으로 잘 알고
있사온 이스라엘이옵니다. 이스라엘에게 왕을 밀어낼 지혜와 용기를 주
시옵기를 비오며 하나님께로 가나이다.

2 맨 처음 전도사 다니엘의 기도

가 . 바벨론에 끌려와서

　　　　　　　나욧에서 사무엘 할아버님은 다윗에게, 사울 왕은 여호와의 말씀으로 기름부음을 받았으니 해치지 말고 계속 피해 다니다 보면 언젠가 하나님께서 주시는 시련이 끝날 것이니 그때 왕이 되어 사울의 전철을 밟지 말고 하나님의 율법을 잘 지키라 타이르셨습니다. 다윗도 사울 왕이 장인이요 그 아들 요나단은 또한 절친한 친구인지라 자기로 인하여 사단이 자꾸 꼬여가는 현실이 매우 괴롭고 안타까움을 사무엘 할아버님께 실토하였사옵니다.

　요나단이 숨어 있는 다윗을 찾아와 "두려워 말라. 내 부친 사울의 손이 네게 미치지 못할 것이요, 너는 이스라엘 왕이 되고 나는 네 다음이 될 것을 내 부친도 아신다" 하기로 다윗이 이를 믿고 두 사람은 여호와 앞에서 굳게 손을 잡았사옵니다. 그 후 다시 사울의 추격을 받은 다윗은 사울을 죽일 수 있는 기회가 왔으나 그 옷자락만을 베고 꿇어앉아 "내가 왕을 해하려 한다는 간신들의 말을 듣지 마소서. 여호와의 사심으로 맹세하나이다" 하며 울부짖었사옵니다.

또 사울 왕이 "내 아들 다윗아! 이것이 네 목소리냐? 나는 너를 학대하되 너는 나를 선대하니 나보다 의롭도다. 나는 네가 반드시 왕이 될 것을 알고 있으니 이스라엘을 견고히 세우라. 그리고 나와 내 후손을 잘 거두라" 하시니 다윗이 여호와께 이를 맹세하였사옵니다. 그러나 사울 왕은 다시 꾐에 빠져 다윗을 치러 왔으나, 이번에도 다윗은 사울 왕을 살려 보내면서 재차 자기를 해코자 아니하기를 다짐받았사옵니다.

그래도 불안한 다윗은 블레셋으로 피신하여 결국 블레셋 편에 서서 이스라엘과 전투를 벌이게 되었사옵니다. 이 싸움에서 사울 부자가 전사하였사온데, 마침 블레셋 장수들이 다윗을 의심함으로 다윗이 자기 본성으로 돌아와 다른 적들과 싸우는 사이에 일어난 일이라 다윗은 요행히 그들의 죽음을 피했사옵니다. 그러나 다윗이 그 죽음을 알리는 소년을 죽이고 사울과 요나단을 위해 조가를 지어 모든 백성이 부르게 하였음은 실로 자기 왕권을 위한 의식이었사옵니다.

사무엘 제사장님께서 왕 제도의 그릇됨을 백성에게 고하였사오나 백성이 하나님께서 왕이실지라도 사람의 왕이 꼭 있어야 한다고 우김으로 여호와께서 마지못해 이를 허락하셨사옵니다. 이에 제사장께서 백성과 왕이 한마음으로 여호와를 섬기지 아니 하면 다 멸망하리라 경고하였사오며, 여호와께서도 백성들이 왕을 구한 죄를 우뢰와 폭우로 크게 꾸짖으시면서 왕 제도가 그 본분을 일탈하기 쉬우니 더욱 더 선과 의를 행하라 분부하셨사옵니다.

저는 집안 어르신들께서 소목과 번연을 따져가며 우리 집안이 왕족이라고 하시는 말씀을 어려서부터 귀가 아프도록 듣고 자랐사옵니다. 사제가 되기 위해 여러 경전들을 깊이 천착하는 동안 왕이란 오직 여호와 하나님 한 분 뿐이라는 것을 깨닫게 되었사오며, 외람되이 역대 왕들의 행적을 평가하옵는 중에 하나님께서 심려하시온대로 왕과 귀족들의 부귀영화만 있었을 뿐 백성들의 삶을 향상시키는 데는 크게 못 미쳤다는 것을 알게 되었사옵니다.

권력 투쟁과 골육상잔 그리고 권력을 향해 달려드는 부나비들의 먹고 먹히는 권모술수는 어느 왕조에서나 보편적인 현상이었사오며, 화려한 궁궐 치장과 웅장한 성전 그리고 잦은 전쟁으로 백성의 삶은 항상 피로했사옵니다. 왕 자신들이 이방신상을 섬기며 황음열락을 탐했사오나 부끄러운 줄 몰랐사옵니다. 다윗 왕만이 오직 하나님만 믿고 자주 여호와께 감사와 찬양기도를 올렸사오나 여러 번 대죄를 지으시니 여호와의 응답하심이 끊어지셨사옵니다.

여호와께서는 처음 제사장 왕을 세우시려고 사울과 다윗을 연달아 기름부으셨지만, 다른 인간 왕들과 같이 욕심덩어리로 타락하는 모습을 지켜보시며 더 이상의 기대를 접으셨사옵니다. 왕들이 편한 대로 세습을 택하니 왕들의 의중을 짐작한 제사장님들도 왕 편을 들거나 나아가 스스로 왕권 경쟁에 뛰어들기도 하셨사옵니다. 결국 이스라엘은 3대 만에 남북으로 찢어지고, 왕국은 400년을 버티다 주변 강대국에 의해 멸망 당하고 말았사옵니다.

아브라함 할아버님이 여호와의 말씀을 좇아 가나안에 들어선 지 일천 년이 지나는 동안 백성들은 다양하게 장성한 욕심을 채우려 마침내 왕을 세우기에 이르렀사오며, 그렇게 해서 정점에 오른 왕들끼리 힘을 겨루는 일은 너무나 뻔한 일이였사옵니다. 여호와께서는 입을 다무시고

더 이상 왕이나 제사장에게 내리시는 말씀을 접으셨사오며, 다만 선지
자들을 통해서 하나님의 계명을 지키지 않으면 큰 재앙을 내리리라 안
타까워하셨사옵니다.

그 옛날 모세 할아버님이 시내 산에서 여호와의 계명을 일러 받으실
때 나를 미워하는 자는 삼, 사대까지 벌을 내리시고 나를 사랑하고 내
계명을 지키는 자에게는 천대까지 은혜를 베푸시리라 하였사오며, 이래
기회가 있을 때마다 누누이 이를 강조하셨사옵니다. 너희는 애급 땅의
풍속을 좇지 말며 가나안 땅의 풍속과 규례도 행하지 말고 오직 나의
법도와 규례를 지키라. 이를 행하면 너희는 어떠한 환란 속에서도 살아
나리라 하셨사옵니다.

가나안을 정복하고 여호수아 할아버님이 숨을 거두실 때 백성들에게
다짐받으시기를, "이제는 여호와를 경외하고 성실과 진정으로 그를 섬
기라. 너희 열조들이 강 저편과 애급에서 섬기던 신들을 제하여 버리고
여호와만 섬기라" 하시니 백성들이 다 크게 호응하였사오며, 다시 여호
와께서는 배반의 죄를 절대 용서하지 않으시리니 복을 주셨다가도 이
를 거두시고 다시 화를 내리시리라 하시며 마지막으로 다시 한 번 이방
신을 깨끗이 버리라 이르셨사옵니다.

하나님은 천지를 창조하였사옵기에 오직 한 분 뿐이오며 하나님이
천지창조 마지막 날에 사람을 지으셨음은 사람들로 하여금 그 천지만
물을 지배하며 하나님의 도인 의와 공평을 행하도록 하시기 위함이었
사옵니다. 사람들이 하나님의 도를 떠나 제멋대로 욕심에 취하자 하나
님은 홍수로 이들을 멸하시고 오직 의로운 노아 일족만 살리셨사옵니
다. 다시는 사람을 멸절하지 않으시리라 결심하셨지만 소돔과 고모라에
이르러서는 더 참지 않으셨사옵니다.

하나님은 모세 할아버님을 통해 이 땅에 제사장 나라를 세우시려는 속내를 밝히셨사옵니다. 그 계명은 "하나님 이외의 다른 신상을 섬기지 마라. 하나님은 유일한 창조주이시니 누구와도 비교하지 마라. 안식일을 꼭 지켜 하나님의 창조 목적을 되새겨라. 음란 등 모든 욕심을 절제하라." 이렇게 계명이 이어지다 여러 규례로 전개되면서 "이웃을 네 몸과 같이 사랑하라. 원수를 갚지 말며 불행한 자를 보살펴라. 제사장 중심으로 이를 실천하라" 하셨사옵니다.

하나님은 의로운 하나님이시옵니다. 계명과 규례를 잘 지키는 의로운 사람에게만 복을 주시는 하나님은 성욕과 물욕과 명욕을 한껏 원해도 이를 허용하겠다는 다른 신상과 완연히 다르시옵니다. 복을 많이 받기를 원하는 사람은 이런 신상에 끌리기 쉽사옵니다. 그러나 하나님께서는 이스라엘을 앞장세우시고 젖과 꿀이 흐르는 땅으로 들어가 이방신상을 진멸하게 하심으로서 이 땅에 의의 나라를 세우려 하셨사옵니다.

처음에 각 지파는 자기들이 배정받은 지역을 중심으로 가나안을 몰아냈사오나 때로 완강한 적에 부딪혀 좌절되기도 하였사오며, 때로 타협하고 동거하며 편한 대로 이방인을 부려먹기도 하였사옵니다. 여호수아 할아버님이 당부하시길, "나머지 나라들과 연합하지 마라. 더불어 혼인하지 마라. 정녕 알라 그들이 너희 올무가 되어 너희가 필경 하나님이 주신 아름다운 땅에서 멸절하리라" 하였사온데 이스라엘은 투철한 믿음의 사도가 되지 못하였사옵니다.

남자들이 주로 물산에 매달리면서 사람의 욕심이 음란에 모아졌사옵고 이를 반기는 이방신이 번성하였사오며 이스라엘도 자주 바알과 아세라의 유혹을 견디지 못했사옵니다. 여호와께서는 이스라엘의 배신을 추상같은 벌로 다스리셨사오며, 이로 인해 이스라엘은 여섯 차례에 걸쳐 100년 넘게 이방의 지배를 받았사옵니다. 그러나 여호와께서는 이스라엘의 믿음이 회복되면 사사를 세우사 이방을 물리치고 압제를 벗어나게 하시었사옵니다.

사사시대 300년은 그런대로 이스라엘이 태평을 누렸사오나 아비멜렉의 내전과 삼손의 항전으로 20여 년 간 어지러웠사오며 끝내 동족상잔으로 베냐민 지파가 궤멸당하기도 했사옵니다. 미가는 깎고 부은 신상을 레위에게 맡겨 섬기게 하였사오며, 단지파는 이를 빼앗아 새로 중건한 성읍에 모셔놓고 모세의 자손들로 제사장을 삼았사옵니다. 실로에 있는 하나님의 집을 굳건히 지키는 일이 먼저였사오나 장로들은 자기들 위에 왕을 세우기를 원했사옵니다.

왕권이 서고, 왕권이 서로 충돌하고, 그 후계자들 사이에 전쟁이 벌어졌사옵니다. 결단코 이스라엘은 분단되지 않으리라는 요단 강 동쪽의 옛 맹서도 헛되게 이스라엘은 찢어졌사오며 오늘 두 나라는 다 망했사옵니다. 북이스라엘이 망하기 전 아모스와 호세아와 미가 선지자들께서 우상에 빠진 왕들에게 비판적인 경고를 보내셨사오며, 남유다에서도 에레미아와 스바냐와 이사야 선지자들께서 왕들과 백성들의 죄악으로 유다가 쇠망할 것이라고 한탄하셨사옵니다.

광야 40년에 하나님의 징벌은 가혹하고 즉각적이셨사옵니다. 처음 장정 60만이 다 죽고 새로 자란 60만이 가나안에 들어 갈 정도였사옵니다. 모세 할아버님이 여호와를 뵙고 돌아오는 길이 늦는 동안 백성들이 금송아지를 부어 만들고 그것을 숭배했을 때 격노하신 여호와께 용서를 빌기 위하여 할아버님이 수천 명을 징치하였사오며, 가나안 지경에 이르러 그 곳 여인들과 음행을 일삼고 그들의 우상을 숭배하니 역병으로 수만 명을 죽게 하셨사옵니다.

하나님 말씀을 안 듣고 적을 치러 간 이스라엘이 도륙당하기도 하였사오며 지진과 불뱀으로도 많은 사람들이 벌을 받았사옵니다. 무서운 연단을 겪었사옵기에 이스라엘은 가나안에서 여호와를 모시고 지파별로 차지한 기업에서 이방인을 몰아내는데 온 힘을 쏟았사오며, 여호와께서는 이스라엘의 지은 죄를 이방인을 들어 치심으로서 압제의 고통이 심할 때마다 이를 벗어나기 위해 이방신상을 버리고 하나님께 돌아오도록 하셨사옵니다.

그러하오나 이스라엘은 하나님의 규례대로 제사장님들이 지성소에 모셔 둔 언약궤를 하나님으로 받들고 지파 간 통합을 이룰 대신 왕을 세워 그 힘으로 이스라엘이 다스려지길 원했사오며, 결국 이방신상에 이끌려 왕권 경쟁과 후계자 싸움으로 이스라엘을 찢어 놓았사옵니다. 모두가 물욕과 색욕과 명욕을 쫓기 때문이었사오며 이를 잘 들어준다는 허상을 믿었기 때문이었사옵니다. 여호와께서는 이스라엘이 뉘우치고 자기 품으로 돌아오길 기다리셨사옵니다.

이스라엘을 여러 차례 엄벌로 다스린 하나님이셨사옵니다. 또 그만큼 여러 차례 타이르기도 하셨사옵니다. 그러나 오므리 왕이 사마리아 성에 성소를 짓고 우상까지 들여놓은 데다 그 아들 아합 왕이 여호와의 선지자들을 몰살하는 악을 더하니, 여호와께서 이번에는 바알신의 거짓을 벗겨야겠다고 작심하사옵고 엘리아로 하여금 갈멜 산에 올라 바알 선지자 450명과 대결 끝에 승리토록 하심으로서 하나님만이 길흉화복의 주권자이심을 선포하셨사옵니다.

의로워야 복을 주신다는 하나님, 또 복을 주시는 권능이 내게만 있으시다고 명백히 밝히시는 하나님이시오나 사람들은 쉽게 준다는 복을

받으러 여전히 아세라 신상에 몰려들었사옵니다. 복은 급하옵고 화는
멀리 있사오니 더 그랬사옵니다. 특히 이를 말려야 할 왕들이 한술 더
뜨고, 사람들을 하나님께로 인도해야 할 제사장님들이 하나님이 아니라
왕들의 눈치만 보는 안이한 생활에 빠졌사오니 이방신은 날로 기승을
부리기 쉬웠사옵니다.

누구나 어릴 때에는 어머니의 자애로운 보살핌 속에서 부족함 없이
자라옵니다. 하지만 더 크면 욕망도 그만큼 자라서 어머니보다 더 큰
무엇인가에 소원을 빌고 싶어지면서 자연 눈에 보이는 여러 신상에 끌
리게 되옵니다. 특히 가난이 늘어나면서 찌든 삶을 벗어나려고 사방 신
에게 의탁하려 함을 나무라기만 할 수 없었습니다. 제사장님들이 경건
한 마음과 자상한 목소리로 하나님나라의 불을 밝힘으로서 백성들이
멀리 헤매지 않도록 하셨어야 했사옵니다.

그러나 제사장님들은 오히려 자기들 편한 대로 하나님께 왕을 간구
드려 받자왔사오며, 그 왕과 더불어 부귀영화를 나누는 길을 택했사옵
고, 하나님의 집을 바알 제단처럼 가꾸어 백성들을 현혹시키셨사옵니
다. 그리하여 왕 소망이 바알 소망만 못해지는 시절이 되풀이 됐사옵니
다. 사울 왕이 여호와의 제사장 85인을 치고 그들의 성읍에 거주하는
남녀노소와 유아들과 육축까지 도륙낼 때부터 제사장님들의 머리는 땅
을 향하기 시작했사옵니다.

제사장님들 대신 선지자님들이 나섰사오나 이방신상을 섬기면 왕국
이 무너진다는 경고만 연발했사오며, 사람의 지혜가 하나님이 마련해
놓으신 기술들을 하나씩 찾아낼 만큼 발달해서 생활 방식의 큰 변화가
일어나고 있음에도 상승하는 사람의 욕심에 맞추어 하나님을 더 잘 모
시기 위한 방편이 무엇인가를 고심한 흔적은 보이지 않았사옵니다. 왕

이 하나님의 충직한 제일 신하로서 백성들을 사랑하고 그 모범을 보이도록 촉구하질 못했사옵니다.

처를 빼앗고 그 남편 우리아를 살해한 다윗 왕을 꾸짖는 하나님의 소리를 듣고도 나단은 죄책감에 떨고 있는 다윗 왕을 여호와께서 이미 사하셨노라 안심시키셨사오며, 다윗 왕의 말년에는 한 계교를 써서 솔로몬을 후계자로 삼게 하셨사옵니다. 실로의 선지자 아히야께서는 솔로몬의 우상숭배를 응징하시기 위하여 여로보암으로 하여금 이스라엘 왕이 되도록 격려하였사오나 왕이 된 여로보암은 따로 신당을 지으시고 금송아지를 들여놓으셨사옵니다.

초기 선지자 스마야님이 유다에게 형제 이스라엘과 싸우지 말라 하셨을 때, 그 분열이 곧 봉합되어야 하옴을 가르쳤사오나 그 후 어느 누구도 이스라엘을 다시 회복하여 분쟁의 뿌리를 뽑고 주변 정세에 잘 대처해야 한다고 타이르지 않으셨사옵니다. 하나님이 주신 발언권을 두렵게 받잡고 진정으로 이스라엘 전체가 살아남는 길을 여셨어야 했사옵니다. 애급과 신흥 강국 앗수르, 뒤이은 최강국 바벨론 등 이웃 사정도 매우 긴박해지고 있었사옵니다.

작은 나라가 큰 나라와 맞서 사는 길은 모두 하나님의 전사가 되어 결사적으로 항전하는 것이며 승산이 없으면 일단 물러나 후일을 기약하는 강온책이 절실할 것이었사오나 권력 투쟁과 민심 이반으로 내우 상태에 빠진데 더하여 외환이 겹치는 데도 모두 바알 때문이라며 하나님만 믿으면 구원받는다는 선지자님들이 많았사옵니다. 왕이 제사장을 통해 하나님께 여쭙는 대신 선지자를 찾았사오니 선지자가 우상이 돼가고 있는 현실이었사옵니다.

많은 종족이 무모하게 싸우다 흔적도 없이 사라졌사오며 남북 이스라엘도 앞서거니 뒤서거니 그런 길로 들어서고 있다는 생각을 떨쳐버릴 수 없었사옵니다. 유다에 비해 열지파인 이스라엘은 그 내분이 심했사오며 선지자님들의 고뇌가 더 깊으셨을 것이었사옵니다. 마지막 호세아 왕이 자기를 후원한 신흥 강국 앗수르를 배반했을 때 이스라엘의 파멸은 불을 보듯 뻔했사오나 선지자님들께서 모두 침묵할 정도로 그 활동 공간이 매우 좁았사옵니다.

유다도 바벨론 복종을 권한 선지자 에레미아님이 계셨사오나 결국 예루살렘은 풍전등화였사오며 많은 인사들이 바벨론에서 포로생활을 하게 되었사옵니다. 이스라엘이 망했을 때 유다도 이미 가나안 모든 우상을 섬겼사오며 백성들은 모두 중세에 시달렸사옵니다. 또한 율법 책이 겨우 성전을 수리하다 발견될 정도로 타락하였사오니 온 백성의 호응을 받으신 대망의 요시아 왕이 계셨사오나 한두 사람의 힘으로 나라를 붙잡기는 어려울 지경이었사옵니다.

여호와 하나님! 하나님의 깊은 심중을 헤아려 보려고 나름대로 고심을 거듭하던 저는 이 땅에 하나님나라를 세우시려 하옵는 하나님! 이를 위해 계명과 율법과 규례를 지으시옵고 백성들이 이를 지키도록 하시옵는 하나님! 하나님 말씀과는 다른 어떤 유혹에도 귀 기울이지 말고 오직 하나님 말씀만 듣기를 바라시옵는 하나님! 청종하는 자에게 복을 주사옵고 다른 길로 가는 자에게 벌을 내리시는 하나님을 알아 뵙게 되었사옵니다.

모세 할아버님께서 40년간 이스라엘을 훈련시키셨사오며, 그 후 400년간 하나님께서 이스라엘을 후원하셨고 또 400년간 왕들을 지켜보셨사옵니다. 그러나 부끄럽사옵게도 이스라엘은 자기를 위한 삶에 가려 이웃을 돌아보지 않았사오며 하늘에 계신 하나님보다 눈에 보이는 우상 앞에 물욕과 색욕과 명욕을 빌었사옵니다. 그러나 저는 이스라엘 마음 속 깊은 곳에서 늘 의로운 세상을 위해 역사하시는 오직 한 분 뿐인 여호와 하나님을 알아 뵙게 되었사옵니다.

하나님이 내리시는 책벌로 이스라엘은 망했사오며 유다의 운명도 멀지 않았사옵니다. 애급에서 종살이하는 이스라엘을 구원해내시오면서 이스라엘이 의로워서가 아니라 가나안의 죄악을 다스리기 위함이시라고 이스라엘의 안일을 꾸짖으셨사옵니다. 지금 불의한 이스라엘을 불의한 열강에게 붙이시옵은 죄를 크게 뉘우친 이스라엘로 하여금 다시금 하나님나라의 주춧돌을 삼으시려 하심이 하나님의 깊은 뜻이옵을 저는 알아 뵙게 되었사옵니다.

저는 바벨론에 끌려가면서 인간 왕의 회복을 꿈꾸지 않았사옵니다. 하나님 왕국이었사오며 모세 할아버님의 제사장 왕국이었사옵니다. 사람 왕국은 의와 공도를 행한다는 말 뿐이었사오며 귀족들의 호사한 삶을 위해 백성의 고혈을 짜내기 일쑤였사옵니다. 왕이 하나님을 두려워하지 않사오면 세금이 낭비될 것이오며 제사장들이 받는 십일조도 왕들의 비호 하에 착복될 수밖에 없었사옵니다. 모두들 사욕을 위해 바알 앞으로 모이는 소이였사옵니다.

하나님도 사무엘 할아버님도 인간 왕을 반대하였사오며, 특히 사무엘 할아버님은 왕이 여호와를 순종하기가 쉽지 않음을 아사옵고 또 처음부터 사울이 외적을 치기 위하여 백성을 협박함을 목도하시고는 백성이 왕을 구한 죄악이 큼을 우뢰와 폭우를 내려 알리셨사옵니다. 백성들도 왕을 구한 악을 더했사옴을 뒤늦게 깨닫사옵고 오직 마음을 다하여 여호와 섬기기를 다짐했사오며 할아버님도 선하고 의로운 도로 백성을 가르치시기를 재천명하셨사옵니다.

지금 많은 선지자님들이 이스라엘의 멸망과 그 회복을 말씀하고 계시오나 그 회복은 하나님나라요 제사장 나라의 성취여야 할 것이옵니다. 이스라엘은 젖과 꿀이 흐르는 하나님의 나라, 믿음의 나라를 향해 애굽을 나섰사옵니다. 길이 멀고 험해 방황할 때도 많았사오나 결국 그 나라에 이를 것이옵니다. 새로운 왕이 다윗의 위에 앉아 통치하는 것으로는 이스라엘이 하나님의 의와 공평을 순종하는 나라가 될 수 없음을 하나님이 보여주시고 계시옵니다.

어떤 종족이든 뭉쳐 싸우면 그 종족이 거할 땅을 차지하기는 쉽사옵니다. 여호와께서는 열두지파가 살 수 있는 공간을 마련하시려고 이스라엘을 사랑하시지는 않으셨사옵니다. 하나님만을 받드는 이스라엘, 하나님의 계율을 잘 지키는 이스라엘을 사랑하시오며 그리하여 만방이 이스라엘을 좇아 하나님나라가 되기를 바라시고 계시옵니다. 지금 이스라엘이 벌을 받고 있사오나 하루 속히 뉘우치고 하나님의 이스라엘로 거듭나기를 가르치고 계시옵니다.

특히 성전이 완전 회파되와 언약궤까지 사라졌사옴은 여호와께서 이스라엘이 이제는 하나님 말씀을 전파하는 뿌리가 되어야 함을 이르심이오며, 더하와 이스라엘이 머무는 곳에서는 어디에서나 그 뿌리가 자리 잡도록 하시와 더 많은 가지로 뻗어나가기를 바라시옴이옵니다. 끌려온 백성들이 성급하게 다투다 해를 당할까 심히 걱정되오나 많은 사람들이 낯선 땅에서도 박해를 피해가며 하나님을 믿고 하나님의 말씀을 하나라도 더 심으려 애쓸 것이옵니다.

이 곳에 온 지 얼마 안 되어 느부갓네살 왕이 유능한 유다 수재를 뽑아드리도록 명하였음으로 제가 동무 세 사람과 함께 왕궁에서 일하게 되었사오며, 여호와께서 저희에게 명철을 더하사와 바벨론 왕을 만족시키시옴으로서 그 측근에서 극진한 대우를 받게 되었사옵니다. 왕의 식단에 맞먹는 산해진미를 권했사오나 사람의 욕심을 채우는 풍습이 나라마다 다르옴을 설득시켰사옵고, 저희는 저희 하나님 여호와를 따로 섬기도록 양해도 받았사옵니다.

유다가 망했사옴은 일치해서 하나님을 모시지 못한 때문이었사오나 열강들의 탐욕을 빗겨 갈 여호와의 말씀을 청종치 않사온 왕과 귀족들의 오만과 기만이 더 큰 화를 불렀사옵니다. 하오나 여호와께서는 이런 이스라엘을 궁휼히 여기사 약탈한 성전기구를 바벨론 신전에 잘 간수토록 하셨사오며, 바벨론 모든 박수와 술사를 제쳐놓고 왕이 가장 궁금해 하는 몽조까지를 저희가 맞히도록 허락하심으로서 왕이 여호와 하나님께 무릎을 꿇도록 하셨사옵니다.

제가 해몽하기를 왕이 지금은 정금같이 강하나 나중에 열방이 일어나 서로 다툰 끝에 영원무궁한 하나님나라가 설 것이라 했사오나 왕은 자기가 영원무궁하기를 바라고 거대한 금상을 세워 모든 고관과 명사들로 하여금 그 앞에 나아가 절하게 하였사오며 절하지 않는 자는 모두 타는 풀무에 던져버리라 하였사옵니다. 그러나 저의 동무 세 사람은 왕의 유화한 권유에도 불구하고 끝내 우상에 절하길 거부하와 죽음을 맞게 되었사옵니다.

느부갓네살이여! 우리가 이 일에 대하여 왕에게 대답할 필요가 없나이다. 만일 그럴 것이면 우리가 섬기는 우리 하나님이 우리를 극렬히 타는 풀무 가운데서 능히 건져내시겠고 왕의 손에서도 건져내시리이다. 그리 아니 하실지라도 우리는 왕의 신들을 섬기거나 왕의 금상에 절하지 아니할 줄을 아옵소서. 세 사람이 결박된 채 풀무에 던져졌사오나 온전한 모습으로 다시 나아오니 왕이 지극히 높으신 하나님의 권능을 다시 한 번 크게 찬송하였사옵니다.

후에 왕이 하늘에 닿을 듯 높이 자란 큰 나무가 하늘에서 내려온 순찰자에 의하여 베어지는 꿈을 꾸고 그 해석을 묻기로, 제가 왕의 권세가 견고하고 창대하지만 다 지극히 높으신 하나님 하시는 일로서 하나님 맘대로 왕을 세우고 폐하심을 보이심이라 하였사오며 왕이 교만하여 하나님 눈 밖에 났으니 곧 사람에게서 쫓겨나 들짐승과 함께 거하리라 경고하였사옵니다. 왕이 죄 사함을 얻으려면 속히 공의를 행하여야 할 것이라고 일러주었사옵니다.

왕이 한동안 혼절하고 실각하였다가 하나님의 보살피심으로 총명을 되찾고 나서는 영생하시는 하나님을 감사하옵고 찬양하옵고 존경하였사오며, 하나님의 일이 다 진실하옵고 의로우시오며 또 교만한 자는 어김없이 낮추시옴을 깨달았사옵니다. 명예와 번영이 되돌아오고 신복들이 모두 머리를 조아리니 왕은 나라의 위세와 영광이 전보다 높이 솟아오름을 느꼈사오며 다시 한 번 세세무궁하시옵는 하나님의 권세를 칭송하옵고 무릎을 꿇었사옵니다.

다음 왕 벨사살은 선왕의 왕위가 폐한 바 되었사옴을 잊사옵고 측근 귀족들과 고관대작을 불러 호화잔치 배설(排設)하길 즐기오며, 그 사치와 오만이 극에 달해 자기들 신당에 간직하고 있던 하나님의 성전기명을 꺼내다 술을 부어 마시는 중에 하나님이 격노하사 왕실 촛대 맞은편 분벽에 손가락으로 글씨를 써 보이시오니 왕이 넓적다리가 녹고 무릎이 서로 부딪힐 정도로 놀라 큰 소리로 박수와 술사를 불러 물었으나 아무도 그 해답을 고하지 못했사옵니다.

태후가 나서서 거룩한 신들의 영이 있는 사람 곧 명철과 총명과 지혜가 있는 대단한 선지자가 궁중에 있음을 왕에게 상기시켰사오며, 곧 제가 불려나와 하나님께서 보여주신 글귀를 해석해 주옵고 왕이 왕의 호흡과 앞날을 주관하시는 하나님을 두려워하지 않고 백성의 고혈을 짜내 열락에 빠져 있기로 하나님이 곧 왕의 나라를 끊으시옵고 메대와 바사에게 넘기실 것이옴을 일렀사옵니다. 왕이 뉘우칠 사이도 없이 그날 밤으로 죽음을 당했사옵니다.

다리오 왕이 저를 정승의 반열에 올려놓았고 이어 영상을 삼으니 정승들과 방백들이 나를 제거하기로 음모하고 30일 동안 왕 이외의 어느 신에게나 사람에게 절하면 사자굴에 던져넣기로 하는 포고령을 내리도록 왕에게 탄원하였으니, 이는 제가 집에서 꼭 하루 세 번씩 예루살렘을 향하여 하나님께 기도를 드림을 알고 이를 왕에게 밀고하려 함이었사옵니다. 왕이 안타까워했으나 측근들의 시선을 견디지 못하고 결국 저를 사지로 몰아넣었사옵니다.

다리오 왕은 하나님의 권능이 월등하시옴을 알았기에 하나님이 저를 구원하시오리라 굳게 믿으면서도 밤을 맞도록 식음을 끊고 기악을 말리며 침수도 들지 않은 채 새벽이 되자 급히 사자굴로 내려와 슬픈 목소리로 "다니엘아! 사시는 하나님의 종아! 네가 항상 섬기는 너의 하나님이 너를 사자의 밥에서 구하신 줄 아노라" 하니 제가 왕에게 감사를 드리며 하나님의 천사가 내려오사 제 목숨을 건지셨사옴을 소상히 밝혔습니다.

왕이 심히 기뻐서 하나님을 찬양하고 바로 저를 참소한 사람들을 사자굴에 던져 죽게 하였사오며 온 땅에 조서를 내려 모두 "다니엘의 하나님! 사시는 하나님을 두려워하라. 다니엘을 사자의 입에서 벗어나게 하시고 하늘과 땅에서 여러 이적과 기사를 행하시니 영원히 변치 않으실 나라와 권세가 그와 함께 하심이라. 하나님의 은총이 지혜와 형통을 더하실 것이니 다니엘을 방해하는 자는 모두 죽음을 면치 못할 것임을 명심하라" 당부하였사옵니다.

바벨론에 끌려온 이스라엘은 여러 모로 고생이 많았사온데 저는 하나님의 돌보심을 받자와 융숭한 대접을 받았사옵니다. 메대와 바사에 이르기까지 그 위가 흔들림이 없었사오나 열강이 발호 득세하여 상박하는 시절이오라 작은 나라가 사는 길을 모색하옵다보면 밤마다 풍운조화가 격동하는 가운데 기기괴괴한 짐승들과 화려하고 장대한 용마들이 난무하는 꿈으로 잠을 설쳤사옵고 한 치 앞을 내다볼 수 없사와 머리가 터질 듯한 고통을 겪고 있사옵니다.

하나님께서 이스라엘로 하여금 주변 약소국을 침략 병탄하와 대국을 삼으시려 하심이 아니오라 한결같이 하나님을 섬기고 모시도록하와 이웃 나라들이 이를 본받아 하나님나라가 되게 하려 하심이온데, 이스라엘이 하나님의 공도와 의를 행하지 않고 자기 멋대로 뿔뿔이 우상을 섬겨 열방의 탐욕을 부채질하였사오며, 강약부동을 슬기롭게 극복할 방도를 찾는 대신 왕과 귀족들이 자기들의 부귀영화를 위하여 백성들을 무모한 전쟁에 내몰았사옵니다.

사람의 지혜가 하나님의 기술을 찾아내와 물산이 풍부해졌사오며 빈부와 귀천이 크게 갈리옴에 너나없이 의의 하나님을 떠나 우상으로 몰려가옴을 막을 수 없었사옵니다. 수재들의 각축과 모사들의 발호가 빈천을 더 빈천으로 추락시키고 있사옵고 영화의 허상을 좇다 살맛을 잃어버린 군상들이 더 바알 앞으로 다가가고 있사옴은 부귀영화가 하나님의 쓰임을 받자올 때만이 허락되옴을 모두 잊고 있사옴이오며 실로 통한스러울 뿐이옵니다.

은밀히 이방신상을 섬기면서도 열방과의 전쟁이 마치 하나님과 이방신의 대결인 것처럼 몰고가옴도 특권 귀족들이 백성들의 안녕을 위해 나서기보다 백성들을 방패삼아 자기들의 안녕을 숨기려 하옴이오며, 탐욕스런 열강들의 쟁투가 지나갈 때까지 하나님 두리에 모이와 기도와 간구를 드리옵고 이를 금하면 또 다른 방편을 찾아 차일시피일시로 나아가면 백성들의 희생을 줄이옵고 하나님의 지극히 존귀하심을 만방에 전할 수 있을 것이옵니다.

생각이 이에 이르옴에 제가 바벨론과 메다와 바사에게 지나치게 비굴하옵거나 무모하게 달려들지 아니 하였사옵고, 그들로 하여금 하나님이 전능자이시옴을 깨닫게 하기 위하와 몸을 던졌사오며, 그때마다 하나님께서는 저를 끌어안으시옵고 제가 나아갈 길을 밝혀주시었사옵니다. 저는 어디에서나 하나님의 신실한 자녀되옴에 어긋남이 없도록 조심하였사옵고, 한 사람이라도 더 하나님 품안으로 들이심을 받사옵도록 열성을 다했사옵니다.

하오나 저의 가녀린 노력이 하나님나라를 세움에 작은 돌 하나를 보태옴이 되올런지 심히 부끄럽사오며, 하나님이 하시는 일이오라 인력으로 될 일이 아니지 않사온지 되새겨 보옵기도 여러 번이었사옵니다. 분명 하나님이 언젠가 세워주시리라 믿사오면 때를 기다리옴이 가할 것으로 여겨지오나 모든 사람이 정성을 다해 하나님을 섬기는 일을 게을리 하지 않사와 하나님이 크게 만족하사옵고 기뻐하시옴에 이르러 그 기다림의 끝이 있사온 줄 믿사옵니다.

여호와 하나님께서 사람들이 하나님을 만나 뵙고 믿고 따르게 하기 위해 이스라엘을 앞장 세우셨사옵기에 이스라엘 자신이 먼저 철두철미한 하나님 섬김으로 온몸을 빈틈없이 단련시켜야 하오며, 이스라엘을 떠나 사방으로 하나님나라를 외치고 다니옴에 쉬는 날을 더하는 죄악을 범하지 않사와 하나님께서 이스라엘로 하나님나라를 세울 첨병을 삼으심을 후회하시지 않으시옵고 큰 자랑으로 여기시옵도록 오로지 앞만 보고 일심으로 내달려야 할 것이옵니다.

벨사살 원년에 제게 보이신 대로 하나님이 하늘 구름을 타고 내려오사 저희를 인도하실 것이오며, 하나님의 권세와 영광과 나라가 저희를 말미암아 이루어지도록 하사옵고, 모든 열방이 저희를 따르와 하나님을 섬기게 되옵는 환희의 날이 다가올 것이옴을 굳게 믿사옵니다. 또 벨사살 3년에 보이신 대로 모두 지극히 높으신 자의 성도가 되와 그 누림이 변치 않고 영원할 것이오며, 어떤 훼방꾼도 하나님의 군사 미가엘 앞에 무릎을 꿇을 것이옵니다.

나 . 귀 환 을 앞 두 고

하나님께서 저를 건져내신 후 다리오 왕은 더욱 하나님을 경배하였사오며, 이제는 태연히 하나님께 기도까지 드리옴에 저는 하나님의 도를 더 자주 더 깊게 왕에게 들려주려 노력하였사오며, 틈을 보아 하나님을 섬기는 유다 백성을 하루 빨리 본향에 돌아가게 해달라고 매달렸사옵니다. 하나님께서 에레미아에게 이미 예루살렘의 황폐함이 70년 만에 마치리라 일러두셨사옴을 알게 되와 긍휼하심으로 저희를 사유하신 하나님께 크게 감동하였사옵니다.

이어서 제가 부르짖사옵기를 우리가 범죄하였사옵고 악을 행하였나이다. 주께옵서는 공의를 좇으시와 주님의 분노를 주님의 성 예루살렘에서 떠나게 하시옵소서. 저희의 의를 위하심이 아니옵고 온전히 주님의 크신 긍휼로 말미암으실 것이오니 이는 주님의 성과 주님의 백성이 모두 주님의 이름으로 지음받았사옴이옵니다. 주님께서 가납하사옵고 가브리엘 천사를 보내시와 곧 허물이 마치며 죄악이 사함을 받으리라 일러주셨사옵니다.

또한 지극히 거룩한 자가 기름부음을 받자와 어려움 속에서도 성과 거리와 해자를 중건하올 것이나 새로운 자들이 들이닥쳐 성읍과 성소를 훼파하려니와 제사를 폐하고 가증스런 물건을 세우는 자들의 종말은 홍수와 같을 것이며 큰 전쟁이 계속되다 모두 폐허가 된 다음 끝이 나리라 하셨사옵니다. 오직 하나님을 아옵는 백성이 끝까지 용감하게 싸우다 기진할 때쯤 하나님의 대군 미가엘의 호위를 받아 최후의 승자가 될 것이라 하셨사옵니다.

바벨론의 유다 사람들은 처음 무모한 저항으로 많은 희생을 당했사오나 시간이 자남에 따라 한계를 깨닫게 되었사옵고, 차츰 하나님 섬김을 허락받아 회당에서 하나님 말씀을 익히며 고토에 들어설 날을 손꼽아 기다리고 있사옵니다. 하나님께 죄 지음을 참회하옵고 다시는 하나님을 배반하지 않으옵기를 거듭 맹서했사옵니다. 서둘러 하나님이 거하실 성전을 새로 짓사오며 무너진 왕성을 중수하오리라 초조하옵기를 참을 수 없었사옵니다.

지혜를 더하와 깊이 살펴보오면 바벨론까지 끌려옵고 나서야 이제는 하나님 말씀을 충실히 지키와 다시는 범죄치 않으리라 맹세하옵고 있사옵니다. 저희의 죄악이 물욕과 성욕과 권욕에 있사옵고, 이를 버리랍시는 하나님을 떠나 영화를 누리게 해준다는 우상을 섬김이었사오며, 왕과 귀족들이 그 앞장을 서옵고 백성이 이를 따르옵는 형국이었사옵니다. 그러하온데 사람이 지으신 집에 거하시지 않사온 하나님께 급히 성전을 지어 바치옴이 가하오리이까 판단키 어렵사옵니다.

작은 나라가 큰 나라에 먹히옵고 또 큰 나라끼리의 싸움이 여기저기 벌어지고 있사오며, 나라끼리 또 사람끼리 약육강식에 빠져들으와 그 흥망성쇠가 하나님나라로 평정되옵기까지 장구한 세월이 흘러야 할 것이옵니다. 그때까지 하나님나라를 세우는데 앞장서야 하올 이스라엘은 지금 무엇부터 먼저 해야 하올지 또 거품같이 사라질 수도 있사온 예루살렘의 물적 회복을 하나님이 기뻐하시지 않으시오면 다음은 저희가 어디로 가야 되올지 막막하옵니다.

이스라엘이 하나님의 심부름 할 나라가 되오려면 하나님께서 부리실 목자를 세우사 그를 대제사장으로 기름부으시고 열강의 압력을 잘 무마하와 하나님 섬김을 때로 두드러지옵게, 때로 조용 살금하옵게 이어가올 지혜를 주시올 줄 아오나 아직 그를 보내지 아니하심은 이스라엘로 하여금 한데 모여 사는 민족의 나라가 아닌 믿음의 나라를 세우사 하나님 말씀을 만방에 알리옵는 하나님의 역군을 삼으시려는 깊은 뜻이 아니 올는지 헤아려 보옵니다.

지금 지혜 있사온 자들이 모두 이 일을 걱정하옵고 하나님께 매달리와 하나님의 뜻을 밝히옵기를 소망하옵고 기도에 기도를 거듭해야 하올 듯하옵니다. 그런데 권세 쫓는 자들이 왜 바벨론에 끌려왔사온지 되돌아 보옵지 않사오며, 오히려 앞장서와 열방의 힘으로 자기들의 부귀영화를 되돌리려 하옴은 크게 한탄스럽사옵니다. 예루살렘에 남아있는 서민 대중에게 고충을 안기옵고 사마리아에 대한 박해가 더해지지 않사올지 심히 두렵사옵니다.

하나님께서 이스라엘에게 왕을 허락하오신 후 두 번에 걸치시와 왕에게 기름부음을 주셨사옴은 하나님께서 그토록 엄하게 단련시키신 이스라엘도 곧 열방 왕들과 같이 타락할 것을 보이심이오며, 이 땅이 극성한 탐욕으로 말미암아 장구하게 왕들의 각축장이 될 것이옴을 일러주시옴이란 생각에 이르오니, 하나님의 종 이스라엘이 하나님의 뜻을 받잡고 나아가옴에 맞닥뜨릴 험악한 앞날을 헤쳐 나갈 명철을 바라옵는 마음이 그지없이 간절히 밀려오옵니다.

대국의 종말에 하나님나라가 세워진다 하옴은 말하고 듣고 느끼기는 쉽사오나 많은 민족이 나라를 이루다 망할 것이오며, 많은 대국이 더 몸집을 키우려다 망할 것이오면 그 안에 끊임없이 이어가올 생령들의 아픔과 절망이 얼마나 크겠사옵니까. 이를 보듬고 끝 모르게 나대옵는 권력과 대결해 치열히 나가야 하올 이스라엘은 하나님의 칭찬하시옴과 상 주시옴을 입사와 더욱 대담하게 힘을 낼 것이옴을 하나님께서 굽어 살피시옵기 바라옵니다.

나라가 망하옴은 힘이 없어 망하는 경우가 많사옵고, 힘이란 온 민족이 결사 항전으로 합쳐도 부족한 경우가 있사옵니다. 왕과 귀족이 흥청망청으로 놀아나옵고 흥전만전으로 사치를 일삼으매 백성의 마음을 모을 수 없는 경우도 있사옵니다. 더 딱한 것은 백성이 호응하지 않사온데 자기들의 권세를 위해 대드는 경우이옵니다. 외적에 재산을 빼앗기고 부녀자가 겁탈당해 백성이 흥분하올 때 이를 냉정히 다스릴 지혜도 있어야 하오나 그렇지 못했사옵니다.

이스라엘 귀족 10만 명이 적국의 오지까지 끌려왔사옴은 유례없는 일이오며, 이들이 하나님 주시는 사명을 망각하옵고 다른 민족과 똑같이 자기들의 욕망을 위하와 바알을 섬기면서도 외적이 넘볼 때마다 하나님을 위해 싸우라고 채근하와 모든 백성이 하나님을 위한 길인 줄 아옵고 악착같은 항전을 마다하지 않았사오니 외적이 이를 두려워해 다 도려냈사옴이오며 예루살렘에 남아 농사짓는 백성과 괄시받던 사마리아는 오히려 행복했사옵니다.

이스라엘의 회복이란 젖과 꿀이 흐르는 땅처럼 하나님나라의 건설이옵는데, 하나님께서 모세와 같은 대제사장을 보내주시지 않으시오니 이스라엘은 땅의 이스라엘이 아니라 믿음의 이스라엘이라 하심이온지요. 하오나 흐트러진 이스라엘의 힘으로는 어디에서나 권력에 제물이 된 백성들의 고달픔을 덜기는 매우 어려울 것이온데, 하오면 이스라엘이 뭉치는 힘으로서가 아니오라 각인이 분수와 경우에 맞게끔 하나님 말씀을 실천해가라 하오심이오니까.

에레미아께서 바벨론의 징벌을 받아들이자 하였사오며, 그 전에 이사야께서도 애급에 의지하지 말고 하나님을 의지하라 하였사오나 이미 때가 훨씬 지나버리와 유다의 살 길은 되지 못했사옵니다. 또한 다른 선지자께서는 귀환의 날이 하나님 날이오며 단결하와 예루살렘을 회복하오면 다윗을 이을 자가 나타나 의로 통치할 날이 올 것이라 하였사오나 진정으로 백성들의 고충을 보살피시는 왕은 오직 하나님이시오며 하나님의 제사장 왕이시옵니다.

하나님! 여호와 하나님! 엘리 제사장 때도 아들 제사장까지 타락하와 두 아들 모두가 불량자로서 그 아비의 말을 듣지 아니하였사옵고, 사무엘 제사장의 아들도 둘이 사사였사오나 모두 사리를 따라 뇌물을 취했사오니 이는 모두 열방과 같이 물욕과 정욕을 따라 우상을 섬김이었사옵니다. 이를 벗어나기 위해서는 오로지 하나님의 제사장을 받들어야 할 것이었사오나 사람 왕들이 이를 다스렸사오니 이스라엘이 감당하옵기에 너무도 무거웠사옵니다.

이제 왕을 구한 죄를 물으사 이스라엘에게 대제사장을 보내지 않으시오면 이스라엘은 또 몇 사람이 나서서 권세 얻기를 겨루옵다 서로 죽이고 죽을 것이오며, 또 무모하게 열강에 대들어 백성의 피를 부르거나 그 앞잡이가 되어 백성을 탄압할 것이 자명하옵니다. 이제 저희에게 오직 각 열방으로 퍼져나가 주님 말씀 전하옵는 길만이 남아 있사오니, 이스라엘로 백성 삼으심을 기뻐하시옵는 주님께오서 저희를 이끄실 목자를 보내주시옵기 바라옵니다.

저희가 열방에서 주님 말씀을 전하옵고 공의와 공도를 실천함에 있어 여러 가지 박해를 받을 것이오나 타는 풀무와 사자굴에서 저희를 구원하신 하나님의 뜻이오라 여기옵고 맞서 나가려 하옵니다. 주님 없는 예루살렘에 돌아가 다시 세력다툼과 시기와 선동으로 많은 생명을 앗아갈 것에 비하오면 훨씬 비참하지 않을 것이오며, 외세를 끌어들여 영화를 누림보다 외세를 조금이라도 주님의 땅으로 만듦을 주님께서 옳게 여기실 것이옴을 확신하옵니다.

바라옵건대 저희가 가는 길에 주님께서 함께 하시오면 저희에게 더 없는 영광일 것이오며, 저희를 따라 수천수만의 이스라엘이 하나님 말씀을 전하는 일에 나설 것이오니 하나님을 진실로 섬기는 제사장이 나타나올 때마다 기름을 부으사와 더 큰 영광을 하나님께 돌릴 수 있도록 하시옵기 바라옵니다. 쉽게 주님의 권능에 기대옴을 꾸짖으시옵고, 저희로 하여금 월등한 힘을 낼 수 있도록 주님께서 보살펴 주시옵기 바라옵나이다.

저 다니엘과 동무들은 아득한 옛날 노아 할아버님을 홍수에서 건져 내셨고 롯을 유황불에서 구해 내시온 뒤 처음으로 사지에서 구원받자온 주님의 아끼시는 생명이옴을 통감하오니 저희가 내딛는 길에 추호의 흔들림이 없사옵도록 보살펴 주시옵기 바라옵니다. 저희가 하는 일을 가상히 여기실 때마다 기름을 부어 주사옵고, 저희가 줄기차게 하나님나라를 향해 달려갈 때 주님께서 기름부으심으로 인도하옵시면 그 끝에 하나님나라가 도래할 것이 옵니다.

저희가 어디에 거하나 안식일을 지키는 일을 첫째로 하고자 하옴은 바로 주님의 사람 내신 뜻을 다지기 위함이오며, 또한 주님의 도와 의를 실천하라옵시는 주님이 명령을 늘 귀에 담고 지내려 함이옵니다. 또한 주님의 의와 도의 대강은 모세 대제사장께서 선도하신 대로 이웃을 사랑하고 어려움에 처한 자를 도움이오나 매일매일 이를 제대로 받잡지 못 하온 죄를 뉘우치와 더 매진할 마음을 다잡도록 하나님께서 보살펴 주시옵기 바라옵니다.

이 일을 행함에 있사와 이방신을 섬기는 사람들과 충돌하옴은 그들이 하나님의 도를 묻지 않고 오직 바알들을 섬겨 그 축복받기를 원하는 것을 탓하려 함이오며 또 드러내놓고 하나님 여호와를 섬기와 그들의 심기를 건드림이오니, 저희가 하나님을 은밀히 모시옵고 하나님을 실천하오면 이방인과 의좋게 지낼 수 있는 길이 없지 않사온데 성급히 이방인에게 대들다 박해를 당하는 일이 없도록 하나님께서 보살펴 주시옵기 바라옵니다.

하나님의 의와 공도를 행하와 하나님을 기쁘게 해드리고자 하옵는 저희들은 바알을 섬기고 아스다롯에 제물을 바쳐 자기들이 원하는 복을 당장 얻을 수 있다고 믿는 이방인들에게 저희 하나님이 더 큰 기쁨을 주신다고 다가가서는 안 될 것이오며, 오로지 오랜 시간이 걸리더라도 저희 행동으로 이방인을 본받게 하옴이 하나님나라를 세우는 길이 될 줄로 여기오니 매사에 신중하옵고 매시에 스스로를 돌아보게 하시옵기 바라옵니다.

이방신을 섬기지 않는다고 저희들을 박해하고 이방신의 축복을 받기 위해 저희 목숨까지 노릴 수가 있사오나 이는 저희가 이방신을 섬기는 자들에게 대들어 입는 피해에 비하면 그 고통이 가벼울 것이오니 저희가 이를 감수토록 하여 주사옵고 주께서 이를 긍휼이 여기시오면 저희를 그 고통에서 구원하여 주시옵기 바라옵니다. 선지자들을 따라 귀환하는 이스라엘에게도 헛되이 땀 흘리고 목숨 잃는 일이 없도록 돌보아 주시옵기 바라옵니다.

아브라함 할아버님이 탐욕과 우상이 가득한 그것도 황음과 난음과 혼음이 판치는 갈대아 우르를 떠나오실 때 여러 번 머뭇거리셨을 것이옵니다. 사람이 식욕과 물욕과 성욕 그리고 명욕과 권욕과 수욕을 빼면 무엇이 남겠사옵니까. 꼭 나쁘게만 볼 것이 아니지 않사옵니까. 모두 착한 일의 발단일 수도 있고 풍작이나 다산의 열망일 수도 있는 게 아니오리까. 하나님께서는 다그치며 말씀하셨사옵니다. 본토 친척 아비 집을 떠나 공도와 의의 나라로 향하라.

그러나 할아버님이 어디서나 부딪히는 골칫거리는 그렇게도 버리고 떠나오신 음란이었사옵니다. 하나님이 창조의 마지막 날에 사람을 내시어 창조의 목적을 들어내시고 생육하고 번성하여 만물을 다스리게 하셨사오니 남녀가 서로 사랑하고 자손을 낳아 땅에 충만케 하옴은 하나님의 뜻이셨사옵니다. 하오나 사람이 그 도를 넘어 쾌락에 빠지옴은 또한 하나님이 가장 엄금하시는 일이오라 하나님께서는 아담 할아버님 내외분을 에덴동산에서 내보내기까지 하셨사옵니다.

사람들이 무리지어 농사를 짓게 하심은 이웃 간에 서로 돕고 아끼도록 하심이온데 사람들이 가축을 기르고 육식을 즐기다 육욕에 빠져 포악해지는 길로 일탈하옴에 하나님께서 크게 걱정하시었사옵니다. 특히 기골이 장대한 네피림들이 난교를 일삼으니 하나님께서 격노하사 의롭고 순종하옵는 노아 일족만을 남기시고 모두 멸하셨사옵니다. 방주에서 나오신 노아 할아버님께서 다시 농사터를 잡으시니 둘째아들 함이 반발하다 저주를 받으시기기도 하셨사옵니다.

아브라함 할아버님이 가나안에 들어오신 후에 주변의 탐욕 세력인 여덟 왕들의 세력다툼에 휘말리셨사오나 하나님의 도우심으로 승리를 거두시와 지극히 높으신 하나님의 제사장 멜기세덱께로부터 떡과 포도주로 평화마을의 꿈을 축복받으셨사옵니다. 이삭 할아버님은 하나님의 축복을 받으사 한 해 농사의 백배 소출로 거부가 되셨사오나 농사꾼 야곱보다 사냥꾼 에서를 좋아하시다 죽음에 임하시어는 야곱을 축복하시어 형제 간 우의를 갈라놓으셨사옵니다.

에서를 피해 달아나신 야곱 할아버님이 외사촌 자매와 그 하녀로부터 열두 아들을 얻어 가나안에 돌아오실 때는 기후와 지형이 차츰 변하여 농사보다 육축과 상고에 매달리게 되었사오며 자연 농사마을은 표류하기 시작했사옵니다. 야곱 할아버님의 장남이 서모와 통간하시고, 삼남 유다가 가나안 여인과 동침하시는 등 이스라엘의 순혈과 단란은 흐려졌사옵니다. 상처한 유다는 며느리와 동침하여 쌍둥이 형제를 낳기까지 했사옵니다.

처음 아브라함 할아버님이 가나안을 지나 애급에 이르렀을 때 거기는 갈대아보다 더한 열락과 향연의 땅이오라 할머님을 바치는 수모를 겪고서야 살아나실 수 있었사오며, 하나님께서는 다시는 애급에 내려가지 말라 신신당부하였사오나 야곱 할아버님은 흉년이 들자 또 애급에 내려가셨사옵니다. 함께 먹으면 부정 탄다고 히브리 인을 기피하는 땅 또한 목축을 가증이 여기는 애급에서 목축을 생업으로 내세우시어 겨우 변두리 초지를 얻으셨사옵니다.

고센 땅에 정착한 70명의 이스라엘이 보행하는 정정만도 60만 명으로 불어난 400년간 이스라엘은 거의 하나님을 잊고 우상을 섬겼사오며 물욕과 성욕에 빠져 허덕이셨사옵니다. 하나님이 기적을 보이사 라임셋을 떠나오시긴 했사오나 조금만의 불편이라도 있사오면 애급을 동경하였사오며 고기를 못 먹어 정력이 떨어진다고 아우성을 치셨사옵니다. 모세 할아버님이 자리를 비운 사이 그 새를 못 참으시고 우상을 만들어 그 앞에 먹고 마시고 춤추셨사옵니다.

모세 할아버님의 영도로 40년간의 연단을 마무리 짓고 요단을 건너기에 앞서 여리고를 바라보는 땅에 이르자 이스라엘이 그 곳 이방 여자들과 어울려 바알에게 절하고 음행을 시작하시니 하나님께서 격노하사 이들을 진멸하라 이르시니 모세 할아버님이 나서스셔서 그 두령들을 목매다시고 수만 명을 역병으로 죽게 하셨사옵니다. 하나님께서는 가나안에 들어가 탐욕을 버리고 여호와를 섬기면 풍작을 내리리라 하시오면서 농사마을의 회복을 다짐하셨사옵니다.

가나안에 들어가신 이스라엘은 400년간 때로 여호와를 받들어 이웃을 사랑하사옵고 어려운 사람들을 구제하시면서 탐욕 덩어리인 열방 왕들과 간고한 싸움을 벌이셨사옵니다. 하오나 마음이 흐트러지시면서 탐욕을 이기시지 못하시고 바알을 섬겨 하나님의 진노를 부르셨사옵니다. 심지어는 베냐민의 음란이 극에 달해 옛날 소돔과 고모라 같았사오며 하나님께서 이들을 진멸하셨사옵고 이스라엘은 하나님께 나아가 한 자파의 이지러짐을 대성통곡하셨사옵니다.

사제들도 타락하와 마지막 제사장 엘리의 두 아들은 제사도 지내기 전에 제물을 늑탈하였사오며, 회막문에서 수종을 드는 여인과 동침까지 하였사옵고 결국 죽임을 당하기에 이르렀사옵니다. 하나님께서 기울어져 가는 제사장 나라를 일으켜 세우시기 위하와 선지자 사무엘을 보내셨사오나 장로들이 열방과 같은 왕을 원하시니 하나님께서는 그 폐단을 일일이 밝히시면서 왕의 학정으로 고통을 당해도 돌아보시지 않으시리라 단언하시었사옵니다.

사울 왕의 공명심을 크게 걱정하신 하나님께서 다시 다윗에게 기름을 부으사 사울로 하여금 그와 상잔을 벌여 권력의 추악함을 보이시는 가운데 사울의 아들 요나단은 다윗과 깊은 사랑에 빠져 다윗을 죽음에서 구해주셨사옵니다. 다윗과 그 추종자들은 진중에서도 부녀를 가까이 하시었사옵고 다윗도 새로 아내를 취하셨사옵니다. 왕이 되신 후 다윗왕은 더 처첩을 취하였사오며 부하를 죽이시고 그 아내를 첩으로 삼으시기도 하셨사옵니다.

솔로몬 왕의 사치와 향락은 극에 달하셨사옵고, 이스라엘이 남북으로 갈라진 후에도 기름진 욕망의 준동은 막을 길이 없었사오며 말리시는 하나님 대신 이를 부추기는 이방신과 우상으로 달려갔사옵니다. 남북이 망한 것도 그 때문이었사오며, 특히 유다가 가히 음탕의 소굴로서 하나님의 준엄한 심판을 기다리고 있었사옴은 선지자들의 탄식 속에 잘 배어나왔사옵니다. 마침내 유리 피폐된 백성들은 10만 명의 특권 귀족을 바벨론의 포로로 넘겼사옵니다.

아브라함 할아버님께서 하나님의 명을 받자와 선의후복과 선행후원과 선공후사의 땅으로 발행하신 결단을 생각하오면 자손 된 이스라엘은 하나님나라 건설을 한시도 잊어서는 안 될 것이오며, 그 길이 어디로나 있는지를 간구함에 한시도 게으름이 있어서는 안 될 것이옵니다. 하오나 지금 귀환을 서두르는 귀족들과 사제들이 어떤 방편을 가지고 백성을 이끌고 있사온지 하나같이 권세에 눈이 어두워 다시 하나님을 배반하지나 않으시올지 크게 걱정되옵니다.

하나님께서 아직 이스라엘을 이끄실 대제사장을 기름부으시지 않으시와 저희들의 시름이 더 깊어지옵니다. 앞다투어 제사장이 되고 그 권세를 나누어 가지려고 아귀다툼을 벌이는 그런 시련을 주시려 하심이온지, 아니오면 예루살렘에 들어가는 이스라엘이 권세를 등에 업지 않고 남아 있던 포도밭 일꾼들을 어루만지며 나아가 사마리아에 대한 슬픔을 나누고 달래줄 대화합의 지도력을 스스로 만들어 낼 기회를 주심이온지 가늠하기 어렵사옵니다.

주님께서 죽음의 굴에서 건져내신 저희 네 사람이 단지 몸이 늙어 예루살렘으로 가지 않는 것이 아니오라 하나님이 저희를 위해 다른 길을 열어 놓으셨사옴이 아니올지 망설이고 있사옵니다. 산업이 발달하여 이웃 간에 상부상조는 점점 어려워지고 있사옵고, 하나님이 바라시는 사랑마을의 꾸밈은 점점 멀어져 갈 듯 하온데 제사장 나라의 복원은 과연 가능하온지, 십일조는 무엇을 기준으로 누가 받아 어디에 써야 하올지 망연하올 뿐이옵니다.

저희는 하나님 심부름하기가 벅차옵고 나약한 생각에 힘없이 주저앉고 있사옵니다. 많은 사람이 바라고 있는 이스라엘 왕국의 영광을 되찾기에는 의욕도 없사옵고 다시 멸망의 길이 될 걱정이 앞서와 나서기가 주저되옵니다. 오히려 대제국이 아니옵고, 대제사장 나라가 아니옵고, 어디를 가나 주변을 모아 하나님의 의와 공도를 실천하오면서 그 외연을 넓히라 하심이 하나님의 명령이 아니올지 스스로 용렬한 생각에 빠지옴을 용서하여 주시옵기 바라옵니다.

여기에 머무오며 하나님의 뜻을 더욱 신중히 살펴 여생을 바치고자 하옵니다. 저희 형제자매와 자녀들에게도 하나님의 도를 따라 대를 이어가며 모범되게 살도록 신칙할 것이옵니다. 하나님이 주신 패망의 아픔을 이겨 내는 길이라 믿사오며 이 길로 가게 하시려고 그 고통을 주셨음이오라 여기오니 옳게 보아 주사옵고 축복해 주시옵기 간망하옵니다. 저희가 열방에 퍼져나가 살으오면 언젠가 하나님이 대제사장으로 임하실 것이옴을 굳게 믿사옵니다.

예루살렘에 제사장 나라가 서고 열강들과 선린우호를 이루어 이를 굳게 지켜 나가는데 성공하오면 곳곳에서 저희들이 만드는 전도기지와 쉽게 연결되와 하나님나라의 큰 디딤돌이 될 것으로 믿사오며, 다만 예루살렘이 더 이상 수월성과 차별성을 과시하는 대신 화해와 비움의 집으로 거듭나길 기도드리옵니다. 저희는 이방인의 좋은 이웃이 되어 하나님 말씀을 전함으로서 많은 이방인을 동행자로 삼고자하오니 하나님께서 인도해 주시옵기 바라옵니다.

3 하나님의 행정법

가 . 왜 행 정 법 인 가 ?

　　　　　이 나라 원로들이 나라의 장래와 인류
문명의 새 지평을 열려면 공직자의 자세를 바로 세우는 일이 무엇보다
급선무라는 인식을 같이하고, 이를 실현시키기 위해 천진암 골짜기 기
도당에 모여든 지도 10년이 지났다. 많게는 70이요, 적게는 2~30명이
아침저녁으로 기도를 올리며 터득한 바를 하나의 기도문으로 작성하게
된다. 다들 가슴 저리는 갈망과 간구 끝에 꿈으로 계시로 하나님으로부
터 내리받은 영감을 총 정리하는 작업이었다.

　하나님이 사람을 창초하시고 이 땅에 살게 하신 큰 뜻이 하나님나라,
곧 의와 사랑의 나라를 세우시는 데 있다는 말씀을 절절히 기록한 성서
가 기본이었다. 먼저 하나님께서 노아의 방주 설계로부터 아브라함의
제물 종류까지 손수 챙겨주시고, 나아가 모세의 애급 탈출 전 과정을

일일이 지휘하시며 십계명을 직접 돌판에 새겨 내려보내시고, 40년간 이스라엘을 제사장 나라의 율례와 법도를 잘 따르는 의로운 백성으로 키우고자 애쓰셨음에 유의했다.

말씀이 곧 하나님이심을 보여주시기 위해 말씀의 증거판을 모실 금궤와 성소와 성막과 속죄소를 상세히 그려 주시면서 이를 받들고 가나안에 들어가 하나님나라를 세우는데 앞장서도록 하셨으나 이스라엘은 번번이 하나님 말씀을 거역하고, 드디어 하나님 대신 왕을 모시는 권력국가를 선호하니 하나님은 백성들이 왕의 핍박을 받아 울부짖더라도 더는 응답지 않으리라 선언하시고 직접 대면해 말씀하시는 일을 접으시기에 이르신 사연을 곰곰이 따졌다.

그래도 하나님은 왕들이 하나님의 말씀을 실천하도록 훈수를 두셨으나 왕들은 천 년 동안 부귀영화를 위한 권력 투쟁에 여념이 없었으며, 새로 된 왕들은 선왕의 영광을 누리려 안간힘을 썼고 종당 간 이스라엘은 종족 우월주의에 빠져 허우적거리게 되니 오래 참으신 하나님께서는 다시 백성이 주인 된 세상을 만드시려 아드님 예수를 내려보내시고 그 예수님은 권력과 맞서 처형당함으로서 왕권 타도의 값진 교훈을 남기시지 않았던가.

그러나 왕권은 더 융성하고 나아가 하나님을 참칭하는 권력까지 등장하여 백성들을 억압하니 백성의 고난은 또 다른 천 년을 견뎌야 했으며, 그런 가운데 하나님 말씀을 순종하고 예수를 교훈삼아 권력과 싸우는 투사들이 점점 늘어나 드디어 대헌장과 권리장전을 이끌어내고 프랑스 혁명을 계기로 민주주의가 보편적 진리로 자리 잡게 된 것 아닌가. 그러나 자유와 평등과 박애의 구호는 아직도 백성의 입에서 끊임없이 맴돌고 있으니 어인 일인가.

이는 능력가들과 지략가들이 재빨리 선거 귀족이 되어 여전히 부귀를 놓지 않았기 때문이었다. 오랫동안 권세를 누려온 사제들도 이에 편승하여 생로병사와 우승열패와 원화소복과 희로애락을 감당하며 백성을 농락하기 바빴다. 핵심을 벗어난 영생과 심판과 대속을 부각시켜 심약한 백성을 우렸으니 권력 귀족과 싸워 물리치라는 예수님의 명령은 귓전으로 들렸다. 결국 기독교는 또 다른 여느 종교로 전락하고 오랫동안 권력의 탐욕을 부추기게 되지 않았는가.

하나님나라를 세우려 신대륙으로 건너간 기독교는 그 초심과는 달리 온갖 살육으로 거대 왕국을 건설하고 양차대전을 거쳐 1억 여 명의 인명을 도륙내는 데 동참하였으니, 그 열정과 비용을 하나님에게 바쳤다면 백성들의 신음소리는 곧 많이 가셨을 것이며 그들의 삶은 훨씬 편하고 윤택해졌을 것이다. 고통은 시간의 함수이기에 하나님나라를 앞당기는 것은 하나님의 명령인데도 하나님나라가 하늘에 있다고 우기는 성직자들은 오늘도 그 길을 막고 있다.

하나님의 설계대로 세상이 굴러간다면 우리는 하나님의 설계를 기다리기만 하면 될 것이다. 그러나 하나님이 직접 설계를 접으셨고, 사람에게 그 세부 설계를 지시하신지도 오래되어 하나님은 답답하신 나머지 예수님을 통해 다시 그 지침을 내리셨으나 겨우 그려 낸 민주주의도 하나님의 뜻하신 바와는 너무 멀리 머물고 있고, 성직자들은 여전히 하늘을 헤매고 있으니 이 땅을 복되게 살고 간 인간들이 하나님 은총만 받고 그 긴 세월동안 한 일은 대체 무엇인가.

보답 드린 일이 없을 뿐 아니라 각가지 모습으로 등장한 승자들이 패자를 보듬기는커녕 하나님의 뜻이 그러하니 모두 승자가 되려고 싸우는 길 밖에 없다면서 승자가 베푸는 아량을 찍소리 말고 기다리라 하니 한때 승자를 죽인 가인을 징치하셨으면서도 이웃을 사랑하고 의로운 사람이 복 받는 나라를 만드시려는 하나님나라의 구상은 점점 멀어질 수밖에 없지 않은가. 의롭지 못하면서 누리는 복으로 백성은 오래 고달프니 그 복이 오늘 화의 근원이 아닌가.

하나님나라의 제일 실천자로 택함을 받은 이스라엘은 오랜 방황 끝에 예수 탄생의 역사를 이루어 냈으나 그 의미를 아는 사람은 거의 없었다. 예수님을 하나님의 아들이라고 확신한 베드로도 십자가의 죽음을 알지 못하고 그 죽음을 앞둔 예수님을 부인까지 했다. 다윗 왕조의 영광 회복이라는 500년 묵은 소망을 이루어 주실 분인데 하고 크게 실망했다. 심지어 세상을 풀 열쇠를 받았으나 그 교회는 기복과 구원을 위한 안심처가 되어 백성을 맞이했다.

예수님이 하나님나라를 크게 벗어난 사두개와 바리새를 질타하시고, 이들 권력과 싸우다 죽임을 당하게 될 것임을 수차례 언급하심으로서 피를 흘려 권력을 세울 것이 아니라 그 피로써 권력을 쓰러뜨려야 한다고 가르치셨다. 그러나 이스라엘은 독존과 아집에 사로잡혀 예수님의 진리를 거부했으며, 예수님을 따르는 제자들도 차츰 예수님이 보여주신 이사와 기적에만 매달려 복음을 전파하기 바빴다. 이스라엘과 기독교인들의 반목이 심화될 조짐이었다.

이스라엘의 고립주의가 증오의 대상이 되면서 기독교인들의 입지는 상대적으로 넉넉해지고, 로마 권력이 하나님 왕국을 회유하여 권력화함으로서 기독교는 막강한 세력으로 성장할 수 있었으나 권력 대신 백성을 위한 하나님나라를 세우라는 예수님의 십자가는 천 년의 세월을 숨죽이고 있어야 했다. 사백 년 종살이를 청산하고 40년의 혹독한 훈련을 거쳐 선포된 제사장 나라의 꿈이 오백 여 년 만에 무너졌을 때 하나님 역사의 긴긴 밤은 이미 예증됐었다.

그렇다고 해도 그 예수 사후 2000년 만에 보편화된 민주주의가 백성들의 안녕과 행복을 보장해 주지 않는 현실을 불평해선 안 된다는 근거로 활용돼선 안 된다. 특히 신대륙에 건너가 자유인들이 세운 민주주의가 미국의 번영으로 높이 구가되면서 대의 권력의 전횡과 횡포는 화려하게 채색되었다. 지금 세계에 넘실거리고 있는 신자유주의 물결도 매우 영롱해 보인다. 그 화려한 영롱으로 해서 민주주의의 허점을 폭로하려는 어떠한 노력도 쉽게 퇴색된다.

그렇기 때문에 오늘 조선의 원로들이 더 이상 하나님의 말씀을 기다리지 말고 하나님이 주신 지혜를 총동원하여 하나님나라 백성이 주인된 나라 사랑이 넘치는 공동체를 위한 세부 설계를 작성하자고 뜻을 모으는 것이다. 천국의 열쇠를 찾아나서는 일이다. 권력 국가를 허물고 권력을 향한 경쟁체제를 협동과 관용과 배려가 넘치는 그물사회로 대체할 청사진을 그리는 것이다. 하나님 행정법 초안을 만들어 하나님의 승인을 받아야 하니 조심스럽기 그지없다.

이스라엘이 이루지 못한 하나님나라를 이제 박달겨레가 이끌어 갈 차례가 되었다고 다짐하는 내력은 고단하다. 줄잡아 5000년 전부터 농사를 지어 온 조선족은 일찍부터 하나님의 풍운조화를 깨달았으며 평화와 협동 그리고 원로들에 대한 존경과 농경 혈통을 지키려는 5대 계명을 끈기 있게 이어왔다. 하나님께서는 권력에 쫓겨 반도까지 내려온 한겨레를 변치 않은 계명으로 예비하셨고, 마침내 십자가를 진정 보혈로 모시는 무거운 짐을 지우신다.

나 . 입법 요강

이스라엘의 모세법전과 박달마을의 팔조금법을 발전시켜 정치 규례를 만들되 오늘의 문명사회와 시민사회를 재래케 한 민주주의, 특히 대의제의 맹점을 구조적으로 혁파하는데 역점을 둔다. 자연 시민의 실질적인 참정권을 확충하고, 이를 수행할 공직자들을 높은 봉사정신으로 채우는 문제가 관건이 된다. 사적인 영역에 머물고 있는 사랑공동체의 추동을 공적 차원으로 끌어올려 궁극적으로 그 역할을 정치 행정에 중심에 두고자 하는 것이다.

공동체를 5대 문으로 나누어 그 중심에 정치문을 세우고, 사방에 청소년·노약자의 방초문과 생산문과 소비문 그리고 원로문을 둔다. 산업문과 소비문은 경쟁원리가 지배하며, 산업문은 생산성 향상과 원가절감과 신제품 기술 개발에 주력하고, 소비문은 상품과 시설과 예술을 백성들이 편히 즐길 수 있도록 최선을 다한다. 방초문은 육성 조장원리에 따라 시민의 기초 소양을 훈련시키고 결손을 보완하며, 원로문은 자발적 참여의 원리로 노련과 경험의 총화를 이끌어 낸다.

정치문은 봉사의 원리로 백성을 보살핀다. 백성을 뜯어다 사치와 방종을 일삼는 권력 왕이 아니라 백성들이 평안하게 부를 누릴 수 있도록 정성을 다하는 정부를 세운다. 오랜 하나님의 꿈인데 이제 그 진정한 실현을 보게 되는 것이다. 권력 왕들 밑에서 흘린 백성의 피와 땀이 비로소 온전히 보상받게 되는 첫걸음이다. 정치문이 정좌하면 다른 부문의 작동이 이에 연계하여 쉽게 풀릴 수 있기 때문에 행정법의 중심이 여기에 쏠리는 것은 당연하다.

무엇보다 공직을 담당할 요원 양성이다. 사무엘이 왕을 구한 죄를 용서받기 위해 나웃을 세운 것도 이 때문이다. 동양에서도 군자를 양성하기 위해 힘을 기울였지만 정치문의 위치가 비뚤어졌기 때문에 모두 허사가 된 것을 크게 거울삼아야 한다. 그래서 공직자들이 꾸준히 봉사정신을 잃지 않도록 관리하는 게 중요하다. 공직에게는 임금이 아니라 수당을 줘야 한다. (집단)주택을 제공하고 공직카드를 발급하여 적정 생활수준을 보장해준다.

아무리 다른 신을 안 믿고 끊임없이 기도하며 정직하고 이웃을 도와도 혼자로는 안 된다. 옛날에도 신도들이 카타쿰까지 갔으나 결국 흩어져 왕권에 이용당하고 나아가 십자군에 휩싸인 것 아닌가. 공직을 일단으로 다루어야 하며, 보수도 초임을 기본으로 5년과 10년 등 5년 단위로 차등을 두고, 주거도 초임 10평, 5년 20평, 10년 30평 등으로 확장하며, 선호가 경합될 때는 추첨으로 결정함으로서 서로 다른 욕심을 안 부리고 오직 공직에만 충실케 한다.

중앙정부와 지방정부에 각각 공직 대학을 세워 분야별 전문가를 양성하되 지방을 아우를 필요가 있는 교육·의료·환경·경찰·평화군 요원은 중앙에서 확보하여 지방을 지원한다. 공직 지망생들은 무상교육을 받고 배치되며, 이후로는 근속연수에 따라 보람을 느낄 수 있는 생활이 보장된다. 큰 직책을 맡으면 특별수당을 받아 좀더 여유롭게 지낼 수 있지만 생활은 절제되어야 한다. 공직보다 더 큰 자유와 부를 누리려면 다른 문으로 들어가야 할 것이다.

공동체를 관리할 행정기구는 행정원을 중심으로 양 옆에 입법원과 사법원을 둔다. 그리고 자문기관으로 원로원을 설치한다. 원로원은 연로한 경력자면 누구나 참여한다. 꼭 정부의 자문기관일 필요는 없다. 수시로 다양한 의견을 모아 건의할 수 있다. 행정·입법·사법원은 모두 공직자로 채우되 시장이나 군수가 도지사 뽑는 식으로 사실상의 직접 선거를 강화한다. 고위직 선임은 추첨(우림법)으로 보완하고, 추첨인과 선거인의 소환권 행사를 용이하게 한다.

다 . 부 칙

왜 이렇게까지 모든 공직자가 십자가를 메어야 하는가. 오랫동안 이루지 못한 하나님의 나라를 위해 사회 전체를 경쟁체계에서 봉사체계로 바꿔야 하며, 공직 정비가 그 시발점이 되어야 하기 때문이다. 이웃 사랑하라고 내셨기에 미워하면 살인자가 된다고까지 한 외침들을 더 이상 공허하게 만들 정도로 사람의 지혜가 게을러선 안 된다. 이제 사랑 바람이 생산문과 소비문으로 들어갈 것이다. 높은 수익률과 임대료 그리고 공해와 문란이 녹아내릴 것이다.

방초문은 어린이를 어른으로, 무능력을 능력으로, 비능률을 능률로 새싹과 새살을 키운다. 부모들이 다른 일에 매달리고 있으니 모든 교육은 무상이라야 한다. 사교육비도 의료비도 마찬가지다. 다만 카드 결제를 거부(탈세)하면 폐쇄해야 한다. 이는 다른 특허 업종으로도 확대되어야 한다. 가난이 불가피하다는 것은 하나님을 모독하는 것이다. 모든 백성을 능력자로 만들고 불로소득을 없애면 그리고도 생기는 부족분을 기본소득으로 채우면 하나님 세상이다.

하나님의 행정법은 하나님의 사자를 기다린다. 하나님이 가납하시면 홀연히 인자가 나타날 것이다. 이는 박수무당의 굿거리가 아니다. 하나님은 오래 참으신다. 그러나 온 인류가 우승열패의 광풍에 휩싸인 오늘, 하나님은 하나님이 축복해 주신 많은 인사들의 분발을 기다리신다. 100

만 촛불집회도 있었다. 그러나 권력은 바람벽 같고 폭포 같고 제멋대로다. 백성은 여전히 고달프다. 권력을 잡으려고 인재가 뛰고 각 파벌이 뒤엉키는 추태를 막아야 한다.

라 . 보 칙

원로들은 회심의 미소를 띠고 다시 기도 정진이다. 물론 개중에는 불만이 없지 않았었다. 너무 드물다는 것이다. 그러나 옛말에 하늘 그물이 성기어도 새지 않는다 했으며, 정부가 요점을 공정하게 챙기면 나머지는 제대로 잡힌다고 했지 않았나. 사실 초안에는 정부기구와 그 위치를 단계적으로 수행할 직급, 또 그 지급될 수당의 한도와 할당받는 생활 장비의 규모까지, 또 나아가 입법원과 사법원의 구성 방법과 또 행정원장의 선출 방법까지 망라했었다.

그러나 십자가만 바로 세우면 된다. 그 억센 팔로 교만한 자를 흩으시며 권세 있는 자를 내리치시고 비천한 자를 높이시며 주리는 자를 먹이신다. 심지어 부자를 공수로 보내신다 하지 않으셨는가. 의로운 정부가 되면 여러 가지 규례를 정해도 큰 시행착오는 없을 것이다. 또 행함과 진실함으로 이웃을 사랑하면 그 진리를 부여받은 자부심으로 늘 마음이 평안할 것이며 가시밭을 헤쳐 나가도 고단할 줄 모를 만큼 하나님의 칭찬과 축복이 넘치게 될 것이다.

백성들은 하나님을 찾아 행운을 빌고 극락왕생을 바라지만 또 긍휼하신 하나님은 잘 들어주시지만 의를 행하다 받게 되는 영광은 몇 갑절 값지고 오래 갈 것이다. 공직자들이 먼저 훌륭한 수범을 보이면 많은 백성들이 장난꾸러기를 가르며 따라갈 것이다. 하나님 덕분에 심신의 안정을 찾고 행복을 누린 사람들이 얼마나 많은 데 그냥 바라만 보겠는 가. 하나님이 다른 신과 다른 점이 복 많이 주시는 것뿐이겠는가. 바라 심도 많으신 분이시다.

자꾸 하나님의 제일 법칙이 우승열패라고 우기자 말자. 그게 바로 우 상숭배다. 힘센 사람이 앞장서라 하셨을 뿐이다. 패한 자가 분발해야 한다고 하지만 누구나 분발한다. 그래도 패자는 있게 마련이다. 승자가 패자를 이끌지 않기에 혼란과 번민이 온다. 하나님 말씀이다. 나를 바라 보지 말고 의로운 길, 사랑의 길로 나가라. 다음은 내게 맡겨라. 공직사 회가 앞장서라. 나는 늘 의에 굶주린다. 공직이 바로 서면 모든 죄악이 무릎을 꿇는다.

어머님 품이 하나님 품이다. 어느 자식이 곱지 않으시겠는가. 더 큰 어머니 품이 하나님이신데 큰 어머니가 바라시는 게 무엇이겠는가. 더 사랑하라 아니시겠는가. 어머님을 졸라 얻는 행복보다 따르며 느끼는 행복이 더 크다. 빗나간 자식들을 때로 불로 물로 또는 고통으로 꾸짖으 시지만 하나님은 언젠가 자식들이 돌아오기를 기다리시며 뒤안길에 서 계시다. 십자가 뜻을 모르고 새 귀족이 되어 평민을 구박해도 하나님은 오래 서성거리셨다.

일부 제자들이 백성의 고달픔을 덜려고 무진 애를 썼다. 끊임없이 기 도하고 목숨까지 바쳤다. 하나님은 이제 기침을 하시고 앞뜰로 나오신 다. 아브라함 1000년, 모세 1000년, 다윗 1000년이 아니었나. 하나님은 인재를 내려보내신다. 십자가의 줄이 선다. 그러나 인재들이 모든 지혜 를 다 가질 수는 없다. 대신 하나님은 그 오랫동안 이 땅에 지혜를 심으 셨다. 이를 추수하는 일은 원로들이 져야 한다. 젊은이들에게 행복을 남기고 싶은 게 상정 아닌가.

오늘 귀족 공화국의 본산인 미국을 보자. 세계 귀족놀음의 정상에 서 있는 미국에서 하나님 공화국을 탄생시킬 가능성은 거의 없다. 아직도 구가할 일이 많기 때문이다. 박달족은 오랫동안 귀족놀음에 시달리면서도 참고 또 참고 하나님 말씀을 가슴 깊이 간직하며 살아왔다. 드디어 십자가의 피로써 민주주의를 쟁취했다. 이제 더 그 민주주의를 심화시켜야 한다. 직접민주요, 직접민주면 평민공화국이 된다. 신자유주의에 저항하는 세계 물결이 합류할 것이다.

평생의 사표

덕 산 이 한 빈 박 사 님

사람이 살아가는 동안 여러 가지 어려움과 위험을 만나지만 이를 이겨 내고 피할 수 있도록 하나님이 직접 은혜를 주시는 경우도 많고 또 은인을 보내시어 큰 도움을 받도록 주선하시기도 하신다. 내게 나타나신 첫 번째 은인, 아니 전무후무한 은인은 이한빈 박사였다. 나는 나를 스쳐간 사람들에게 하찮은 도움을 주고도 때로 은혜를 모른다고 불평을 늘어놓으면서도 정작 이한빈 박사껜 아무 보답도 드리지 못한 용렬함이 몹시 부끄러울 따름이다.

연전 소망교회에서 뵈웠을 때만 해도 이미 내가 겪은 고초를 전해 들으시고 자상한 위로를 주시면서 내 글 쓰는 일에도 격려를 잊지 않으신다. 문후를 여쭈니 전과 같지 않다고 하셨지만 연전 내 집 혼사를 축하해 주실 때만 해도 정정하셨기에 크게는 걱정을 안했었다. 얼마 후 또 뵈오니 기립예배 때도 그냥 앉아 계시지 않는가. 순간 중환이심을 느꼈다. 너무 무리하셨던 게 아닌가 생각했다. 그게 마지막이 될 줄이야.

이한빈 (예산)국장님을 처음 뵙게 된 것은 행정대학원 졸업 논문 면접 심사에서였다. 학사 논문은 형식에 그쳤던 시절이었기에 별 부담이 없었으나 분량, 각주, 조사 방법, 영문 요약 등 생소한 조건을 갖추어야 하는 석사 논문에는 어려움이 많았다. 또 처음으로 구두발표와 면접까지 실행한다니 모두들 긴장하고 있었다. 그런데 어떤 연유로 내가 제일 먼저 면접에 나가게 되었으니 더 불안했다. 심사위원으로는 선생님 그리고 유훈, 이웅근 두 분 교수님이셨다.

선생님은 2부(야간)에 출강하고 계셨는데 선생님의 고명을 알아차린 1부생들이 더러 청강하는 경우가 있었지만, 내게는 선생님이 초면이었고 더욱이 주간에 열린 면접심사에 나오시리라 예상하기는 어려웠기에 매우 당황했다. 내 논문 요지는 당시 농촌의 유휴인력(위장 실업)을 동원하여 농업 생산력을 향상시키고 농기계 생산기반을 확충하자는 것이었다. 또 그 재원은 이미 위장 실업에 지원되고 있는 농업소득을 조세로 징수하면 된다는 주장이었다.

어떻게 보면 분수를 몰랐다고 할까. 거기다가 북은 중공업지대로 남은 농업 중심의 경공업지대로 구상하면서 통일 후까지 내다봤으니 지금 생각하면 얼마나 기고만장으로 보셨겠는가. 그런데 첫 질문이 선생님의 편안한 음성에 담아 나왔다. 적이 안심이었다. 로스토를 물으신다. 그의 '5단계설'이 막 소개되고 있었던 때라 나는 리스트·힐데브란트·마르크스의 발전 단계설과 비교하면서 자본주의의 승리를 내세우는 예언이라고 말씀드렸다.

도약 준비를 위해서 강력한 내자동원체제가 필요하다는 내용에 크게 공감한다는 말씀도 드렸다. 외자 도입은 의존의 위험성이 많아 경원시하던 때였다. 정부의 1차 5개년계획을 검토한 울프 박사도 자립 경제를 목표로 하되 우리 저축률로는 5퍼센트가 상한이라고 했다. 나는 그 후 선생님과의 인연으로 졸업도 하기 전에 황인정 군(전 KDI원장)과 함께 국토건설기획단에 참여했다. 그리고 정식으로 재무부에 근무하게 되면서 선생님을 가까이서 모셨다.

차관으로 승진하신 선생님은 나를 편하게 맞아주셨다. 내가 처음 차관실에 들어가 선생님을 뵙게 된 것은 인도개발계획을 검토하라는 분부 때문이었다. 나는 여러 나라의 경제 계획을 비교 분석했고, 이어서 곧 우리 1차 개발계획의 재정·금융 분야를 담당하게 되었다. 내가 일하던 기획조사관실은 장 차관님의 원고도 초를 잡아 드렸는데, 과장님과 함께 원고를 들고 두 번째 찾아뵌 차관님은 아무개가 썼으면 볼 필요도 없다고 하시는 게 아닌가.

나는 가뜩이나 몸가짐이 조심스러운 차관실에서 황송한 나머지 온몸이 얼어붙는 듯했다. 한 번은 또 선생님의 대학원 강의까지 내게 맡기시니 더 몸 둘 바를 몰랐다. 그냥 선생님의 뜻을 정성껏 문장으로 옮기고, 있는 힘을 다해 자료를 정리할밖에 다른 방도를 찾을 수 없었다. 내게 대한 질시도 많았다. 선생님께 한 번 잘 보이면 계속 밀어준다는 비난도 있었다. 이로 인해 당시 최고회의에서 인사 감사까지 나왔었다. 나는 더 조심했다.

10년이 흘렀다. 어느 날 황 군으로부터 선생님이 내게 유학길을 터 주시려고 애쓰신다는 얘길 들었다. 이렇게까지 하시다니, 더 드릴 말씀이 없었다. 이듬해 나는 프린스턴대 윌슨대학원에 입학했다. 낯선 생활을 익히느라 끙끙거리던 그 해 늦가을 학교 메일 박스를 체크하니 선생님 소식이 아닌가. 이 곳 세미나에 참석 중이셨다. 너무나 반가운 마음에 달려갔다. 중국 음식을 드신다고 하시기에 아는 체하고 거리로 나왔다.

그러나 엊그제 한국 학생들과 갔던 곳을 찾을 수가 없었다. 선생님이 먼저 보시고 저 "티 가든" 아닌가 하신다. 맥주를 청하니 노 서비스다. 주류 판매가 별도 허가사항이라는 것도 처음 알았다. 그날 밤 선생님은 한국 학생들을 숙소로 부르셨다. 이공계 학생이 많다는 것을 아시고 특히 관심을 보이셨다. 나는 그때 처음으로 서울대가 폐쇄적으로 운영되고 있고, 이공계가 더 심하다는 것을 알았다. 이를 보완하기 위한 특수 연구기관이 필요하다는 것도.

내가 돌아와 국장이 되었다. 10·26이 나고 선생님이 부총리로 입각하셨다. 나는 황 군과 함께 댁을 찾았다. 우리는 먼저 경력으로 보나 경륜으로 보나 총리가 되셔야 할 분으로 아쉬워했다. 선생님은 나라가 부르면 자리에 연연하지 말아야 한다고 말씀하신다. 그리고는 새로운 40대론이셨다. 양 김이 40대 기수를 들고 나온 지가 10년이 되었다는 말씀이시다.

젊어지는 한국에 미래가 있다고 하신다. 늘 미래를 예비하고 낙관하시는 선생님이셨다. 선생님은 떠나시면서까지 못난 나에게 베푸셨다. 내가 암기하고 있는 몇 안 되는 찬송가를 모두 부르게 되었으니 말이다. 나는 눈을 감고 소리 높여 선생님을 추모했다. 식장을 나온 황 군과 나는 선생님의 무게를 잴 저울이 없어 이심전심 고심했는데 방금 들은 조사가 떠오른다. 이 시대 문사철의 대가. 그 말 말고 우리 둘의 텅 빈 마음을 채워줄 수는 없었다.

지 운 김 철 수 선 생 님

　　　　　　　　공동체가 무너지면 동물세계가 된다. 그러나 공동체를 가족공동체까지 가야 한다고 주장할 수도 있지만 그것은 옛날 얘기고, 지금은 서로 이익 추구를 하다 보면 자연스럽게 형성되는 수준으로 족하다 할 수도 있다. 공산주의는 전자에 속하고 자본주의는 후자인 셈이다. 공산주의는 사유재산의 철폐를 목표로 하기 때문에 자본주의를 공개적으로 부정한다. 공산주의는 폭력(혁명)을 선호하고 이를 위해 유리한 정파와 연대한다. 사실상 그 연대가 당면과제였다.

성급하다고 할까, 정치적 야욕이라고 할까. 공산주의자들은 민란 수

준의 혼란을 이용하여(혁명을 일으켜) 권력을 장악하고 자산가들을 대거 숙청했다. 사실 그 제창자 마르크스는 (영국·독일에서) 노동자가 광범한 세력을 구축하고 그 힘으로 정권을 장악하는 것을 예측하였으나 한참 빗나간 것이다. 후진국에서도 러시아를 따라서 성급하게 공산주의를 관철하려고 해서 많은 혼란과 시행착오가 있었고, 러시아 자신도 70여 년 만에 실패로 끝나고 말았다.

일제 침략으로 공동체 자체가 망한 조선에서는 일본 유학생을 중심으로 제국주의를 타도해야 독립을 쟁취할 수 있다는 생각에서 또 러시아로부터만이 진정으로 반제운동을 지원받을 수 있다는 생각에서 공산주의자들이 점점 늘어났다. 이들 일부는 만주 중국에서 일제와 무장투쟁을 벌였고, 국내에서는 노동자·학생·지식인들과 연대하여 각종 반일운동을 주도했다. 6·10만세와 광주학생운동을 계기로 좌우익의 힘을 모으기 위해 신간회가 탄생한다.

해방이 되어 남북에 각각 공산주의와 자본주의가 상륙하여 남한에 있던 공산주의자들의 입지가 궁지에 몰리게 되었다. 북한에서는 자산가라는 실체가 있어 이를 숙청할 수 있었으나 남한에서는 공산주의 활동을 금지할 수밖에 없었다. 그러다 보니 일제와 싸운 공산주의자들의 경력은 정당하게 평가받기 힘들었다. 해방 60년이 되어서야 그 공로가 인정되어 독립운동가의 반열에 오르게 되었다. 그 중의 한 분이 서거 20년이 된 김철수 선생님이시다.

지운 선생님과의 조우는 서거 5년 전으로 거슬러 올라간다. 어렴풋이 얘기를 들은 지 10년 만이었다. 중학생이 되던 1948년에 내가 외가로 형뻘 되는 원예가 방원을 만나게 되었는데, 형이 6·25 때 전주농고 온실 책임자로 있으면서 거기서 결혼을 해 처가 쪽으로 알게 된 지운 선생이었다. 나는 생물반에 들어가 학교 온실을 자주 들락거렸기에 형과 더 가까워질 수 있었고, 신혼 초에 형의 영향으로 영문과 출신인 아내를 원예과에 편입시키기까지 했었다.

형의 얘기로는 지운 선생이 공산당 2대 당수이고, 후임이 낭산 김준연(2대 법무부 장관)이라고 했다. 경기중학, 동경제대, 베를린 대학을 졸업하고 동아일보 편집국장이었던 낭산이 공산 당수라니 믿기지 않았다. 형은 서화가·도예가 등 예술인들과 교유가 넓었는데 나는 가끔 따라다니며 흥미를 돋우고 있었다. 특히 옥산 선생 화실을 자주 들렀는데 바둑을 두고 있는 두루마기 영감에게 인사를 드리니 지운 선생이었다. 정중하게 인사를 받으시니 퍽 민망했다.

도합 15년 선고에 13년을 복역한 장기수, 선생은 동상으로 발가락이 다 잘려나갔고 일주일 간이나 가족들이 시체를 찾으러 올 정도로 명재경각을 이겨 낸 강골이시다. 1년 후 허름한 회색 두루마기에 지필묵을 싼 무명봇짐을 들고 차를 기다리며 길가에 서 계시던 모습, 1981년 퍽 추루한 촌로의 그림은 지금도 생생하다. 다만 흰 수염 뒤덮인 불그레한 얼굴로 지어 내는 인자한 미소가 반짝이며 지난날을 회상하는 90객의 눈망울을 어린다.

나는 이때의 감동을 조선일보(89. 1. 30)에 담게 된다. 마침 일송 김동삼 선생의 맏며느리 이해동 여사의 수기가 소개되었던 터라 지운 선생께 전해들은 김동삼 선생과의 의연하면서도 우애 넘치는 옥중투쟁이 상기되었던 거였다. "금융인 한동우 씨(54)가 독립운동가 고 지운 선생으로부터 전해들은 항일무장투사 일송 선생의 옥중투쟁 장면을 새롭게 들춰냈다"고 소개한 신문은 '여사의 수기를 읽고 떠올리는 일송 선생'이란 제목을 달았다.

"눈물겨운 이해동 여사의 수기를 읽는 일은 나에게 남다른 감회와 벅찬 감동을 불러일으킨다. 혼례를 올린 지 1년이 다 된 맏자부를 처음 찾는 일송 선생의 자상한 모습, 선생이 사정을 떨치고 큰길을 떠나야 하는 애끓는 사연을 읽으며 걷잡을 수 없는 눈물이 지면을 점철한다. 내가 일송 선생 얘기를 들은 것은 지운 선생이 상경하면 자주 묵으시던 원예가 방원 형의 구옥에서였다." 그런 다음 지운 선생의 운동 경력과 일송과의 의기투합을 간단히 소개했다.

"일송과 지운은 국민대표자 회의에서 개조파로 활동한 이래 거의 10년 만인 1931년 경성감옥(마포형무소)에서 재회한다. 15년형의 54세. 일송 1년 먼저 들어 온 10년형의 39세. 지운 탄압에 맞선 단식투쟁, 이를 지휘하는 일송, 간수들의 비밀협조로 이루어지는 옥·내외 투쟁의 연계를 밤 깊은 줄 모르고 토해내시는 지운 선생이 감정이 복받쳐 울부짖는 늙은 맹수의 신음같이 우 우 소리를 내며 흘리는 눈물은 뺨을 적실만큼의 넉넉함이란 어림도 없이 깡말라갔다.

지운 선생은 세 번 크게 우셨다. 간수들이 비밀통문을 돌리던 일, 잡범을 포함해서 모두 일송 선생을 뫼시고 따르던 일, 해방으로 공주감옥에서 풀려나 버스로 조치원에 도착해 기차에 오르기 전 운집한 시민들의 환영을 받던 일, 특히 한 청년이 한사코 집에서 하루 만이라도 묵어 가시라고 업어가던 일, 귀가 어두워진 노인의 목소리는 쓰러질 듯 힘들었고 귀 밝은 젊은 것이 듣기에 안쓰러울 정도로 자주 고양되었다. 만류를 드렸으나 이내 도로였다."

지운 선생을 통해 이 나라 선비들과 지사들의 높은 기상을 절감하며 속으로 몸을 떨었다. 특히 피병사(전염병)에 있던 지운은 중병감에 있던 일송이 일광욕하러 나오면 간수의 눈을 피해 멀리서 바닥에 손으로 쓰고 또는 약봉지에 써서 던지는 방식으로 의사소통을 했는데, 이때 임종 소원으로 강청해 얻은 국화를 놓고 내 마음 밝은 달 국화 같다는 삼백시를 지어 보내고, 일송은 도연명의 국화가 예와 있으니 얼마나 나가고 싶겠는가 화답했다.

나는 1986년 93세로 타계하신 지운 선생이 몇 년 만 더 사셨어도 아니 이해동 여사가 몇 년 만 일찍 오셨어도 아쉬워하면서 글을 맺었다. 지운 선생의 고향 부안으로부터 감사 편지를 받았다. 그 동안 맘고생을 했던 지인들이었다. 유공자 표창 15년 전이었으니 그럴 만도 했다. 공동체가 멸망 위기에 처했을 때 이와 맞섰던 인사와 이를 외면하고 사욕을 채운 인사들에 대한 냉혹한 평가 없이는 사회정의가 소멸되고 만다는 생각을 더 절절히 하게 되었다.

청 암 송 건 호 선 배 님

10년 전에 타계한 송건호 선배님은 흔히 언론계의 사표요 해직기자의 대부, 민족 지성의 등대로 칭송되고 있다. 퓨즈가 나가도 고칠 줄 모르고 아내가 올라선 빈약한 의자를 붙들어 주며 발발 떨고 있었다는 선배님이 그 많은 연행은 물론이요 독종 소리를 들어가면서까지 혹독한 고문을 어찌 이겨냈을까 하는 생각이 머리를 스쳤다. 친구 임재경의 소개로 처음 뵙던 날의 추억이다. 동아일보가 독자광고로 날릴 때 그 중심에 섰던 이름이 이 선배였다니.

사실 여기저기서 가끔 선배님의 글을 읽을 때마다 할 소리를 한다고 생각했지만, 민족일보 사건으로 옥고를 치른 이건호 교수와 혼동하고 있던 게 틀림없다. 임 군은 나중에 선배님과 한겨레신문 사장과 부사장을 나란히 하게 되거니와 선배님과 안면을 트게 해 준 임 군의 선물은 내게 있어 가장 값지다 할 만하다. 잘 알려진 바와 같이 선배님은 과묵하고 소탈하시지만 내겐 퍽 싱거우시다. 술도 한 잔 못하시니. 어디서 그런 깡이 나오시는지 놀라울 뿐이다.

뵐 때마다 긴 대화는 없었지만 군사독재의 아픔을 조금이나마 겪은 나로서는 세상을 어찌 보시는지가 제일 궁금했다. 나는 민주화 없이는 협잡산업이 기승을 부리고 정직산업으로 해서만 번창할 수 있는 금융산업은 점점 부실화 될 수밖에 없다고 자못 울분을 터뜨렸다. 6·10 전이었으니 또 4년간 정의를 배우는 법대생이지만 민주역군은 선배님 뿐이셨으니 더 그랬다. 선배님은 늘 별 말씀이 없으셨고 얼굴 가득히 수긍이 간다는 표정이셨다.

그런 선배님이 신문사 일로 분주하실 때 봉투를 들고 내 딸아이 결혼식을 찾으셨다. 순간 여러 가지 생각이 착종했지만 먼저 너무 고맙고 영광스러웠다. 간구한 세월을 이겨 내신 선배님이 아니신가. 나는 선배님과의 대화를 떠올리고 마침 신문에 글 쓸 차례가 되었음으로 다음의 '정직부 장관'을 쓰게 된다. 해직 공무원들의 명예 회복을 위한 일로 가까워진 김진현 장관(전 동아 논설주간)의 격려 전화가 바로 뒤따랐다.

"사람 사는 세상 어딜 가나 허황된 주술이 있게 마련이며, 닳고 닳은 사람들이 벌이는 오늘의 굿판에도 이데올로기가 요정이 되어 따라다니기는 매한가지다. 다만 과거와는 달리 오랫동안 백성을 속일 수는 없으며 속아 줄 국민도 흔치 않다. '인민의 벗' '노동자의 천국'은 벌써 결단이 났지만, 우리에게도 '고도성장'에 가리어졌던 여러 가지 무리와 비리 비효율이 차츰 그 모습을 드러내고 있음은 늦게나마 퍽 다행한 일이라 하겠다.

70년대 중반에 작가 조세희는 산업사회의 소외계층을 난쟁이에 비유하는 연작소설을 써내면서 그 가치체계의 허구성을 '뫼비우스의 띠'로 설명한 적이 있지만, 왜소한 근로자보다 정작 이 나라에서 문제가 되는 것은 기업인들이 정부 특권과 규제의 봉이 됨으로서 경쟁력을 갖출 수 없거나 경쟁력이 없는 기업이 특권을 배경으로 해서 버젓이 행세하고 다니는 것이라고 지적한 원로 경제학자가 있다.

기업이 기업 논리에만 의존할 수 없는 우리의 기업은 알려진 사실보다 더 허약하다. 가짓수로는 70퍼센트의 국산 부품을 쓰면서 가격으로는 70퍼센트의 외제품을 써야 완성되는 전자제품이나 자동차도 있다. 해외에서는 원가에 밑지고 국내에서는 독과점 가격으로 버티거나 중소기업을 쥐어짜 원가 보상을 받기도 한다. 겉으로 보기에 번지르르하나 이를 믿고 창업한 많은 기업이 갑자기 마주치는 실상에 무릎을 꿇게 된다.

재무구조는 어떤가. 부채비율이 높다거나 수익률이 낮다고 하지만 그나마 재무비율이 회계 원칙에 따라 정확히 계리되었는지는 크게 의문이다. 조세 정책이 공정거래보다 돈을 걷는 데만 급급하기 때문에 이익의 과대 계상은 은행 소관사로 넘어간다. 그러나 정작 상환 능력을 잘 들여다봐야 할 은행조차 자율성이 없으니 회계의 진실성은 자연 뒷전으로 밀리고, 적자기업에 돈을 대거나 우량기업을 통해 불량기업으로 흘러가는 돈도 막을 수 없게 된다.

회계사·세무사·공증인 등 전문가들이 뛰고 있고 가지가지 증명이 바쁘게 발급되지만 어느 것도 비용만큼 진실을 담보하는 데는 역부족이다. 어찌하여 오늘 상장된 기업이 내일 부도나며, 멀쩡한 기업이 하루

아침에 수십 수백억 원의 탈세가 밝혀지는가. 요즘 청산 대상으로 거론 되는 '3대 돈줄'과 그 '뜯어먹고 사는 부분'이 얼마나 거짓을 새끼 치면서 기업과 국민에게 허세와 허영 그리고 불의를 장려하고 있는지 실로 한심한 노릇이다.

누구보다 밥을 즐기는 우리의 주방에 일제 밥솥이 판을 친다. 고급 응접실은 외제 가구로 꾸며지고 많은 국민이 국내여행보다 해외여행을 떠난다. 국력의 신장을 피부로 느꼈노라 허풍을 떨면서도 명품을 들고 온 소감은 말하지 않는다. 정신없는 세상에서 정신없는 소리만 난무한다. 우리는 정직한 사회에서 정직한 사람이 만드는 정직한 제품과 경쟁해야 한다. 솔직하면 손해 본다지만 정직은 질서와 같아서 불편해도 지켜야 더 큰 손해를 막는다.

왜 일본은 유치원부터 정직을 연창하고 별것도 아닌 워싱턴의 정직한 도끼질은 왜 신화처럼 흥미를 끄는가. 억울한 일을 당한 박완서 여사는 세상 바뀌면 제일 먼저 억울한 일을 당하지 않을 자유부터 골라잡겠다고 했다. 못지않게 거짓으로부터의 자유도 중하다. 민주화가 작은 정부라도 꼭 신설해야 하는 부서가 있다면 정직부 아니겠는가. 장관 지망생들이여. 정직부 장관을 골라잡으세요. 그리하여 구석구석 정직을 꽃피우세요. 바로 민주화입니다."

디 오 게 네 스　민 병 산　처 사

1980년대 초 암울했던 시기에 나는 반건달이 되어 인사동을 배회하는 것으로 큰 위안을 삼은 적이 있다. 이때 우연히 다방 '귀천'에서 민병산 선생을 만나게 된다. 그는 구질구질하고 너절너절한 방안 분위기에 걸맞게 눈곱까지 매달 정도로 꾀죄죄한 모습이었으나 인사를 나누라는 주위의 권유에 못 이겨 어정쩡하게 허리를 굽히고 빈손을 시답지 않게 내밀었지만 서로 어색하기는 매한가지여서 별 말도 나누지 못하고 싱겁게 헤어지고 말았다.

그분이 먼저 어디 가볼 데가 있는 듯 우물거리고 일어났고, 나는 괜한 수인사란 생각이 들어 어색하게 자리로 돌아왔다. 다연이 자욱하게 올라가 소태같이 엉겨 붙은 보꾹을 쳐다보니 마음은 더 개운치가 않았다. 들으니 '귀천'의 다모는 천상병이라는 괴짜 시인의 부인이고, 민 선생은 그 시인의 친구인데 60이 다 된 독신으로 저렇게 천의무봉이라 한다. 이 각박하고 아귀다툼이 넘치는 서울 한복판에 어디 이런 구석이 있다니 갑자기 푸근한 온기가 서려왔다.

더욱이 술에 찌든 천상병 시인이 행려병자가 되어 수용되어 있는 동안 죽은 줄 안 동료들이 유고집을 낸 바 있다니, 그리고 그때 시인을 돌본 여인과 인연이 되어 다방까지 차렸다니 얼마나 희한한 일인가. 그가 동백림사건에 연루된 혐의로 죽을 고생을 했다는 얘기는 나중에 알게 되거니와 민병산 선생을 만난 것만으로 오랫동안 다방 '귀천'은 비를 피해 들어앉기엔 내게 더없이 아늑했다. 젖은 죽지를 내리운 채 지우들과 열담으로 시간을 말렸으니.

하루는 민 선생의 서예전이 있는데 꼭 나와 보라는 기별이 왔다. 아니 서예라니 민 선생의 또 다른 일면이었다. 마침 리셉션이 있는 날이라 옛날 광산 갑부의 아들 채형국이 축사를 하는데 추사체 버금가는 독보적 서체라고 극찬을 아끼지 않는다. 어려운 인사를 드릴 때마다 배낭 하나 둘러메고 무연히 눈을 깔고 앉은 선생의 모습을 퍽 아름(覺)답다고 겨우 생각했었는데, 추사체도 아리송한 내 안목으로서 그 서체의 깊은 멋은 더 가늠하기 어려웠다.

'아 신화같이 다비데군들'로 4·19를 예찬하다 배반당한 혁명과 함께 절필해버린 신동문 시인도 거기서 만났다. 민 선생과 초등학교 동창이라 했다. 건국 이래 최초의 저항시인 아닌가. 한없이 부드러워만 보였다. "돌 벽돌알 부릅쥔 채/ 떼 지어 나온 젊은 대열/ 아 신화같이/ 나타난 다바데군들" 중앙청 앞에서 가볍게 경험했던 구보와 함성은 지금도 가끔씩 귓전을 맴돈다. 시인은 충주호에 내려가 농막을 짓고 침으로 이웃을 치료한다고 했다.

민 선생과의 인연은 그 후에도 몇 차례 밥집으로 칼국수집으로 그리고 더러는 관철동 어느 찻집으로 이어졌고, 그러는 동안 그분의 글씨도 몇 점 챙기게 되었다. 어느 문인이 쓴 「관철동 시대」라는 글에서 한국의 디오게네스로서의 내력을 소상히 알게 되고부터는 더욱 명리와는 전혀 거리가 먼 구도자 앞에서 몸에 찌든 공명심과 출세욕을 매우 부끄럽게 생각하는 재계의 기회로 그분을 대하곤 했다. 사뭇 별유천지였다.

하루는 민 선생이 마주앉아 있던 자리에서 잠시 말미를 청해 나갔다 들어오더니 어색한 웃음을 담아 선물 하나를 건네주신다. 선생이 쓰신 글씨를 나무 도마 위에 정갈히 붙인 뒤 얇은 비닐로 덧씌운 액자로 구당서의 적인걸전이었다. 돌아오는 차 안에서 자세히 들여다보니 망운(望雲)이란 제하에 출세한 자식의 애틋한 효심을 적은 글이었다. 나는 팔순을 넘기신 어머니의 흙손을 자주 어루만지지 못함을 꾸짖으심인가 생각하니 다소 계면쩍으면서도 망운을 아들 방에 걸어놓고 내키지 않아 하는 어린 녀석에게 망운을 새겨 넣는다.

장차 훌륭한 사람이 되어 부모를 즐겁게 하라. 옛날같이 출세하라는 애기는 아니지만 자식 잘되는 만큼 즐거움이 어디 있겠는가. 내가 입바른 소리를 하다 공직에서 쫓겨났다는 말을 들으셨겠지만 선생은 그럴 수도 있는 것이니 실망 말고 꿋꿋이 걸으라. 그래야 어머님도 좋아하시지 않겠는가라고 하신 걸까. 급하게 주신 민 선생의 글이 가끔 궁금했다.

그러다가 우연히 적인걸(狄仁傑)을 알게 되었다. 측천무후가 아들을 제끼고 제위에 오르자 하늘의 뜻에 어긋난다며 죽음을 무릅쓰고 만류했다. 무후는 그의 충절을 가상히 여겨 국로의 직위를 내렸고, 그가 죽었을 때 통곡까지 했다고 하지 않는가. 선생의 의중을 뒤늦게야 알게 된 불초가 난감했다. 다음 뵈웠을 때라도 정중히 허리를 꺾었어야 했는데 몇 번을 지나쳤으니 더 그랬다. 격려의 뜻을 되새기는 속으로 한 줄기 적멸한 참선이 흘렀다.

내가 증권회사 사장을 맡았을 때 신문사에서 글을 써 달라는 청탁이 자주 왔다. 민 선생을 만나러 가던 날 헌책방을 뒤지다 얻게 된『황제음부경』을 증권투자와 연결시켜 소개하면서 선생과의 인연도 곁들이게 되었다. '증권투자란 치붓길은 자본주의라는 욕망의 거리에 명동처럼 피어오른다. 돈놀이도 하고 차액도 챙기니 얼마나 신통한가.' 절약을 최대의 미덕이라 믿으시는 민 선생 옆에서 돈벌이를 하다니. 나무라실 테지만 세상은 지금 그렇다고.

글을 신문사에 보내고 나니 민 선생의 회갑연을 준비하는 모임에서 청첩장이 날아왔다. 이왕이면 회갑날에 즈음해서 그 글이 신문에 나도록 부탁을 해 놓고 있는데 이건 무슨 날벼락인가. 그분의 부음을 듣게 된 것이다. 문상을 다녀와서 신문사에 다시 전화를 했다. 그분이 작고하셨으니 속히 실어달라고. 그분의 1주기에 맞추어 나온『철학의 즐거움』을 통해 민 선생의 삶을 자세히 알고 나서야 선생을 더 소중히 기리는 마음을 갖게 되었다.

그런데 얼마 전 우연히 민 선생을 떠올리는 사건이 있었다. 세각쟁이 김대환을 만난 것이다. 김 선생의 차림새는 미리 받은 귀띔대로 괴이했지만, 그분이 쌀 한 톨에 반야심경 270자를 새겨 보이니 신기란 바로 이런 것인가 싶었다. 그런데 김 선생이 풍기는 냄새가 어딘가 민 선생을 연상시키지 않는가. 마침 민 선생이 써 주어 사무실에 걸어 놓은 최초의 '황학루'를 가리키니, 김 선생이 단번에 알아보고 자기 친구라지 않는가.

어쩐지 인사동 어느 칼국수집에서 민 선생과 같이 앉아 있는 그를 또 한 분의 기인으로 여기며 인사를 나눈 적이 있는 것 같았다. 우리는 벌써 십년지기처럼 마음을 트니 김 선생의 재즈(특히 조선북치기의 달인) 기질로부터 오토바이 취미에 이르기까지 한꺼번에 얘기들이 불똥 튀어 나오고, 끝내 마다하는 내게 그의 귀중한 작품 한 점이 들어오게 된다. 어찌 몇 푼의 금전이나 몇 마디 사례로 그 보답이 가당키나 하겠는가.

한 가지 일에 몰두하거나 몇 가지 원칙이라도 일관되게 지키려는 노력은 우리 삶에서 크게 돋보여야 한다. 경쟁이라면서 전쟁과 다를 바 없이 치열해지는 산업사회에서 교회나 절을 찾는 일조차 경쟁력 강화를 위한 기구일 터이지만, 세상사를 뛰어넘거나 어떤 기상을 곤두세우려고 안간힘을 쓰는 분들은 경쟁의 참뜻과 목표가 어디에 놓여야 할지 되돌아보게 하는 매우 소중한 교훈을 주신다. 홀로 기인인 것 같아도 사람 사는 세상에 밝은 빛이시다.

따뜻이 잡아주신 손 손

강봉제*

　법대 수상록의 「陸法黨」은 감명 깊게 읽었다기보다는 우리 국가와 사회를 생각하는 사람들에게는 잠시 눈을 감고 세상을 돌아보는 시간이 필요한 읽을거리였습니다.

　우리 사회와 국가는 드물기는 하나 한 사장과 같이 이 세상을 전망할 수 있는 인사가 있기에 그나마 명맥을 유지할 수 있다고 생각합니다. 육법당이 신문 기사화됨으로서 주위로부터 찬반양론이 한 사장의 심기를 어지럽게 할 우려가 있으나 일체 무시하는 달관이 있기를 바랍니다.

* 서울대 법대 2회로 재학시 판사직에 있으면서 『채권총론』 등을 저술함.

권중희*

　직접 찾아뵙지 않고 이렇듯 서신부터 드리는 결례를 양찰하시기 바랍니다. 지난 2월 3일 동아일보와 한겨레 등 신문에서 서울법대 수상록에 기고하신 「陸法黨事件」 제호의 기사를 읽고 붓을 들게 되었습니다. 마음 같아서는 곧바로 찾아가 뵙고 싶습니다만 공사 간 바쁘신 분에게 도리어 폐가 될까 해서 우선 서면으로나마 경의를 표하고자 이 글을 드립니다.

　정곡을 찌른 선생님의 말씀은 그 누구도 부정할 수 없거니와 한 마디 이의조차 달 수 없을 정도의 천만 지당한 충언입니다. 더욱이 싫던 좋던 현실과 타협 안할 수 없고 앞다투어 권력에 밀착 아부해야만 존립할 수 있는 한국적 풍토에서 대기업을 이끌면서도 그런 무리들과 어울리지 않고 고고하게 직언을 하셨기에 더더욱 값지고 돋보이지 않을 수 없습니다. 그래서 아무리 극찬한다 해도 오히려 표현이 부족할 것 같습니다.

　평소 애국을 입에 달고 다니는 그 숱한 위정자나 지도층 인사들 그리고 어딜 가나 애국자연하는 그 누구로부터도 그런 말을 일찍이 들어보지 못했습니다. 그러다가 선생님의 그런 의로운 직언을 듣게 되니 참으로 성경이나 불경 속의 그 어떤 명언보다 더 가슴을 때리는 절실한 감동과 감명을 느끼지 않을 수 없었습니다.

마음 속에서 우러나오는 경의를 재삼 표하지 않을 수 없으며, 선생님 같은 분이 이 나라에 좀더 많이 계시다면 얼마나 좋을까 하는 생각이 간절해지기도 합니다.

오늘날 나라꼴이 이 모양 이 지경이 된 것은 나라 위한 정치는 않고 오직 정권 안보에만 급급한 역대 정권에 빌붙어 온갖 악행을 돕고 있는 지식만을 편식한 영악한 두뇌들 때문이라 생각합니다. 그런 자들 때문에 일신의 부귀영화만 탐해서 수단 방법을 가리지 않는 극단적 이기주의가 팽배하게 되었을 뿐 아니라 기회주의, 한탕주의, 권력만능, 황금만능 등의 망국적 가치관이 굳어지게 되었다고 봅니다. 양심이니 도덕이니 하는 어휘는 마치 바보의 대명사처럼 되고 교활과 위선이 유능시되는 세상이 되어버린 것 같습니다.

그러나 아무리 이 사회가 구석구석까지 병들어 있다 해도 선생님 같은 분이 계시다는 것을 생각하면 결코 절망적이지 만은 않습니다. 그러기에 앞으로도 계속 선생님의 그런 바른 말 옳은 소리가 이 세상에 더더욱 울려 퍼지게 해 주었으면 합니다. 그리하여 마치 나라 망치기 연습 같은 짓들만 하는 무리들을 각성시키는 경종이 되어 주시기 바랍니다.

* 평생 김구 선생 암살범을 집요하게 추적한 열사.

정재룡*

참 존경스럽습니다. 선생님은 이 나라의 양심입니다. '하늘이 무너져도 정의는 세워라'라는 법대 동창 수상록은 보지 못했지만, 서울에서 많은 인사들로부터 내용을 들었고 한겨레신문에서도 봤습니다. 선생님을 참으로 존경합니다. 선생님은 민족 최후의 양심 선에 서 있는 최고 지성인입니다.

* 도서출판 시사평론사를 운영할 때 '타도'라는 지하신문을 발간한 의인. '전 세계 고문' 등이 있음.

문영극*

지난 시절 일부 동문들이 걸어 온 행적에 대하여 선배님께서 발표하신 견해에 전적으로 공감합니다.

* 서울대 법대 23회. 금융·무역 실무에 종사 후 관세사 사무소 운영.

이범렬*

첫째, 한 사장이 말하고자 하는 점이 무엇인가 하는 것을 이해하는 데 문외한인 본인은 적지 않게 힘들었습니다. 한 사장은 경제의 전문인이어서 경제에 대한 소신 있는 시각과 의지가 있는 사람이지만, 나는 그렇게 전문성이 없는 사람이기 때문입니다. 그런데 대충 알아들을 수는 있었습니다.

원래 1960년대에 이르기 전에는 엄격히 말해서 우리나라에는 경제다운 경제가 없었지 않았나 생각합니다. 광복 당시까지는 산업이라는 것이 일본 메이커의 분공장이나 그 부품을 생산하는 정도였으며, 그것도 책임 있는 경영인이나 기술인은 모두 일본인이었고, 이쪽은 직공 아니면 서무부서에서 일했습니다.

우리에게 넘겨진 소위 귀속 재산도 그것을 온전한 생산시설로 볼 수 없고, 또 그것을 운영할 능력도 사실상 없었는데 6·25로 재가 되고 말았으니 우리 경제는 1960년부터 그 시점을 잡아야 할 것 같습니다.

그런데 공교롭게도 경제의 시작과 동시에 정치의 독재도 시작되었습니다. 경제를 가장 효율적으로 운영하는 방법으로 엘리트 관료체제가 좋은 것인지 시장 기능에 맡겨야 하는지 이 점을 위에 말한 우리의 특수 사정 때문에 확실하게 단정하기는 어려울 것입니다.

한 번 87년에 조선일보사에서 OOO(주: 후에 경제장관을 지냄)이란 사람과 대담을 마치고 커피를 마시던 중 이 문제가 나와서 나는 위의 후자 쪽을 고집하며 그 사람과 대립한 기억이 있는데 나는 지금까지 그 소신을 가지고 있습니다.

그 어떤 관료 엘리트도 물과 같은 시장의 자율기능을 능가할 재간이 없을 것이라는 것이 문외한인 나의 생각이었습니다. 그러나 대개의 정부 관료 출신은 그렇지가 않은 것 같습니다. OOO이란 경제장관 출신과도 81년 정신문화원에서 애기를 나눈 적이 있는데, 그 사람은 내 의견을 경멸까지 했던 것 같습니다.

또 지금 군사문화의 해독은 이 땅 사회구조의 곳곳에 스며들고 있으며 아직 빠질 기색이 없는데 많은 사람들이 이 점을 모르고 있습니다. 빨리 이것이 청산되어 막강한 군사 예산이 현재 수준 이하로 동결 감축되고 그 자금이 과학기술 분야에 초를 다투어 투입되어야 치열한 생존 경쟁을 따라갈 수 있는데, 군사 반란의 책임자가 정부의 장으로 있는 체제 때문에 금년도도 군사 예산이 증가된다고 하니 울분을 참을 수 없습니다.

미국의 금융 흐름은 매주 금요일에 열리는 연방준비은행 총재와 재무장관 그리고 특별 초청된 몇몇 사람의 전문가들의 오찬회동에서 결정된다는 말을 들었습니다. 모자라는 소리는 그만하고 앞으로 한 사장

같은 사람이 많이 나오고 자주 강도 높은 얘기를 해서 특권 비리가 발을 못 붙이는 그런 경제 풍토를 조성하여 주었으면 좋겠습니다.

귀중한 글 정말 고맙습니다. 경제 흐름의 지표가 되는 글을 왕성하게 발표하기 바랍니다.

* 서울대 법대 10회로 유신 전야(1971. 7)에 벌어진 '사법 파동'의 주역임.

리영희*

정동칼럼을 통해서 한 선생의 최근 소식을 알게 되니 반갑기 그지없습니다. 북한산 산행길에서도 오래 상봉하지 못하여 근황을 모르던 터라 무척 기쁩니다. 임재경 형이 없어서 우리의 만남이 뜸해진 것 같습니다.

두 편의 칼럼이 재미있었습니다. 벌써 이런 공개적 의견 제시가 있어야 했는데 차라리 만시지탄이올시다. 그러나 권력 주변에서 특권을 누리던 무슨 무슨 원로들을 제5부에 참여시킨다는 것은 재미있는 발상이나 실현성이 없어 보입니다. 그렇게만 되면 오죽이나 좋겠습니까. 시민운동으로 밀고 나가야 합니다.

다산 선생이 태어난 지 100년 뒤에 태어난 형이 60을 바라보면서 아직도 공직자들의 부정부패를 논하는 것이 안타깝다고 했는데 어쩝니까. 지금이라도 바로잡힐 수 있도록 계속 쓰십시오.

* 한양대 교수로서 『전환시대의 논리』, 『우상과 이성』 등 저서로 학생운동, 민주화운동을 이끌다가 여러 차례 옥고를 치르기도 했음.

고병철*

경향신문에 낸 자네의 글을 잘 읽고 있네. 지난번 시카고에서 만났을 때 자네가 열변을 토하던 기억이 나서 더 인상적이네. 경제·정치·사회 모든 분야에 걸쳐 부조리를 예리하게 분석하는 자네의 글은 나처럼 33

년간이나 고국을 떠나 사는 사람에게 좋은 교육이 되고 있네.

조국의 실정을 잘 모르지만 자네 글이 퍽 설득력 있고 감명을 주네. 경제에 대한 정부의 간섭을 최소화하는 길만이 살길이라는데 공감하네. 자네의 분석이 날카롭고 생각이 참신해서 놀라지 않을 수 없네. 특권의식의 폐단을 일소하기 위해서는 정말 5부운동을 벌려야 할 판이네.

38년간 계속되던 자민당 정권이 무너지는 것을 보면 금권정치를 탈피하지 못하고 있던 일본도 근본적인 변화를 맞는 듯하네. 우리나라도 개혁이 조금씩 진행되고 있으니 자네같이 hidden agenda를 안 가진 의견들을 많이 수용한다면 결실을 맺을 수 있을 터인데 독선적이고 독점적인 생각들이 문제일세. 변화를 더 효과적으로 일으킬 수 있는 방안이 모색되어야 하겠는데 자네의 penetrating commentary가 매우 효과적일 것으로 생각되네. 자네 글이 한국에서도 좋은 반응이 있으리라 기대하네.

* 서울대 법대 13회. 코리아헤럴드 기자를 거쳐 시카고대학 정치학 박사, 교수. 중국 등 동아시아 전문가.

방문신*

사장님 글의 애독자입니다. 다른 분들을 통해서 가끔 선생님의 얘기를 들어본 적이 있지만, 선생님의 글들이 저에게 더 인상 깊게 남아 있습니다. 특히 경제인이면서 비경제 분야에 대하여도 균형감 있는 생각들을 가지고 계셔 더 마음에 들었으며, 사회에 대한 고뇌의 편린들이 행간에 담겨 있어 저를 일깨우고 있습니다. 그러면서도 사회를 지극히 합리적이고 상식적으로 바라보는 사장님의 시선이 느껴집니다.

지금까지 사용료 없이 공유해 온 사장님의 인식과 가치체계에 대한 고마움으로 이 글을 드립니다. 계속 왕성하게 집필하시기 바랍니다.

* 서울방송 기자.

박완서*

보내주신 『五府運動』 감명 깊게 읽었습니다. 다는 못 읽고 띄엄띄엄 읽으면서 새롭게 느낀 것이 많았습니다. 통독할 작정입니다. 언젠가 신경림 선생이랑 몇 분으로부터 애기를 들은 기억이 납니다. 계속 건필 휘두르기 바랍니다.

* 소설가 박완서.

이인호*

귀한 책을 보내 주셔서 감사합니다. 바쁘신 가운데도 좋은 글을 많이 쓰고 계시는 선생님이 매우 놀랍습니다. 특히 제가 잘 모르는 관료사회의 여러 가지에 관해 많은 것을 배웠습니다. 전직 경험이 있는 분들의 비판적 시각이 활성화 되고 그들의 원숙한 생각들이 반영될 수 있는 길이 열려야 한다는 생각에는 크게 공감합니다.

* 서울대 교수. 서양사 특히 러시아사 전공. 주 핀란드 대사 초대 여성대사.

이덕희*

책을 아주 재미있게 읽었어요. 무엇보다 우리 동기 중에 이런 글을 쓰는 사람도 있다는 걸 알게 되어 무척 기쁩니다. 앞으로도 좋은 글 많이 쓰기 바랍니다.

* 서울대 법대 13회. 조선일보·경향신문 기자를 거쳐 시·소설 등 문필활동을 계속하고 있음.

이회창*

보내 주신 책은 감사히 받았습니다.

통렬한 현실 비판을 읽으면서 마음 한 구석으로는 제 자신도 부끄러운 마음이 드는 것을 금할 수 없었습니다. 개인이든 사회이든 자신을 객관화해서 볼 수 없게 된 때에 경직과 노화가 시작된다고 생각합니다.

끊임없는 비판과 자기성찰은 개인이나 사회를 정화하고 활성화하는 가장 필수적인 수단이라고 느껴집니다.

아무쪼록 앞으로도 한 사장의 좋은 글을 접할 수 있었으면 합니다. 좋은 책을 주신 것을 거듭 감사드리면서 건강하시기를 빕니다.

* 대법관, 정치인.

송우혜*

『五府運動』을 읽으면서 많은 교훈을 얻었습니다. 5부운동의 성공을 빕니다.

* 서울대 의대를 중퇴하고 신학을 전공한 소설가 또한 역사학도.

황병기*

보내 준 다정한 편지와 칼럼집을 참으로 반갑게 받았네. 정말 고맙네. 지금 읽고 있는데 많은 교훈을 주는 좋은 책이라 생각되네.

자네만큼 바쁘게 산 사람도 드물다고 생각하는데 어느 틈에 그렇게도 많은 글을 썼는가. 놀라움을 금할 수 없군. 항상 공부하고 사색하는 동창을 두어 든든하고 뿌듯하네. 아무쪼록 노익장하기 바라네.

* 서울대 법대 13회. 가야금의 대가. 이화대학 교수.

이세훈*

벌써 그 주옥같은 글들이 귀중한 한 권의 책으로 되었다니 그 출판을 참으로 축하하네. 늘 활기찬 자네의 모습이 글 속에 역력하여 든든하네.

다시 한 번 진심으로 축하의 박수를 보내며 많은 사람이 부러워하는 친구를 가진 것을 감사하게 생각하네. 좋은 생각 좋은 글이 끊임없이 이어질 것을 기대하며.

*서울대 법대 13회. 법제처 차장, 고충처리위원. 단국대학교 교수.

김양모*

결실의 계절에 보내준『五府運動』이 우리의 우정을 다져준 귀중한 선물이라 생각하오. 훌륭한 친구를 가졌다는 것이 무척 자랑스럽소. 신문이나 잡지에 기고한 글들을 읽을 때마다 단행본이 언제쯤 나오나 하고 기다리고 있었소. 형의 사람됨을 존경하고 싶소. 날카로운 시국관과 사회관, 진솔하고 소탈한 인생관을 한 데 모아놓고 보니 몇 번 읽어도 물리지 않는 명편이란 생각이 드오. 앞으로도 건강한 모습으로 좋은 글을 많이 쓰기 바라오.

* 서울대 법대 13회. 6·25 참전으로 입학이 늦었음. 언제나 양모 대형으로 통하며, 공사기업의 요직을 역임한 뒤 수필·시 등 문필활동이 왕성함.

박종국*

『五府運動』을 보내 주어 잘 보고 있소. 기발한 제재와 문장은 가히 지성인의 광제운동을 촉발하기에 족하오. 많은 호응과 성과 있기를 기대하며 계속 2탄, 3탄을 쏘아주기 바라오.

* 행정대학원 1회로 공보부 보도국장·기획관리실장을 역임. 현재 미디어 관련 사업을 하고 있음.

이윤호*

보내 주신 책 잘 받아보았습니다.

책을 보는 순간 잠시 어리둥절했습니다. 선거철이 다가와서 출마자가 자기 홍보용 책자를 보내왔나 생각했지요. 책 제목도 이상하고 해서 더욱 그런 생각이 들었습니다. 그러나 책 안에 써 넣으신 글을 읽고 추측을 달리하며 『五府運動』이 무엇일까 궁금해서 책을 펼쳐보았습니다.

글을 읽으면서 선생님이 어떤 분인가 하는 것을 잘 알 수 있었습니다. 사실 저는 신변잡기류나 감상적 수필을 안 좋아 하는데 선생님의 책에서는 읽는 즐거움을 누릴 수 있었습니다. 선생님의 많은 독서량과 그로부터 인용되는 풍부한 지식, 중심 잡힌 생각 그리고 문체의 특색에서 많은 것을 느꼈습니다.

저도 책을 많이 읽는 편이며 가끔 글을 쓰고 있기 때문에 자연 남의 글에 관심을 갖습니다. 남의 글을 읽고 나서 잘 되었다고 생각하면 왜 그리고 어디가 좋았는가를 분석하곤 합니다.

선생님이 신문에 실린 저의 짧은 생각을 칭찬해 주신 것을 영광으로 알겠습니다. 한 번 찾아뵙고 대화를 나누면 많은 것을 배우게 되지 않을까 기다려집니다.

* 서울대 졸업. 순천대학 사회교육학과 교수. 참여연대 맑은사회만들기 본부가 펴낸 『부정부패의 사회』에서 검은 돈의 실체를 현장감 있게 파헤쳤음.

안병직*

보내 주신 혜서 고맙게 받았습니다. 지적하신 자본주의에 대한 개념 규정에는 전적으로 동의합니다.

근대화란 인간의 자유와 창의를 개화케 하는 제도개혁이며, 따라서 근대화는 자본주의에 선행하거나 동행합니다. 독·이·일 등 19세기 후발 자본주의는 그런 점에서 다소 부족한 점이 있습니다.

1960년대 동아시아의 NICS화, 나는 이것을 중진자본주의화로 부릅니다만, 이 경우에는 19세기 이전의 자본주의화와도 사뭇 다른 양상을 보입니다. 19세기 이전의 자본주의화를 자생적인 것이라고 한다면, 20세기 중반 이후의 그것은 catch-up 과정이지요. 소위 아까마쓰의 안행(雁行) 형태적 발전입니다.

이 경우에는 자본주의화에 있어 두 가지 계기가 작용합니다. 국내적 계기와 국제적 계기. 중진자본주의화에 있어서는 세계 체제적 전개가 더 중요합니다. 이것을 침략적 약탈적인 것 종속적인 것으로만 보면 안 됩니다.

NICS화 현상에서 문명화·개발화 등 긍정적인 효과를 발견할 수 있습니다. 우리나라의 경우에도 일제 식민시대를 침략과 저항이라는 시각에서만 볼 게 아니라 침략과 개발이라는 측면도 생각해야 합니다.

이러한 주장은 자칫 독립운동을 부정하고 침략을 미화하는 것으로 비난받기 쉬우나 우리가 중진에서 선진으로 이행하는 숨가쁜 시점에서 과거의 비극이나 되씹고 있는 것은 참으로 안타깝습니다.

* 서울대 교수. 경제학·경제사 전공. 아세아 민족주의, 민중민족주의에 관한 연구로 많은 학생을 감동시킴. 한때 식민통치 식민경제의 근대화 기여설이나 자본주의화 기여설에 대한 판단을 유보했었음.

□ 저자 소개

공직과 금융업·제조업을 두루 거치며 늘 직업인으로서의 긍지를 가지고 살아왔다. 어느 덧 산수를 바라보는 나이지만 일찍이 글쓰기로 인생 2모작을 시작하여 20년 경력이다.

선과 악, 옳고 그름, 민초와 권력의 대립 구도에 마음을 빼앗겨 온 그는 육십에 처음 내 놓은 『육법당 사건』 서문에서 스스로 "인류 구원의 이상인 자유와 평등은 일상에서조차 내 머리를 떠난 적이 없었다. 그것은 좋게 얘기해서 이상주의라 하겠으나 매사를 까다롭게 보는 성격으로 여겨져 사회생활을 구순하게 하기에는 애초에 글러먹은 팔자를 타고 난 셈이다"라고 평한 바 있다. 출세한 사람들의 행태를 날카롭게 꼬집은 『비석 밟고 한양 천리』는 저자 특유의 비판 정신이 잘 드러난 작품이다.

그러나 대안 없는 말의 성찬에 대한 곤혹스러움으로 10년여를 고심하다 찾아든 해답이 상해임시정부의 김구 주석이다. 『김구 열전』은 신생 정부의 청소부를 자청한 김구 정신이 나라를 살린다는 저자의 주장을 오롯이 담고 있다. 그 연장선에서 시집 『망월』이 자리하고 있다. 저자는 또한 밀려가고 밀려오는 거대한 탁류를 종교 아니고는 맑게 할 수 없다는 생각에서 새로운 성서 읽기 『에세이로 읽는 성서』를 펴낸 바 있다.

칼럼니스트 한동우 수상록

十戒名

ⓒ 한동우, 2012

제1판 1쇄 인쇄 | 2012년 3월 5일
제1판 1쇄 발행 | 2012년 3월 10일

지은이 | 한동우
펴낸이 | 이영희
펴낸곳 | 도서출판 이미지북
　　　　등록번호 : 제 2-2795호(1999. 4. 10)
　　　　주　　　소 : 서울시 강남구 논현동 193-8 우창빌딩 202호
　　　　대표전화 : 02) 483-7025
　　　　팩시밀리 : 02) 483-3213
　　　　전자우편 : ibook99@naver.com

ISBN 978-89-89224-17-4   03810